Robert Gordian

Pater Diabolus

Odo und Lupus, Kommissare Karls des Großen

Sehr verehrte Leserin, sehr verehrter Leser,

unsere Welt wird immer schnelllebiger, unser Alltag immer hektischer. Gerade deshalb sind die schönen, unbeschwerten Momente, in denen wir innehalten und uns zurücklehnen, so kostbar.

Ich persönlich greife in solchen Momenten gerne zu einem guten Buch. Eine spannende und unterhaltsame Geschichte hilft mir, schnell abzuschalten. Beim Lesen vergesse ich die Sorgen des Alltags.

Doch manchmal ist es gar nicht so einfach, ein gutes Buch zu finden. Dabei gibt es so viele Autorinnen und Autoren, die mit ihren Geschichten die Leser in ihren Bann ziehen. Solche Highlights der Unterhaltungsliteratur bringt jetzt die vielseitige UNIVERSO-Taschenbuchreihe zusammen. Die von uns sorgfältig ausgewählten Bücher reichen von frechen Frauenromanen über spannende Krimis bis hin zu großen Liebesgeschichten und historischen Romanen.

Die kleine, aber feine UNIVERSO-Auswahl möchten wir gerne auch mit Ihnen teilen. Mir bleibt nur, Ihnen viel Spaß und Entspannung beim Lesen und Träumen zu wünschen.

Herzlichst
Ihr

Siegfried Lapawa
Verleger Karl Müller Verlag

Robert Gordian

Pater Diabolus

Odo und Lupus, Kommissare Karls des Großen

Dritter Roman

UNIVERSO

Der Autor:
Robert Gordian, geboren 1938 in Oebisfelde, studierte Journalistik und Geschichte und arbeitete als Fernsehredakteur, Theaterdramaturg, Hörspiel- und TV-Autor, vorwiegend mit historischen Themen. Seit den neunziger Jahren verfasst er historische Romane und Erzählungen. Robert Gordian lebt in Eichwalde, einem Vorort Berlins.

Genehmigte Lizenzausgabe
Universo ist ein Imprint des Karl Müller Verlages –
SILAG Media AG, Liebigstr. 1–9, 40764 Langenfeld

Umschlagfotomotiv: Nele Schütz Design, München

Dieses Buch wurde auf Pamo Classic von Arctic Paper gedruckt.

ISBN-Nr. 978-3-95674-139-5
Printed in EU 2014

Am Ende finden Sie ein Personenverzeichnis und in einem Glossar zahlreiche Wort- und Sacherklärungen.

Dramatis personae
Glossar

1. Kapitel

Dem lieben und werten Volbertus, Prior im Kloster N., Grüße und Heil von seinem Vetter Lupus!

Wie beschaulich und gefahrlos lebst Du in Deiner stillen Klosterzelle! Ich dagegen bin gerade wieder einmal mit heiler Haut davongekommen und noch jetzt überläuft es mich kalt, wenn ich an das schreckliche Ende denke, das uns wohl ohne Glück und Gottes helfende Hand inzwischen ereilt hätte. Hast Du genügend Vorstellungskraft, an einen heiligen Ort zu denken, der gleichzeitig eine Stätte des Grauens ist? Und doch, es gibt – oder besser: es gab ihn.

Wie Du weißt, lieber Vetter, bin ich nicht berechtigt, die Namen von Orten und Personen, mit denen Odo und ich als *missi dominici,* als Königsboten, in amtlicher Eigenschaft in Berührung kommen, an Unbeteiligte weiterzugeben. Überhaupt muss ich jeden Hinweis darauf, wer oder was hier gemeint ist, mit peinlicher Sorgfalt vermeiden.

Der Fall ist nämlich noch nicht abgeschlossen und könnte vor die höchste Instanz gelangen. Ich habe schon einen Bericht verfasst, den der Herr Karl, unser mächtiger und ruhmreicher König der Franken und Langobarden, prüfen und aus dem er sich vortragen ließ. Durch den Herrn Pfalzgrafen wurde uns mitgeteilt, dass eine Anklage nicht auszuschließen sei, vorerst wolle man aber warten, bis der Beschuldigte bei Hofe erscheint. Der allerdings lässt sich Zeit, obwohl er von mehreren Seiten benachrichtigt wurde. Ich habe auch den Eindruck, dass einige hohe Herren, die zum engeren Kreis des Königs gehören, uns misstrauen und dass sie Zeit gewinnen wollen, um unsere Vorwürfe zu entkräften und Gegenbeweise zu sammeln. Immerhin geht es um einen der Großen, einen der Ihren. Der Fall ist von so außerordentlicher Bedeutung, dass er sogar zur Änderung bestehender

Gesetze führen kann. Zahlreiche hohe Würdenträger wären betroffn, die mit einer empfindlichen Einbuße ihrer Macht rechnen müssten. Vielleicht wird schon das nächste Kapitular des Königs so manchen das Fürchten lehren. Wir, die wir als Kommissare die Ohnmacht des Rechts so schmerzhaft erlebt haben, wünschen nichts sehnlicher.

In einem Bericht, wie ich ihn für den König verfasst habe, kann man natürlich nur das Wichtigste mitteilen und muss auch alle möglichen Rücksichten nehmen. Deshalb will ich die ganze Geschichte noch einmal aufschreiben, so wie sie sich wirklich zutrug, wie Odo und ich sie erlebten. Ich glaube nämlich, das wäre nicht unnütz. Du, lieber Volbertus, sollst wie immer mein Leser sein, und wie immer ermächtige ich Dich, meine Erzählung an einige Brüder Deines Vertrauens weiterzugeben. Sollen sie nur erfahren, dass nicht überall das asketische und monastische Leben einen so hohen Grad der Gottgefälligkeit erreicht hat wie bei Euch. Die Lektüre wird ihnen als Warnung dienen und ihre Wachsamkeit stärken.

Es versteht sich übrigens, dass ich die Schrift erst an Euch absenden kann, wenn das Hofgericht sein Urteil gesprochen hat. Trotz der veränderten Namen und Eurer erprobten Verschwiegenheit könnten irgendwelche Gerüchte aufkommen, die das Verfahren störend beeinflussen würden. So kann ich Euch am Schluss auch noch mitteilen, wie die Sache hier ausgegangen ist. Nun aber erst einmal die Geschichte.

Es war Anfang September, wir waren diesmal – zu Odos großer Befriedigung – unterwegs nach Paris. Die Mosel hatten wir überquert und nun zogen wir durch die neustrischen Grafschaften. Ohne uns sonderlich zu beeilen, meist schon am Nachmittag eine Herberge aufsuchend, ritten wir durch die liebliche, sanft gewellte, vom Sonnenlicht übergossene Landschaft, in der sich so viele, für unser Frankenreich schicksalhafte Ereignisse abgespielt haben. Da hier an Grafensitzen, Königsgütern und Klöstern kein Mangel ist, genügte meistens schon eine halbe Tagereise, um von einer gastlichen Stätte zur anderen zu gelangen.

Wir reisten im besonderen Auftrage des Herrn Pfalzgrafen, des nach dem König obersten Richters im Reiche. Es war in der Gegend um die alte Hauptstadt der Merowingerkönige zu Streitereien zwischen Benefiziaten gekommen, in die auch ein Bischof verwickelt war. Ein paar Äcker, Wälder und Dörfer hatten zu Recht oder zu Unrecht den Besitzer gewechselt. Wir sollten die alten Urkunden überprüfen und Übergriffe, wenn nötig, rückgängig machen.

Solche Aufträge sind nicht angenehm. Die Habgier ist bekanntlich der zählebigste Teil des Menschen, nicht selten lebt sie noch weiter, nachdem er selbst längst gestorben ist. Zum Beispiel in einem Erbe, das er hinterlässt, obwohl es ihm niemals gehört hat, oder in einem Anspruch, um den er bis zuletzt gestritten hat und an dem seine Söhne hartnäckig festhalten. Wir waren darauf gefasst, nicht mit offenen Armen empfangen zu werden. Auch deshalb hatten wir es nicht eilig.

Dennoch wären wir nie in diese üble Geschichte hineingeraten, hätten wir uns nur immer auf der geraden Straße gehalten. Aber Odo, mein Amtsgefährte, war hier schon fast zu Hause (er stammt ja aus Reims) und so gelang es ihm nicht, seine Nase nur einfach geradeaus auf das Ziel zu richten. Er stieß sie mal hierhin, mal dorthin, wobei er seitlich der Straße manches entdeckte, was ihm bekannt vorkam oder woran sich Erinnerungen knüpften: hier einen Hügel, dort eine Brücke, woanders einen halb verfallenen Turm. Ohne uns lange zu fragen, gab er dann Impetus, seinem Grauschimmel, die Sporen und das edle, feurige Tier ließ sich nur zu gern zu einem kurzen Galopp verführen. Was blieb mir und den anderen Männern unseres Trupps anderes übrig als am Rande der Straße zu rasten? Oft genug musste ich nach einer Stunde oder mehr meinen treuen Eselshengst Grisel in Bewegung setzen, um Odo zu suchen oder zurückzuholen.

An diesem Tag nun, die Mittagszeit war schon vorüber, hatte er uns mehrmals aufgehalten und ich konnte nicht anders, als ihm Vorwürfe zu machen. Der Wortwechsel wurde heftig, denn ich hatte meinen Reiseplan entrollt und festgestellt, dass wir diesmal unser Ziel, den nächsten Herrensitz, vor Einbruch der Dunkelheit nicht erreichen würden. Odo ließ sich aber davon nicht beeindrucken. Er richtete sich im Sattel auf, blickte spöttisch zu mir herab, strich seinen prächtigen Schnurrbart und sagte:

„Fürchtest du wirklich, ängstliche Mönchsseele, du müsstest hier unter freiem Himmel nächtigen? In der Heimat des Odo von Reims? Jedermann wird uns hier Unterkunft bieten, sogar die Füchse in ihrem Bau. Also beruhige dich und folge mir! Ich habe hier in der Gegend einen Vetter, den wollen wir aufsuchen. Er ist ein ausgezeichneter Mann, der zu leben versteht und nach alter fränkischer Sitte die Gastfreundschaft hochhält. Er hat zwei hoffnungsvolle Söhne, auch seine Tochter ist inzwischen kein Kind mehr. Ich würde mich freuen, sie alle wiederzusehen. Dort hinter den Hügeln muss es sein. Also vorwärts!"

Unsere Leute antworteten mit freudigem Zuruf und schon waren die Pferde und Wagen auf einen schmalen Pfad gelenkt, der im spitzen Winkel von der Straße abwich und sich auf eine Kette kleinerer und größerer Erhebungen zuschlängelte. Ich war alles andere als begeistert. Es ist immer unsicher und gefährlich, die Straße zu verlassen und sich Wegen anzuvertrauen, von denen man nicht genau weiß, wo sie enden. Mir war diese Gegend fast unbekannt und auch Odos Ortskenntnis war eher zu misstrauen. Er behauptete zwar, auf der gallischen Seite des Rheins bis zur Loire hinunter jedes Steinchen zu kennen, doch war es allzu lange her, wohl fast zwanzig Jahre, dass er den elterlichen Salhof verlassen hatte, um sich als Königsvasall in der Welt umzutun. Auch von den vielen Verwandten, die er hier angeblich hatte, war uns bisher noch keiner zu Gesicht gekommen.

Natürlich hätte ich den Umweg verweigern können. Odo und ich sind ja ranggleich und keiner von uns darf etwas gegen den Willen des anderen entscheiden. Aber in Anbetracht unserer Verspätung konnte ich ja nichts Besseres vorschlagen. So rollte ich mein Itinerar mürrisch zusammen und folgte dem Trupp, der sich nicht um mich gekümmert hatte und schon ein tüchtiges Stück voraus war.

Meine Ahnung sollte sich leider bestätigen. Am Fuße des ersten Hügels verlor sich der Pfad schon im Sande. Ein schmales Rinnsal von Bach floss den Hang herab, und nach sichtlichem Zögern behauptete Odo, dass wir ihm nur zu folgen brauchten, um auf die richtige Straße zu kommen.

Also machten wir uns an den Aufstieg. Über Steine und Wurzeln ging es hinauf, wir mussten bald absitzen und unsere Reittiere führen. Die alte Stute, die den Wagen zog, blieb jeden Augenblick stehen, weil Hindernisse die Räder blokkierten. Dichter Wald bedeckte den Hang und nahm uns den Ausblick. Er lichtete sich erst, als wir die Kuppe des Hügels erreichten.

Hier hatte die starke Hand des allmächtigen Bildners dicke Felsplatten über- und untereinander geschoben. Keuchend und schwitzend, meine Kutte weit über die Knie raffend und den Esel hinter mir her zerrend, erklomm ich Stufe um Stufe. Oben angelangt war ich völlig erschöpft.

Man hatte nun hier eine schöne Aussicht, doch ich sah zunächst nur die Quelle aus dem Felsen hervorsprudeln. Gleich warf ich mich auf die Knie und trank. Da hörte ich es im selben Augenblick hinter mir poltern. Unser Wagen stand schief, ein Rad war in einen Felsspalt gerutscht. Waffen, Proviantsäcke, Schriftrollen, Kodizes, Decken, Felle – alles, womit wir ihn bis unter die Plane vollgestopft hatten, war durcheinander geschüttelt oder zum Teil heruntergefallen.

Ein gräuliches Fluchen und Schimpfen erhob sich, wie üblich bei solchen Zwischenfällen. Rouhfaz, unser fadendünner Diener und Schreiber, der das Gefährt gelenkt hatte und für die Ladung verantwortlich war, beschuldigte kreischend und fluchend einen der Männer unseres Schutztrupps als Verursacher. Der hatte wohl, um einem Felsbrocken auszuweichen, sein Pferd zu heftig gegen die Seite des Wagens gedrückt. Der Beschuldigte, Fulk, ein alter Kriegsmann mit einer flammenden Narbe quer über der Stirn, schnauzte zurück und nannte Rouhfaz einen Hahn ohne Kamm, womit er auf dessen Glatze anspielte. Darauf schimpfte ihn Rouhfaz einen dummen Raufbold. Fulk zog sein Schwert und Helko, der Anführer unseres Schutztrupps, musste dazwischen gehen. Die beiden anderen Männer unseres Gefolges, bullige junge Kerle, versuchten inzwischen, den Wagen anzuheben und das Rad zu befreien. Auch Helko griff zu und unter Ächzen und Stöhnen drückten, stemmten und zerrten die drei. Aber das Rad saß fest, es war eingeklemmt.

Zunächst kümmerte Odo sich nicht um den Vorfall. Ich sah ihn am Rande der Felsplatten unruhig auf und ab spazieren und Ausschau halten. Er suchte wohl das Haus seines Vetters, von dem aber weit und breit nichts zu sehen war. In der Mitte der Hügelkuppe türmten sich mächtige Quader, die den Blick auf die andere Seite verdeckten, Unter uns breitete sich eine Ebene aus. Der Bach, an dessen Quelle wir standen, teilte sie, und wir sahen an seinem jenseitigen Ufer Wiesen und abgeerntete Äcker, nur ganz in der Ferne ein paar Hütten. Vermutlich hatte sich Odo geirrt und ich war mir schon sicher, dass wir nach der Straße zurückkehren mussten. Während sich unsere Leute um den Wagen bemühten, untersuchte ich das zu Boden gefallene Gepäck. Zum Glück waren nur wenige Bücher darunter und ein einziges Bündel mit königlichen Verordnungen. Ich hob die kostbaren Stücke auf, damit sie nicht weiteren Schaden nahmen oder gar von einem achtlosen Fuß in den Felsspalt hinabgestoßen wurden.

Als ich an dessen Rande so hin und her ging, sah ich auf einmal aus der Tiefe etwas heraufschimmern. Neugierig beugte ich mich nieder und starrte hinab. Was mochte das sein? Ein Reif? Eine Fibel?

Ein Dolchgriff` Ohne Zögern legte ich mich flach auf den Boden, doch selbst ein längerer Arm als der meinige hätte das Ding nicht zu fassen vermocht. Mein Blick fiel auf unsere Angelschnur, mit der wir gelegentlich Beute machen. Auch sie war vom Wagen auf den Boden gefallen. Ich ließ sie hinunter, doch fand der Haken zunächst keinen Halt und glitt an dem schimmernden Gegenstand ab. Endlich saß er dann aber fest und nach mehrfachem Rucken konnte ich etwas heraufziehen. Es war ein mit einer dünnen Schicht Moder bedeckter, doch gut erhaltener lederner Gürtel mit silberner Schnalle und Schmuckbeschlägen.

Odo brüllte nun unseren Leuten Befehle zu. Zwischendurch lief er immer wieder zum Rande der Hügelkuppe, um missmutig Ausschau zu halten.

Er warf nur einen flüchtigen Blick auf den Fund. „Hebst du jetzt Schätze?"

„Das ist alles. Immerhin nicht ganz wertlos. Wer legt so etwas ab und lässt es zurück?"

Ich setzte mich nieder und betrachtete den Gürtel. Mit dem Ärmel der Kutte rieb ich die Metallteile ab. Auf den Beschlägen zu beiden Seiten der Schnalle waren jeweils die gleichen Tierfiguren abgebildet, in der Mitte ein Hahn, seitlich Fische. Der Hahn stand auf zwei gekreuzten Lanzen.

Die große, breite Schnalle war unbeschädigt, man konnte den Gürtel sofort wieder anlegen. Ich versuchte es selbst, aber meine rundliche Mitte ließ sich nicht ganz umspannen. Allerdings war es kein schlanker Mann gewesen, der den Gürtel getragen hatte.

Vermutlich ein Edler, dachte ich, ein kräftiger Kerl, der unterwegs, vielleicht auf der Jagd, an dieser Quelle gerastet hatte. Gewiss hatte er den Gürtel abgelegt und der war dann, durch Zufall vielleicht, in den Felsspalt gerutscht. Doch warum hatte der Mann ihn nicht wieder herausgezogen? Ein Speer hätte doch genügt, um mit der Spitze die Schnalle zu fassen …

Wieder Brüllen und Fluchen. Die Männer hatten den Wagen bewegt, aber das eingeklemmte Rad war gebrochen. Einige Speichen waren gesplittert, der untere Teil steckte weiterhin fest. „Nichts mehr zu machen“, sagte Helko. „Wir müssen den Wagen stehen lassen.

Wie ärgerlich! Das bedeutete, dass wir unser Gepäck verteilen und auf die Reittiere umladen mussten. Darüber würde weitere kostbare Zeit vergehen. Wann würden wir noch irgendwo ankommen?

Ich beriet mich mit Odo. Meiner Meinung nach war es noch das Vernünftigste, an der Stelle, wo wir uns gerade befanden, ein Nachtlager zu errichten. Nicht das erste Mal geschah es ja auf unseren Reisen, dass wir in eine solche Lage gerieten. Wir hatten ein Zelt im Gepäck und reichlich Wegzehrung. Dazu gab es Wasser von der Quelle. Nachts würden wir gegen Räubergesindel Wachen aufstellen müssen.

Odo schien davon nicht viel zu halten. Immer noch spähte er suchend nach dem Horizont.

„Ich würde natürlich den Fuchsbau vorziehen“, sagte ich spöttisch. „Doch leider ist bisher keiner deiner heimatlichen Füchse erschienen, um uns einzulassen.“

„Wart es nur ab“, knurrte er. „Die kommen noch.“

Ich bemerkte die beiden Männer zuerst. Es waren robuste Gestalten, rotgesichtig, mit lebhaften Äuglein, struppigen Bärten und breiten Mündern, aus deren Winkeln Zähne wie Hauer ragten. Trotz der spätsommerlichen Hitze trugen sie Pelze, was sie noch dicker und plumper machte. Die kleinen Pferde, auf denen sie hockten, schienen unter ihrem Gewicht fast zusammenzubrechen. Irgendwo zwischen den Felsen waren sie plötzlich hervorgekommen.

Ich stieß Odo an. Er wurde aufmerksam und schnalzte vor Überraschung mit der Zunge. „Teufel noch mal! Wer besucht uns da? Nun, Füchse sind das wohl nicht. Eher zwei berittene Wildschweine.“

„Heil!“, rief einer der beiden, der ältere.

Aus der Entfernung, die zwischen uns war, konnten sie Odos Bemerkung nicht gehört haben. Auch der andere hob die Hand und grüßte.

Odo ließ die Faust, die sich schon um den Schwertgriff geballt hatte, sinken und trat den Männern ein paar Schritte entgegen.

„Heil! Ihr beide scheint Leute zu sein, die sich hier auskennen. Habt Ihr vielleicht die Straße gesehen, die wir verloren haben?“ Die Frage verblüffte die Männer, sie blinzelten misstrauisch.

„Was habt Ihr verloren?“ fragte der Ältere.

„Unsere Straße. Sie muss hier irgendwo sein, doch wir finden sie nicht.“

„Wollt Ihr nur scherzen oder sucht Ihr Streit?“

„Weder das eine noch das andere. Ihr habt sie also auch nicht gesehen.“

„Wen? Was?“

„Nun, die Straße, die zu Herrn Ebrachar führt.“

„Zu Ebrachar?"

Die beiden sahen sich an. In ihre starren Mienen kam Leben.

„Was wollt Ihr denn von Herrn Ebrachar?", fragte wieder der Ältere.

„Das werden wir ihm schon selber sagen", erwiderte Odo. „Jedenfalls scheint Ihr ihn zu kennen."

„Und wenn es so ist?"

„Umso besser. Wie weit ist es noch bis zu ihm?"

„Vielleicht nicht sehr weit."

„Dann werdet Ihr die Güte haben, uns zu sagen, wo wir ihn finden. Wir sind unterwegs in einer sehr wichtigen Angelegenheit."

„Einer wichtigen Angelegenheit? Und was habt Ihr dort? Teppiche, Felle, Geschirr? Das sind doch nicht etwa Brautgeschenke?"

„Wollt Ihr vielleicht um seine Tochter anhalten?", ließ sich nun erstmals der Jüngere vernehmen, wobei er den Unterkiefer mit den Hauern vorschob.

„Es scheint, Ihr hättet etwas dagegen", entgegnete Odo lachend. „Mit Recht! Wer so stattlich wie Ihr ist, soll selber die schönste der Bräute küssen. Führt uns hin! Ich werde bei meinem Vetter Euer Fürsprecher sein."

„Eurem Vetter?" Der Ältere sprang hurtig vom Pferd und stapfte mit kurzen Schritten auf Odo zu. Er packte die Hand meines Amtsgefährten und schüttelte sie.

„Natürlich!", rief er. „Ihr seid sein Vetter. Ich hatte doch gleich so eine Ahnung. Diese Ähnlichkeit! Die hohe Gestalt, der Adlerblick. Erlaubt, ich bin Rocco. Das ist mein Sohn Bobo. Dieser Dummkopf hat doch tatsächlich geglaubt, Ihr kämet, um die Tochter Eures Vetters zu heiraten."

Er stieß mit dem Finger nach seinem Sohn und lachte kurz auf.

Gleich darauf zog er jedoch eine grimmige Miene und rief: „Was sitzt du da auf deinem Gaul und glotzt? Steig ab! Begrüße Herrn Ebrachars Vetter!"

Bobo gehorchte augenblicklich. Herr Rocco stand breitbeinig da, zerrte den Gürtel über dem mächtigen Bauch zurecht und legte die Hand auf den goldenen Knauf seines Kurzschwertes. Seine Kleidung war kostbar, mit seidenen Borten und Stickereien versehen, an seinem Stirnband glänzten Edelsteine. Obwohl es, wie gesagt, ein sehr warmer Tag war, hatte er über den Pelz noch einen Mantel gezogen.

Der junge Herr Bobo, der nun auf uns zu schritt, war ebenso aufwendig herausgeputzt, nur dass er an Stelle des Sax die Spatha trug, das fränkische Langschwert, das neben ihm auf den Felsboden stieß.

„Eurer Scharfsinn hat schon erraten", sagte Herr Rocco, indem er sich wieder an Odo wandte, „dass wir uns selbst um die Braut bewerben. Ein schönes Mädchen, da habt Ihr Recht. Doch Eure Fürsprache wird nicht nötig sein. Ich bin der Nachbar Eures Vetters, vielleicht nicht ganz so reich und bedeutend, aber nicht unwürdig. Da versteht sich von selbst, dass wir unsere Kinder einander zur Ehe geben. Gott der Herr segne den Bund und schütze uns auf unserem Wege! Wir sind nämlich gerade unterwegs, um die Geschenke zur Verlobung abzuliefern. Der Ehevertrag ist vorbereitet, die Hochzeit wird nicht auf sich warten lassen. Doch morgen feiern wir erst die Verlobung, wie es sich gehört. Beim heiligen Martin von Tours! Da bringen wir dem Herrn Ebrachar gleich seinen Vetter mit. Möge ihm das den Trübsinn vertreiben, dem Armen! Aber was ist Euch da geschehen?"

Herr Rocco ging um unseren Wagen herum und besah den Schaden. Er bedauerte, dass er uns nicht seinen eigenen Karren zur Verfügung stellen konnte, der mit Geschenken schon überladen sei. Man könne jedoch ein paar ledige Pferde und Ochsen mit unserem Gepäck belasten. Morgen werde dann unser Gefährt zum Salhof gebracht und vom Wagner wieder instand gesetzt.

Natürlich waren wir einverstanden. Odo war nicht nur erleichtert, weil er sich nun doch nicht geirrt hatte, er behauptete auch scherzhaft, die Spitze seiner gewaltigen Nase knetend, dass ihm dies zuverlässige Gerät schon an der Straße den Duft des bevorstehenden Festschmauses zugetragen habe. Auch unsere Leute packte freudiger Eifer. Eilig entluden sie den Wagen und versteckten ihn hinter Büschen, damit er über Nacht nicht gestohlen wurde.

Herr Rocco versicherte, dass uns kaum mehr als zwei Meilen vom Salhof des Herrn Ebrachar trennten. Wir würden es vor Sonnenuntergang schaffen. Er schickte Bobo fort, und durch eine Bresche zwischen den Felsen, die wir zunächst nicht bemerkt hatten, führte man gleich die Tiere herbei, die unser Gepäck tragen sollten. Einem der Knechte befahl Herr Rocco, einen Krug Wein zu bringen. Er wolle den kurzen Aufenthalt nutzen, sagte er, um den edlen Herrn Vetter seines Nachbarn und dessen Beichtvater (damit war ich gemeint) mit einem köstlichen, selbst gezogenen Tropfen zu begrüßen.

In der Nähe der Quelle wollten wir uns auf ein paar moosbewachsene Steine setzen. Da hörten wir hinter uns eine Stimme.

„Wehe!“

Ein hagerer, blasser Kerl mit einem winzigen Vogelkopf hatte den Ruf ausgestoßen. Die schwarzen Augen weit aufgerissen, die krallenartigen Hände beschwörend vorgestreckt, kam er rasch näher. Sein dunkler, ziemlich schäbiger Mantel, den er wie eine römische Toga angelegt und gefaltet hatte, hüllte ihn fast vollständig ein.

„Wehe!", rief er noch einmal. „Meidet den Ort, hinweg von hier! Schlimmes Geschick erfüllte sich! Blut floss dem bärenkühnen Jäger vom Haupt und färbte den Quell!"

Er wies mit ausgestrecktem Arm nach dem Stein, auf dem Odo sich gerade niederlassen wollte. Mein Amtsgefährte blieb unschlüssig stehen, halb betroffen, halb belustigt.

Herr Rocco dagegen war ungehalten. „Was willst du, Drog? Wer hat dir befohlen, hierher zu kommen?", herrschte er den Hageren an.

„Warum störst du uns?"

„Sind nicht heute die Nonen des September?"

„Ach, schweig! Ich hoffe, meine Herren", wandte sich Rocco wieder an uns, „dass Euch dieses Gespenst nicht erschreckt hat. Es ist Drogdulf, der Bruder meiner Gemahlin. Ein ganz unnützer Mensch und ein bisschen verrückt. Er kann nichts außer lesen, schreiben und schönreden. Er hat einen Ringelschwanz im Maul statt einer Zunge. Ich nehme ihn nur mit, damit er mir den Ehevertrag vorliest. Um sicher zu gehen, dass alles drinsteht." „Bittersalzige Tränen werden auf dieser Hochzeit fließen, wenn Ihr verweilt!", verkündete der seltsame Haruspex.

„Hör auf, dich vor diesen Herren wichtig zu machen!", donnerte Herr Rocco. „Du verfluchter Schmarotzer hast nur den Wein gerochen. Aber heute bekommst du nichts mehr, du hast schon dein Teil. Morgen gibt es genug zu saufen, da wirst du auf deine Kosten kommen. Jetzt aber fort mit dir, verschwinde!"

Der Gescholtene verzog die Falten seines Gesichts zu einer tragischen Grimasse, wagte jedoch keine Widerrede, sondern krümmte den Buckel und wich zurück.

Da sagte ich: „Wartet! Was meintet Ihr mit dem ‚Blut des Jägers'? Und mit den Nonen des September? Das ist ja tatsächlich der heutige Tag."

„Heute ist es genau ein Jahr her“, erwiderte Drog, mir seine lebhaften schwarzen Augen zuwendend, „dass das scharf geschliffene Schwert auf den im Schlummer geneigten Schädel hinabfuhr und … ach, ach, was habt Ihr denn da?“

Er starrte auf meine Hand, die den Gürtel hielt.

„Den habe ich gefunden, dort in der Felsspalte.“

„Der Jäger trug ihn!“, stieß Drog mit einer heftigen Geste hervor. „Was ist das für eine Geschichte, Freund?“, fragte Odo, der nun ebenfalls aufmerkte. „Hier wurde vor einem Jahr ein Jäger ermordet? Wer war das? Etwa ein Grundherr aus der Umgebung?“ „Ihr scheint nichts davon zu wissen“, sagte Herr Rocco mit unbehaglicher Miene. „Habt wohl lange nichts von Euren Verwandten gehört.“

„So ist es. Aber was soll das heißen?“

„Nun, der Ermordete …“

„Sprecht! Wer war es?“

„Es war der junge Herr Gundobad.“

„Ebrachars Sohn?“, rief Odo.

„Ja, der älteste Sohn Eures Vetters. Ein prächtiger Kerl, ein Heldenspross. Seine ganze Leidenschaft war die Jagd. In der Tat, es muss an dieser Stelle geschehen sein … ich erinnerte mich nicht gleich daran. Er ruhte sich aus von der Hatz, erfrischte sich … und dann fand man ihn hier. Wahrhaftig, das war ein hässlicher Tod. Ochsen und Schweine sterben angenehmer. Sie hatten ihn fast in zwei Teile gehauen, die Schurken.“

„So weiß man, wer …“

„Natürlich Raubgesindel. In dieser gottverlassenen Gegend ist kein Christenmensch sicher. In den Wäldern wimmelt es nur so von Räubern und Mördern. Hinter jedem Strauch lauert einer. Seid froh, dass Ihr uns getroffen habt. Es würde sicherlich übel ausgehen, wenn Ihr hier oben übernachten wolltet.“

„Es steht also fest, dass es Räuber waren, die Gundobad …“

„Das steht fest wie diese Feldblöcke hier. Sie nahmen sein Pferd und seine Waffen.“

„Und warum ließen sie den Gürtel zurück?“ Herr Rocco zögerte mit der Antwort. Er warf einen schiefen Blick auf meinen Fund, den ich Drogdulf überlassen hatte.

Der starrte auf die Silberbeschläge und murmelte: „O achtloser Mörder, der edles Metall verschmäht und fortwirft! Doch konnte er sich mit des Bruders prächtigem Leibesschmuck gürten?“

„Gib her!“

Herr Rocco riss Drogdulf so heftig den Gürtel aus der Hand, dass die scharfe Lederkante dem Armen die Haut zerschnitt.

„Und nun troll dich, du Narr!“, rief Rocco. „Du redest heute so viel Unsinn, dass ich mich kaum noch beherrschen kann. Ihr fragt, warum die Räuber den Gürtel nicht wollten? Wer kann das wissen? Vielleicht erschlugen sie Gundobad nicht im Schlaf, vielleicht gab es ein Handgemenge. Dabei fiel der Gürtel dort hinein, wo Ihr ihn heute gefunden habt, Vater, und sie haben ihn in der Eile vergessen. Er war ihnen wohl nicht wertvoll genug. Seht Euch meinen an … Gold und Rubine. Dagegen ist dieser Gürtel ein Dreck. Vielleicht gehörte er auch gar nicht Gundobad. Drog, der Tölpel, kann sich irren. Seht her, diese Hähne und Fische – jeder Zweite schmückt sich mit Hähnen und Fischen. Ein Wanderer, der hier rastete, hat den Gürtel vielleicht verloren. Falls es aber doch der des Gundobad war … nun, meine Herren, habe ich eine Bitte. Versteckt ihn vor den Augen Herrn Ebrachars! Der Tod seines ältesten Sohnes hat ihn furchtbar getroffen. Viel fehlt nicht mehr und er ist nur noch ein Jammergreis. Dass ich auch nicht an diese verfluchten Nonen gedacht habe! Ich hoffe, es fällt ihm nicht selber ein, dass es heute vor einem Jahr geschehen ist. Deshalb bitte ich Euch: Kein Wort von dem Gürtel! Eins kommt zum anderen und alles zusammen könnte uns noch die Verlobung verderben. Hast du verstanden?“, schrie er plötzlich wieder den Drogdulf an. „Verliere auch nur ein Wort darüber und du wirst keine Zeit haben, es zu bereuen!“

Odo und ich tauschten einen Blick. „Es muss dich schmerzen, dass du einen Verwandten verloren hast“, sagte ich. „Gott erbarme sich seiner Seele.“

„Amen“, erwiderte er, „aber nichts mehr von Schmerz. Die Tochter meines Vetters heiratet und so bekomme ich ja bald neue Verwandte. Diesen Rocco und seine famose Sippe. Ist das nicht tröstlich?“

2. Kapitel

Wir tranken den Wein, der ausgezeichnet war, wie es sich für diese Gegend gehört, aber er wollte uns nicht so recht munden. Wir ließen uns auch nicht auf den von Moos überwucherten Steinen nieder. Kaum hatten wir ausgetrunken, brachen wir auf. Natürlich war uns allen daran gelegen, noch bei Tageslicht unser Ziel zu erreichen. Doch der tiefere Grund für die Eile war ein anderer.

Dem Leser dieses Berichts mag es leichtsinnig erscheinen, dass wir, die Kommissare König Karls, im Sonderauftrag unterwegs und mit wichtigen Sendschreiben im Gepäck, uns ohne langes Zögern einem fremden Trupp anschlossen. Zumal dieser, wie sich herausstellen sollte, an Kopfzahl weit überlegen war.

Nachdem wir uns durch die Bresche zwischen den Felsen gezwängt hatten, fanden wir nämlich auf der anderen Seite der Hügelkuppe an die fünfzehn, zwanzig Mann vor – außer denen, die wir schon kennengelernt hatten. Es waren die Knechte, die den Muntschatz bewachten, einen Karren mit Geschenken und eine Herde von Pferden, Rindern und Schafen. Sie sahen friedlich aus – aber waren sie es? Wenn nun die Herren Rocco und Bobo keine Edelleute waren, diese Männer nicht ihre Knechte, sondern Spießgesellen, der Wagen und die Herde nicht Brautgeschenke, sondern Diebsbeute? Tagtäglich werden im Frankenreich Reisende zu Hunderten beraubt und getötet, verschwinden Kaufmannszüge und Pilgertrupps ebenso von der Erdoberfläche wie ganze Heerhaufen. Wir wären nicht die erste königliche Abordnung, die ihr Ziel nie erreichte.

Im Bewusstsein dieser Gefahren vertrauten wir dem Rocco nicht blindlings. Während wir die Becher leerten, stellte Odo unserem neuen Bekannten noch ein paar gut gezielte Fragen, seinen Vetter Ebrachar betreffend. Herr Rocco gab darauf in einer Weise Bescheid, die auf gut nachbarlichen, ja sogar vertrauten Umgang schließen ließ. Wir hatten auf unseren Reisen auch so viel Erfahrung mit Menschen unterschiedlichster Art gewonnen, dass wir in diesem polternden, geltungssüchtigen Rohling so etwas wie das Muster des kleinen Landedlen erkannten. Es gab somit auch keinen Grund, seine Geschichte von der Verlobung in Frage zu stellen (abgesehen vielleicht von dem Schrecken erregenden Gebiss seines Sohnes, des Bräutigams, den die Braut, wie wir hörten, noch nicht kannte, und in dieser Gegend müssen die Jungfrauen ihrer Verheiratung zustimmen). Trotz allem blieben wir auf der Hut. Unsere Leute hielten die Waffen bereit, und als der Zug sich formierte und Herr Rocco sich an die Spitze setzte, wusste Odo sie so geschickt einzureihen, dass sie den Dicken notfalls rasch überwältigen und von den Seinen trennen konnten. Solche Maßnahmen trifft mein Amtsgefährte, der sich lange in Grenzkriegen herumgeschlagen und jede Art von Treulosigkeit erfahren hatte, schon fast aus Gewohnheit.

Auf einem nur leicht abschüssigen, steinigen, aber ausreichend breiten Pfad bewegten wir uns talwärts. Odo ritt an Roccos Seite und bald waren die beiden in ein Gespräch vertieft. Ich hielt meinen Grisel hart hinter ihnen und spitzte die Ohren, denn was da geredet wurde, verdiente meine besondere Aufmerksamkeit. Herr Rocco argwöhnte anscheinend selbst, er könne uns nicht Vertrauen erweckend erscheinen. Seine Ausfälle gegen Drogdulf und der Eifer, mit dem er uns beschworen hatte, den Fund in der Felsspalte zu verschweigen, waren ja in der Tat befremdlich. Er legte nun Wert darauf, seine aufrechte Gesinnung und feste Treue gegenüber seinem Nachbarn und dessen Familie zu bekunden. Außerdem hielt er es für nötig, gewisse Besorgnisse zu äußern und auf „bedenkliche Vorgänge“, wie er sie nannte, hinzuweisen, damit sich der Vetter des Herrn Ebrachar bei seiner Ankunft auf dessen Herrenhof nicht zu sehr wunderte.

Da er gewohnheitsmäßig mit lauter Stimme sprach und selbst Vertrauliches noch heraustrompetete, hatte ich trotz des Stimmengewirrs und des Getrappels der Tiere hinter mir wenig Mühe, der Unterredung zu folgen.

„Glaubt mir, Herr Odo, ich bin besorgt", sagte Herr Rocco. „Vor einem Jahr noch war Euer Vetter ein Turm, jetzt aber verfällt er wie ein altes, morsches Gemäuer. Noch ein Geschoss, noch ein Windstoß – und er ist hin. Dabei hat er ja keine fünf Dezennien, er ist nur wenig älter als ich. Dieselbe Amme hat uns gesäugt, eine gewisse Gislinde, ein wahres Prachtexemplar von Amme. Mein Vater kaufte sie dem Vater des Ebrachar, Euerm Onkel, ab, weil ich als Säugling so schwächlich war. Aber wir haben nicht nur aus denselben Brüsten getrunken, sondern auch aus denselben Fässern. Wie oft war ich bei ihm zu Gast! Und wenn Herr Ebrachar ein Fest gab – wahrhaftig, da krachten die Tische, da platzten die Gürtel. So war es, nun aber ist Schluss damit. Ein Teufel hat plötzlich den Schwanz gehoben und – ffft! Alles aus. Keine Feste, kein Braten, kein Wein. Stattdessen frommer Trübsinn, Gebete und Fasten."

„Ein eigenartiger Widerspruch, Freund", bemerkte Odo. „Der Teufel soll meinen Vetter vom fröhlichen Leben in die Kirche geschleppt haben?"

„So ist es. Es kann niemand anders sein als er selbst, in Person. Deshalb nennen wir ihn auch den Pater Diabolus."

„Ein Ordenspriester?"

„Vom Kloster drüben. In Wirklichkeit heißt er Fabiolus. Diabolus passt aber besser zu ihm."

„Das muss ein gewitzter Pfaffe sein, der sich einen solchen Namen verdient."

„Ja, lacht nur! Weinen werdet Ihr, wenn Ihr das Elend seht."

„Wie denn? Mein Vetter ist im Elend?"

„Noch nicht. Aber weit davon ist er nicht mehr. Dieser Diabolus streicht wie ein Geier um ihn herum. Und hackt ihm das lebendige Fleisch von den Knochen. Knauserig ist Ebrachar nur gegen seine alten Freunde geworden, nicht gegen die Mönche. Keinen Tag lässt Gott werden, an dem sie nicht etwas mitgehen lassen. Alles nehmen sie, können alles brauchen. Ein Leuchter? Ein Becher? Ein Ring? Nur her damit! Teppiche, Pelze, Wandbehänge? Haben wir nötig! Schinken, Würste, Bier und Wein fassweise? Stärkt uns für unsere frommen Übungen! Von Hühnern, Gänsen und Ziegen zu schweigen. Auch Pferde bringen sie fort … wozu brauchen die heiligen Brüder Pferde? Kürzlich haben sie ihm sogar seinen goldenen Nachttopf weggenommen, ein Kunstwerk, stammt aus Byzanz. Angeblich, weil es Sünde ist, auf Gold zu pissen. Und wer tut es jetzt? Der Diabolus!. Oder sein Abt, der Herr Agilhelmus.“ „Ihr ereifert Euch so“, sagte Odo spöttisch, „als würde man Euch selbst bestehlen.“

„Und tut man es denn nicht?“, rief Herr Rocco, während er sich, rot im Gesicht, im Sattel umdrehte und einen Blick zurück auf den Zug warf. „Ist das alles nur für die Braut, die Ingunde, was ich dorthin schaffe? Keineswegs! Der Diabolus saß mit am Tisch und feilschte, als über den Muntschatz verhandelt wurde. Angeblich, um den lieben Ebrachar und seine Tochter vor meinem Geiz zu schützen. In Wirklichkeit, um seinen Anteil zu raffen. Sie haben mich fast ruiniert. Gott vergebe es Euerm Vetter und mache, dass er zu seinem Wort steht und seine Tochter wenigstens mit der Mitgift ausstattet, die er versprochen hat.“

„Ah, daran zweifelt Ihr?“

„Habe ich nicht allen Grund dazu?“, sagte Herr Rocco plötzlich in kläglichem Ton. „Dieser Diabolus hat so viel Einfluss auf Euern Vetter, dass ich fürchte, er wird noch im letzten Augenblick alles verderben. Bestimmt wird er da sein und einen Anlass suchen. Daher meine Sorge, dass die Entdeckung des Gürtels ihm den verschaffen könnte. Und wenn sie dann noch darauf kommen, dass es genau ein Jahr her ist … dann wird ein Heulen, Jammern und Klagen losgehen, dass sogar Katzen und Hunde das Grausen bekommen. Und alle werden in die Kapelle stürzen. Und niemand wird etwas von einer Verlobung wissen wollen."

„Dann spart Ihr jedenfalls Eure Geschenke."

„Ja, spottet nur! Darauf verzichten sie gern, die frommen Teufel, wenn sie noch mehr bekommen können."

„Noch mehr?"

„Die schöne Wiese zum Beispiel, die zur Mitgift gehört. Sie grenzt an mein eigenes Gut. Seht, dort drüben!"

Herr Rocco hielt sein Pferd an und deutete mit ausgestrecktem Arm auf etwas Unbestimmtes weit hinten am Horizont. Der ganze Zug kam ins Stocken. Auch vor uns wellten sich Wiesen. Die Strohdächer eines Dorfes lugten aus dem Gebüsch. Dahinter begann wieder dichter Wald.

„Das alles gehört dem Kloster", erklärte Herr Rocco. „Der Abt Agilhelmus ist schon der Reichste in der Grafschaft, doch das genügt ihm nicht, er will mehr. Deshalb schickt er ja den Diabolus aus."

„Der Abt schickt ihn aus, um Besitz zu raffen?" Ich konnte mich nicht enthalten, diesen Zweifel zu äußern.

Herr Rocco musterte mich mit einem Blicke, in dem sich Unwille und Verlegenheit mischten. Er mochte sich fragen, ob ich alles mitgehört hatte.

„Mag es Euch passen oder nicht, Vater", sagte er endlich schroff, „es ist so! Überall, wo es etwas zu erben gibt, ist der Pater nicht weit. Diese Wiesen, die Ihr hier seht, und das Dorf gehörten vor kurzem noch einem Herrn Mombert. Dessen einziger Sohn ertrank beim Fischen, er blieb ohne Erben. Schon war der Pater Diabolus da. Er brauchte nicht lange,

Mombert war alt und gebrechlich. Er ließ sich leicht überreden, die Tage, die ihm noch bleiben, im Kloster zu verbringen. Nicht für Gotteslohn, das versteht sich. Mit dieser Währung können die frommen Brüder nichts anfangen. Er gab ihnen alles, was er besaß."

„Und lebt jetzt im Kloster?"

„Wenn er nicht schon gestorben ist. Ich habe lange nichts mehr von ihm gehört und gesehen. Er war nicht mehr gut zu Fuß, schon als er noch auf seinem Salhof saß. Aber man sah ihn manchmal ausreiten. Jetzt haben sie ihm wohl auch sein Pferd weggenommen."

„Aber man kann ihn doch im Kloster besuchen."

„Dazu habe ich kein Bedürfnis. Hatte viel Ärger mit diesem Mombert, er hat mir mal eine Mühle niedergebrannt. Wie es scheint, besucht ihn aber auch keiner der Nachbarn. Ich vermute, es ginge auch gar nicht, sie sollen die Kostgänger irgendwo in einem Nebengebäude versteckt haben. Nun, wer kennt sich da aus! Sie lassen ja auch kaum jemanden hinein. Wer weiß, was sie hinter ihren Mauern treiben!"

„Das Kloster hat also die Immunität."

„So ist es, Vater, sie besitzen das Privilegium. Und wenn Ihr jetzt kräftig ausspuckt und trefft den Brombeerstrauch dort, habt Ihr das geheiligte Territorium verletzt. Dafür müsst Ihr Euch vor dem Klostergericht verantworten. Und dann kann Euch nur noch der Papst helfen. Spuckt also lieber auf den Weg. Vorwärts!"

Er riss wütend am Zügel und stieß dem armen, müden Gaul unter ihm die fetten Schenkel in die Flanken. Wir setzten uns erneut in Bewegung.

„Ihr erzählt uns da seltsame Geschichten, mein Teurer", nahm Odo dass Gespräch wieder auf. „Soll das nun heißen, dass sie sich auch auf meinen Vetter gestürzt haben? Aber wenn auch sein Ältester tot ist … er hat doch noch andere

Erben."

„Auf einem Bein steht es sich schlecht", erwiderte Herr Rocco. „Von seinen legitimen Söhnen ist nur noch Sigiwald da, ein schwächlicher Bursche von siebzehn Jahren. Ihr werdet ihn ja von früher kennen, er ist der Einzige aus einer Muntehe. Der andere, Cleph, stammt von einer Kebse, der Langobardin, die Ebrachar damals aus dem Krieg in Italien mitbrachte. Das ist übrigens ein tüchtiger Kerl, er führt die Wirtschaft als Vilicus. Aber erben soll er fast nichts, nicht einmal nach dem Tode des ältesten Bruders. Ich frage Euch, ist das gerecht? Dahinter steckt auch wieder dieser Diabolus."

„Ich vermute, der tauchte auf, nachdem Gundobad ..."

„Gewiss, das versteht sich. Solange Gundobad lebte, ließ er Euern Vetter in Ruhe. Mehrere Erben – nichts zu machen. Doch nun war einer tot und das war das Loch in der Wand. Flugs schlüpfte er hindurch, der Halunke. War plötzlich da, um Trost zu spenden. Euer Vetter, Gott sei es geklagt, ließ sich umgarnen. Wen wundert es? Sein Lieblingssohn war dahin, ihm wollte das Herz brechen. Von da an wich der Diabolus nicht mehr von seiner Seite. Bald hatte er Ebrachar eingeredet, der Tod seines Sohnes sei die Strafe für sein sündiges Leben, aber Gott sei noch nicht versöhnt, deshalb müsse er fleißig Buße tun. Vor allem aber dem Himmel Geschenke machen."

„Das heißt, seiner irdischen Vertretung, dem Kloster."

„Inzwischen, scheint es, haben die Brüder erreicht, was sie wollten. Das ganze Erbteil des Gundobad soll an das Kloster gehen. Äcker, Wiesen, Dörfer, Fischteiche, Pferde, Ochsen, Männer und Weiber. Ein Jammer ist das! Dabei hatte Cleph gehofft, dass nach dem Tode des ältesten Bruders das ganze Erbe noch einmal aufgeteilt wird. Ist so etwas nicht üblich? Machen es nicht auch die Könige so? Wie die Tochter beraubt wird, habe ich Euch schon erzählt. Denn was die Mönche wegschleppen, wird ja an ihrer Mitgift fehlen. Soll ich Euch noch etwas verraten? Es ist das, was mich am meisten beunruhigt Sie haben auch schon der Ingunde den Kopf verdreht! ‚Warum soll ich Bobo denn eigentlich heiraten', hat sie gesagt, ‚wo ich doch einen viel besseren Bräutigam kriegen kann?' ‚Einen besseren?', hat Cleph sie gefragt. ‚Wer soll das sein?' Da hat sie zum Himmel gezeigt und gesagt: ‚Der Herr Jesus Christus!' Der sei verliebt in sie und wolle sie gern zur Braut, er habe auch schon um sie anhalten lassen. Ihr erratet, durch wen? Natürlich, den Pater Diabolus! Jesus' Brautwerber! Ist das zu glauben? Jesus verliebt sich in Ingunde! Sie wollen das arme Mädchen zur Nonne machen, nicht ohne ihre Mitgift, versteht sich. Zum Glück ist Cleph da, ihr Halbbruder. Sie hört auf ihn und er hat ihr den Unsinn erst einmal ausgeredet. Aber das war vor vier Wochen. Weiß man, was inzwischen geschehen ist? Ich zittere bei dem Gedanken. Ich koche! Und ich schwöre Euch, meine Herren, wenn ich ohne Verlobung wieder abziehen muss, dann … dann erwürge ich den Diabolus eigenhändig, Und wenn ich mich damit um die ewige Seligkeit bringe. Bobo!", brüllte er plötzlich und blickte sich um. „Wo ist Bobo? Verflucht, der Dummkopf treibt sich wieder unter den Knechten herum. Wir sind bald da, vielleicht zieht man uns zum Empfang entgegen. Jetzt kommt es darauf an, Eindruck zu machen, aber er reitet hinter den Ochsem. Was machst du da hinten? Komm her!" Es war nicht zu übersehen, dass die Unruhe des Herrn Rocco zunahm, je näher wir unserem Ziel kamen. Er redete unaufhörlich, fluchte und wiederholte, was er bereits gesagt hatte. Unter dem Pelz und dem Mantel schwitzte er fürchterlich. Er brach einen Stock ab und schlug auf sein Pferd ein. Als sein Sohn sich nach vorn gedrängt hatte, empfing auch er ein paar Hiebe. Bobo machte gehorsam den Rücken krumm und duldete es.

Die Sonne stand bereits recht niedrig, der heiße Tag ging

allmählich in einen schwülen, trägen Abend über. Die Ebene lag nun offen vor uns, man sah kleine Gruppen von Bauern und Knechten heimwärts ziehen. Der Weg wurde jetzt so breit, dass drei Reiter nebeneinander Platz hatten. Hinter den Wipfeln eines Wäldchens tauchte das rote Ziegeldach eines Turms auf. Mehr war längere Zeit vom Anwesen des Herrn Ebrachar nicht zu sehen. In der Ferne, nach Süden zu, schimmerten weiße Mauern. Wir erfuhren, dies sei das besagte Kloster.

Bei dem Gedränge, das Bobo verursacht hatte, war ich etwas zurückgefallen und mein Grisel hatte die Gelegenheit wahrgenommen, sich einem Artgenossen zuzugesellen. Die beiden Tiere beschnupperten sich und so kam ich dem anderen Eselsreiter recht nahe. Es war Drogdulf, der vogelköpfige Togaträger. Ich nickte ihm zu und er verzog das faltige Gesichtchen zu einem Grinsen. Seine Augen sahen mich durchdringend an, doch diesmal ganz ruhig, ohne die fiebrige Erregtheit bei seinem Erscheinen auf dem Hügel. Eine kurze Zeit ritten wir schweigend Seite an Seite und plötzlich sprach er mich an.

Zu meiner Überraschung sagte er leise, mit ein wenig näselnder Stimme: „Nun, Vater, ist Euch die Lust vergangen, dem gottlosen Lügenbold länger zuzuhören?“

„Ihr meint Euern Schwager, Herrn Rocco?“, fragte ich betroffen.

„Es ist empörend, wie er die Mönche und besonders den guten Pater Fabiolus verleumdet. Schon dafür hätte er verdient, ohne Verlobung wieder abzuziehen. Und das wäre noch eine milde Strafe.“

Er sprach vernünftig, trocken, in bitterem Tonfall und ohne jede schwülstige Wendung. Schon nach diesen wenigen Sätzen gab es für mich keinen Zweifel, dass er ein anderer war als der, den er uns kurz zuvor auf dem Hügel vorgespielt hatte. Natürlich war meine Neugier geweckt.

„Eine Strafe? Wofür?". fragte ich. „Hat denn Herr Rocco sich irgendwie schuldig gemacht?"

„Vielleicht war der Bruch Eures Wagenrades ein göttliches Werk", erwiderte er, ohne auf meine Frage einzugehen. „Vielleicht war es der Erzengel Michael, der das Böse bekämpft. Er stieß den Wagen in die Felsspalte. Damit Ihr, der Diener Gottes, den Gürtel fandet." „Das müsstet Ihr mir deutlicher erklären."

„Vielleicht habt Ihr damit die Wahrheit ans Licht gebracht."

„Die Wahrheit über den Mord an Ebrachars Sohn? Ich habe vorhin nicht verstanden, was Ihr mit Euren dunklen Worten sagen wolltet. Ihr spracht von einem Mörder, der sich nicht mit dem Leibesschmuck des Bruders …"

„Es war ein Hinweis, für Euch bestimmt. Ihr habt nicht verstanden? Vermutlich habt Ihr mich für einen Narren gehalten."

„Ich gebe zu …"

„Hier steht die Welt auf dem Kopf und ein Weiser tut gut daran, Narrenkleider anzulegen."

„Wenn ich das, was Ihr einen Hinweis nennt, wörtlich nehme …"

„Nehmt es nur wörtlich."

„Dann waren es also nicht Banditen, die den Gundobad umbrachten."

„Hätten sie den Gürtel zurückgelassen?"

„Die Erklärungen Eures Schwagers …"

„Er weiß es besser. Er log. Er täuschte Euch."

„So wurde der Gürtel vom Mörder absichtlich vergessen."

„Er warf ihn fort, weil er ihn verraten konnte."

„Und Ihr glaubt, ein Bruder des Gundobad …? Welcher?"

„Der eine ist ja fast noch ein Knabe."

„Also der andere. Der Vilicus."

Der Vogelkopf nickte mehrmals ernsthaft.

„Angeblich ist das ein tüchtiger Mann“, sagte ich.

„Schwerttüchtig. Beiltüchtig. Liebestüchtig.“

„Liebestüchtig?“

„Seht Ihr den Turm dort hinter dem Wäldchen?“

„Ich sehe ihn.“

„Zu oft hat er ihn erstiegen.“

„Wozu?“

„Dort oben, gleich unter dem Dach, haust eine fette schwarze Spinne.“

„Wie?“

„Er geriet in ihr Netz, sie fängt Fliegenmännchen. Früher war sie Gundobads Frau. Ihr Name ist Prisca …“

Er verstummte und starrte mit hängender Lippe nach vorn, zu dem Turm hinauf, wo sich an einem der Fenster tatsächlich etwas bewegte. Auch ich strengte meine Augen an. Es konnte der Kopf einer Frau sein. Noch aber war die Entfernung zu groß, um Gesichtszüge zu erkennen.

„Sie hat uns bemerkt“, sagte Drogdulf. „Die Spinne beobachtet uns.“

„Lebt sie immer dort oben?“

„Immer. Neugierig ist sie. Und faul. Steigt kaum jemals herunter. Was zu tun ist, besorgt Cleph für sie.“

„Er verwaltet ihr Wittum?“

„So kann man es nennen.“

„Und sie hat es gewollt? Dass er ihren Gemahl …?“

„Der war ja wertlos für sie geworden.“

„Was heißt das?“

„Er hatte kein Blut mehr in den Adern.“

„Kein Blut?“

„Sie hatte ihm alles ausgesogen. Er betrank sich jede Nacht und füllte seine Adern mit Wein auf. So büßte er auch die letzte Kraft ein. Was konnte sie noch mit ihm anfangen?“

„Aber der andere sollte kaum etwas erben."

„Sie hofften, das würde sich ändern, wenn einer der legitimen Erben erst tot war. Zum Glück aber gab es den Pater Fabiolus." Ich schwieg nachdenklich. Dass Cleph nach dem Tode des Gundobad auf einen Vorteil gehofft hatte, wusste ich ja schon von Herrn Rocco.

Der hatte dazu allerdings eine ganz andere Meinung geäußert. Natürlich war dieser Drogdulf seinem Schwager, der ihn beschimpfte und erniedrigte, nicht wohlgesinnt. Er schien mit seiner Geschichte vom Brudermord auch einen bestimmten Zweck zu verfolgen. Indessen gab er seine Auskünfte so bestimmt und ohne Zögern und wusste ihnen so viel Glaubwürdigkeit zu verleihen, dass es schwer war, sie einfach abzutun.

„Seid Ihr der Einzige, der diesen Verdacht hat?", fragte ich.

„Herr Ebrachar hatte ihn auch. Er wollte Cleph, diesen Bastard von einer langobardischen Kebse, schon umbringen."

„Umbringen? Seinen Sohn? Wie kam er dazu?"

„An jenem Tag vor einem Jahr war Cleph gemeinsam mit Gundobad auf die Jagd gegangen. Allein kehrte er am Abend zurück. Am nächsten Morgen fand man den Leichnam, fast in zwei Teile gehauen. Cleph ist sehr stark."

„Und hat man nicht gleich an Banditen gedacht?"

„Zuerst an den Sohn der Langobardin. Herr Ebrachar wollte ihn auf der Stelle totschlagen.

„Und wie kam er davon?"

„Er flüchtete sich zu Rocco, versteckte sich bei uns. Stundenlang flüsterten die beiden. Dann ritt mein Schwager zu Herrn Ebrachar und beruhigte ihn, indem er ihm Lügen vortrug. Er sagte ihm nämlich, Cleph sei an den Nonen des September, also heute vor einem Jahr, nicht auf die Jagd gegangen, sondern den ganzen Tag lang bei ihm auf dem Salhof gewesen. Angeblich um ein Geschäft zu besprechen. Das stimmt aber nicht, ich weiß es genau. Doch Ebrachar glaubte es ihnen schließlich. Vor allem weil der Leichnam ganz ausgeraubt war, fast nackt. Aber das konnte ja vorgetäuscht sein. Wenn nun der Gürtel zum Vorschein käme …"

Drogdulf ruckte ein paar Mal mit seinem Vogelkopf und stieß ein heiseres Lachen aus. Diese boshafte Vorfreude weckte erneut mein Misstrauen.

„Warum sollte nun aber Euer Schwager eine so schwere Sünde begangen und einen Mörder seiner Bestrafung entzogen haben?"

„Versteht Ihr das nicht? Wer ist schon Rocco? Muss man sich eines solchen Verwandten nicht schämen? Vorher hätte er nicht gewagt, bei Herrn Ebrachar wegen der Braut anzufragen, für seinen Reißzahn, den Bobo. Jetzt, da er Cleph gerettet hat, ist es etwas anderes. Der Langobarde ist zwar ein Bastard, doch er hat Einfluss. Nicht so viel wie der Pater Fabiolus, aber es reicht schon. Auf dem Salhof hört alles auf seine Befehle und Herr Ebrachar hat ein schlechtes Gewissen, weil er ihn totschlagen wollte. Auch Ingunde hört auf ihn. So konnte er langsam, Tropfen für Tropfen, diese Heiratsgeschichte in Fluss bringen. Er bedankt sich damit für seine Rettung. Vergebens ringt Pater Fabiolus um die Seele der Jungfrau. Er ahnt die Wahrheit, kann sie jedoch nicht beweisen. Ich kenne sie, bin aber zu schwach. Ihr habt die Wahrheit im Gepäck."

Er schielte nach meinem Ledersack, der hinter mir auf Grisels Rücken lag. Darin befand sich der Gürtel des Gundobad, den mir Herr Rocco zurückgegeben hatte. Natürlich hütete ich mich vor einer Äußerung, die seinem missgünstigen Verwandten gefallen und ihn vielleicht zu etwas ermutigt hätte, was wir nicht beabsichtigen konnten. Es ist ja keineswegs unsere Aufgabe, längst vermoderte Leichen auszugraben. Es geht uns nichts an, was sonst noch unter den Dächern geschieht, unter denen wir zufällig Herberge nehmen. Ich gestehe jedoch, dass ich von all dem nicht unberührt blieb und dass ich gespannt war auf die Personen, von denen die Rede war und die von verschiedenen Seiten so unterschiedlich beurteilt wurden.

Wir erreichten das Waldstück, mussten es aber umgehen, weil es offenbar schon ein Teil der Befestigung war. Der Weg führte dann an einer endlos langen, übermannshohen Hecke von Weißdorn entlang. Schließlich sammelten wir uns im langen Schatten eines wuchtigen, hoch aufragenden Tores.

Das Tor war verschlossen.

3. Kapitel

Die Ahnungen, die Herrn Rocco schon unterwegs so geplagt hatten, schienen sich zu bestätigen.

Gewiss hatte der dicke Gutsbesitzer kaum ernsthaft damit gerechnet, dass ihm sein reicher und angesehener Nachbar zum Empfang entgegen ziehen würde. Ebrachar gehörte zu den Großen der Grafschaft, ein so vornehmer Herr hat es ja nicht einmal nötig, dem Comes entgegen zu reiten. Überhaupt kann so einer sich manches erlauben, was einem andern als Grobheit und Unhöflichkeit ausgelegt würde. Dass man hier allerdings vor einem erwarteten Gast, einem künftigen Verwandten dazu, das Tor verriegelte, war höchst ungewöhnlich. Wir waren lange weithin sichtbar durch die Ebene gezogen, unmöglich, dass man uns von den verschiedenen Türmen und Beobachtungsposten aus, die solche Herrensitze umgeben, nicht bemerkt hatte. Selbst wenn vorher schon der Befehl ergangen war, das Tor zum Abend zeitig zu schließen, musste man unsere Ankunft gemeldet haben.

Herr Rocco war nicht nur heftig empört, sondern auch uns gegenüber in Verlegenheit. Was immer er vorher befürchtet hatte – dies war zu arg! Seine Ehre stand auf dem Spiel. Man ließ einen Edlen, wenn auch minder bedeutend, nicht wie einen Pilger oder Bettler vor dem Tor warten.

Natürlich vermutete er sofort neue Ränke des Paters Diabolus. Eine Erklärung für diesen Empfang, schimpfte er, sei nur in dem vorübergehenden Sieg der gegnerischen Partei zu suchen. Doch triumphiere der Feind zu früh. Er könne ja nicht verhindern, dass man das Gastrecht in Anspruch nehme. Auch wisse er nicht, dass man einen Vetter des Herrn Ebrachar mitbringe. Habe man aber erst einmal Einlass gefunden, werde man auch am Ende den Kampfplatz behaupten.

Mit solchen Reden machte Herr Rocco sich Mut. Dann befahl er einem Knecht, an das Tor zu schlagen und rief laut nach der Wache.

Wir hielten uns vorerst zurück und warteten. Odo war taktvoll genug, Rocco nicht noch mehr zu beleidigen, indem er sich selbst zum Sprecher der Einlass Begehrenden machte. Um aber die Wahrheit zu sagen: Er hatte für einen Augenblick die Sprache verloren. Denn auch er hatte nun die Frau bemerkt, die auf dem höchsten Turm des Anwesens, der uns von weitem schon entgegen geleuchtet hatte, in einem Bogenfenster unter dem Dach saß.

Ich war ja, wie erwähnt, schon längst auf sie aufmerksam geworden. Immer wieder war mein Blick, als wir uns dem Herrenhof näherten, nach jenem Fenster hinauf gewandert, das ab und zu zwischen Baumkronen und über der Weißdornhecke sichtbar wurde. Da hatte ich denn zuerst eine schwarze Haarmähne ausgemacht und ein großes, weißes, ovales Gesicht, dessen Züge schön und anmutig sein mussten. Im milden Licht des späten Nachmittags, unter dem klaren Himmel erinnerte mich die Dame sogar an die Marien und Magdalenen auf den Altarbildern. Reglos und majestätisch, in einem fließenden Gewand, saß sie dort und blickte herab, mit einer göttlichen, erhabenen Ruhe.

Als ich jetzt vor dem Tor hielt, nur noch ein kurzes Stück vom Turm entfernt, erlosch dieser Eindruck allerdings schnell. Es ernüchterte mich auch, als ich bemerkte, wie Odo mit lüsterner Miene hinauf sah und vor freudiger Überraschung die Sprache verlor. So etwas geschieht ihm nicht vor Madonnenbildern.

Ich dachte dann auch gleich wieder an die bösen Worte des Drog, der immer noch an meiner Seite war und nun ebenfalls hinauf starrte nach dem Turmfenster, wobei sein winziger Kopf fast nur aus den glotzenden Augen und der hängenden Lippe zu bestehen schien. Er hatte die Frau eine schwarze Spinne genannt und sie eines nicht eben frommen Wandels bezichtigt. Und wahrhaftig, als ich jetzt näher hinsah, bemerkte ich, dass die Züge der edlen Dame zwar hübsch, aber derb waren, dass ihre schwarze Mähne in wilder Unordnung, ihr Körper fett, ihre Haltung träge war und dass die grasgrüne Tunika, die sie der Hitze wegen wohl als einziges Kleidungsstück trug, über den aufgestützten Arm herab gerutscht war und unziemlich viel von dem weißen Fleisch ihrer Schulter bloß legte.

Da war das liebliche Bild verflogen und es kam mir die Mahnung des Sirach aus der Heiligen Schrift in den Sinn: „Wende dein Angesicht von schönen Frauen und gaffe nicht nach der Gestalt der Weiber, denn böse Lust entbrennt davon wie ein Feuer."

O hätte ich mich dieser Stelle auch später erinnert!

Herr Rocco schlug also Lärm und nun gab es auch hinter dem Tor Bewegung.

Wir hörten Hundegebell und Stimmen und zwischen den Zinnen der Türpfosten tauchten mehrere Köpfe auf. Dann wurde ein Fenster im Tor entriegelt, ein Wächter warf einen strengen Blick auf Menschen und Vieh und erklärte barsch, er habe Befehl, niemanden einzulassen. Der Herr sei in der Kapelle und bete, und er werde sehr zornig, wenn man ihn störe. Sobald er das Gotteshaus verlasse, werde man ihm aber Meldung machen.

„Höre, Freund, es wird besser sein, wenn du ihm gleich …", rief Herr Rocco. Doch schon war das Fenster zugeknallt und verriegelt.

„Was habe ich gesagt?", grollte der Dicke. „Er betet! Der Pfaffe hat ihn in die Kapelle gelockt und hält ihn dort fest. Wer weiß, was dieser Verfluchte alles getan hat, um Ebrachars

Sinne zu verwirren! Er hat ihm vielleicht etwas in den Wein gemischt, das vergesslich macht. Wie könnte Ebrachar sonst nicht mehr wissen, dass er uns eingeladen hat. Seinen alten Nachbarn und Bankgenossen und seinen künftigen Schwiegersohn! Da oben lauert Prisca, Gundobads Witwe", erklärte er uns. „Die kommt zwar fast nie von dem Turm herunter, aber sie sieht alles, hört alles, weiß alles. Vielleicht erfahren wir etwas von ihr."

Er formte seine Hände zum Trichter und brüllte: „Heil, edle Frau! Wünsche Glück und Gesundheit. Da sind wir – ich selber und mein Sohn Bobo. Mit den Brautgaben für Eure junge Verwandte. Aber man will uns nicht hineinlassen!"

„Was wollt Ihr denn heute schon, Onkelchen?" rief die Dame zurück, ohne sich zu bewegen, mit einer rauen, doch nicht unangenehmen Stimme.

„Was heißt das: ‚heute schon'?", schrie Rocco entrüstet. „Sind wir denn nicht für heute zu Gast gebeten?"

„Nicht für heute, sondern für übermorgen."

„Was sagt Ihr da?" „Könnt Ihr nicht zählen, Onkelchen? Ist heute vielleicht der siebte Idus?"

„Was denn für ein siebter Idus?"

„Der Tag, an dem man Euch hier erwartet."

Herr Rocco machte ein dummes Gesicht und schob den Unterkiefer mit den Hauern vor. Sein Sohn Bobo tat es ihm gleich. Beide wandten die Köpfe zur selben Zeit und sahen sich grimmig nach Drog um. Der ließ noch immer kein Auge von der Dame am Turmfenster und indem er die kurze Sprachlosigkeit seines Schwagers und Gefolgsherrn nutzte, krähte er:

„Heil, edle Herrin, unvergleichliche, flammende Sonne! O Zauberin, wunderhold, sammetäugig und schneebusig! O Göttin des luftigen Wolkenheims!"

Weiter kam er nicht. Herr Rocco war an ihn heran geritten

und versetzte ihm einen Faustschlag, der ihn vom Rücken des Esels in den Staub warf. Drog kreischte auf wie ein Schwein beim Anblick des Messers. Ringsum brach alles in rohes Gelächter aus.

Die Dame Prisca auf ihrem Turm lachte ebenfalls, wobei sie sich schüttelte und ans Herz griff.

„Hat dein Narr dich etwa angeführt, Onkelchen?“, rief sie.

„Du Schuft!“, beschimpfte Rocco den sich am Boden Wälzenden. „Wahrhaftig, du warst es, verfluchter Wicht! Weil du mir schaden wolltest, du Lump! Dabei frisst er mein Brot, der Elende, mästet sich auf meine Kosten! Wäre nicht deine Schwester, meine Gemahlin, würde ich dich so lange prügeln, bis deine verdammte Seele zur Hölle fährt!“

„Aber was habe ich denn getan, mein feuerspeiender Held und herzensguter Wohltäter?“, winselte Drog.

„Du fragst noch, was du getan hast? Nach dreißig Tagen sollten wir kommen, so war es mit Ebrachar vereinbart. Denkst du, ich kann nicht bis dreißig zählen? Zuerst die zehn Finger, dann die zehn Zehen und dann die zehn Zähne, die ich noch hier im Mund habe … so einfach ist das! Jeden Tag hab ich an den Pfosten vom Kuhstall eine Kerbe gemacht. Das hast du beobachtet und heimlich zwei Kerben dazu geschnitten. Damit wir zwei Tage zu früh kommen, ungelegen, und dem Hausherrn zur Last fallen.“

Drog raffte sich auf und brachte sich humpelnd in Sicherheit.

„Das war ich nicht! Du hast dich tatsächlich verzählt, o scharfsinniger Rechenmeister! Hast zwei deiner Zähne doppelt gezählt, die beiden, die links und rechts hervorstoßen!“

„Was sagt Ihr zu diesem Haufen Unrat?“, wandte sich Herr Rocco an Odo. „Er macht sich noch über mich lustig. Dabei wäre er ohne mich längst verreckt. Er ist es gewesen, das schwöre ich Euch! Hätte ich ihn nur zu Hause gelassen.

Wer kann wissen, was er hier vorhat. Bei solchen Narren weiß man ja nie, was sie anstellen könnten. Er wäre imstande …"

„Wenn Ihr erlaubt", unterbrach ihn Odo, der zwar herzlich gelacht hatte, aber nun ungeduldig wurde, „so wollen wir nochmals um Einlass bitten. Ihr habt doch nichts dagegen, dass ich selbst die Bitte noch einmal vortrage?"

„Gewiss nicht", stammelte Rocco, „es ist mir sehr unangenehm, Herr Odo …"

„Onkelchen!", ließ sich wieder die Dame Prisca vernehmen. „Wen habt Ihr denn da mit Euch gebracht? Wer sind diese schönen edlen Herrn?"

Odo strich sich den Schnurrbart und machte der Dame vom Sattel aus eine Reverenz. Sein Impetus, dieses klügste der Tiere, verstand sofort und stieg wiehernd auf die Hinterbeine.

Die Dame lächelte und klatschte entzückt in die Hände. Auch Helko und Fulk erwiesen ihr nun ihre Ehrerbietung. Rouhfaz und ich verharrten grußlos. Mit den „schönen edlen Herren" waren wir beide wohl nicht gemeint.

Odo wollte die Dame anreden, aber Rocco brüllte bereits: „Das ist Ebrachars Vetter, Herrin, mit seinem Beichtvater und Gefolge, nach Paris unterwegs! Wenn man schon uns draußen stehen lässt, weil wir zu früh kommen … Ist es vielleicht eine Art, so mit Verwandten umzugehen?"

„Beruhigt Euch nur, meine Herren, man wird Euch gleich einlassen!", tönte es vom Turm zurück. „Ich hatte Euch schon bemerkt und einen Boten an meinen Schwager gesandt. Da sehe ich ihn kommen!"

Die Dame streckte den Arm aus und deutete in eine Richtung, nach der wir gleich alle unsere Köpfe wandten. Wir bemerkten zwei Reiter, die sich in schnellem Trab näherten.

Aufmerksam betrachtete ich den Mann, dem nachgesagt wurde, er habe seinen Halbbruder Gundobad umgebracht.

Es war ein gedrungener Kerl mit dickem, kraushaarigem Schädel, kurzen Beinen und den schroffen, eckigen Gesten eines Panzerreiters. Kerzengerade saß er zu Pferde, mit steifem Nacken, die Brust herausgedrückt. Sein Name, Cleph, erinnerte an einen König der Langobarden, des Volkes, dem seine Mutter entstammte. Herr Ebrachar hatte sie, wie ich später erfuhr, vor über dreißig Jahren von einem der italienischen Feldzüge König Pippins, des Vaters unseres Herrn Karl, aus Pavia mitgebracht. So war dieser Cleph als Unfreier geboren und aufgewachsen und erst spät, nach dem Tode der Mutter, von seinem Vater in den Stand der Freien erhoben worden. Unübersehbar trug er ein Gehabe zur Schau, das Männer annehmen, die eine gewisse Stellung errungen haben, doch den Verdacht nicht loswerden, dass man sie ihrer niederen Herkunft wegen verachte. Seine Rede war knapp, er warf trotzige Blicke um sich. Am Gürtel trug er blinkende Waffen und gekleidet war er nach fränkischer Herrenart. Er wirkte auf mich wie ein Schütze, der vorsorglich seinen Bogen gespannt hat, stets und zu jeder Zeit bereit, seinen Pfeil abzuschießen.

Er sprenget heran, den Knecht, den er geholt hatte, hinter sich, grüßte kurz und musterte unsere Reihen mit Feldherrnblick. Herr Rocco nahm augenblicklich das Wort. Er beklagte die verfrühte Ankunft, schimpfte auf seinen Narren Drog, beschwerte sich über die schlechte Behandlung. Cleph hörte mit unbewegter Miene zu und fuhr dabei fort, in die Gesichter zu starren. Die Leute des Rocco schien er zu kennen, er hatte schnell die Fremden entdeckt, nämlich uns. Als er mich bemerkte, erschien auf seinem Gesicht ein verächtliches Grinsen und mit einer Geste, die Rocco wie ein Dolchhieb das Wort abschnitt, sagte er:

„Was sehe ich? Habt Ihr nun auch schon Kuttenträger in Euerm Gefolge, Herr Rocco? Seid wachsam! Sie stehlen wie die Raben.“ Mir fiel vor Verblüffung keine Antwort ein. Einige Knechte hinter mir lachten beifällig.

Doch da sagte Odo, an Cleph gewandt, laut und mit unnachahmlicher Herablassung: „Bist du der Bastard meines Vetters Ebrachar?“

Cleph riss den Kopf herum, als habe er eine Ohrfeige erhalten.

„Ich bin der Sohn des Herrn Ebrachar!“, stieß er hervor.

„Nun, das meine ich doch, sein Bastard. Ich erinnere mich an dich. Du warst als Knabe schon frech und ungehobelt. Deshalb wundert mich nicht, dass du einen berühmten Rechtsgelehrten beleidigst. Aber das können wir dir natürlich nicht durchgehen lassen. Wenn du dich nicht unverzüglich vor ihm in den Staub wirfst und um Vergebung flehst, muss ich dir beibringen, was sich gehört!“

Ich wollte erschrocken abwehren, aber Odo hatte bereits sein Schwert gezogen.

Cleph saß stocksteif im Sattel und rührte sich nicht.

„Ihr seid von Sinnen“, stammelte er. „Ihr wagt es …“

„Du nimmst dir viel Zeit! In den Staub! Auf die Knie!“

„Ihr habt hier nichts zu befehlen. Ich bin es, der hier Befehle gibt!“

„Dann wird es Zeit, dass du zu gehorchen lernst.“

„Mit welchem Recht …“

„Dem Recht des Beleidigten.“

„Ich hätte Euch beleidigt?“

„Nicht mich. Den König!“

„Den König?“

„Der Diakon Lupus ist sein Stellvertreter.“

„Ihr macht Euch über mich lustig. Der Mönch dort …“ „… ist Königsbote! Wie ich selber übrigens auch. Damit hätten wir uns wohl vorgestellt. Zu viel Ehre für einen wie dich. Und nun auf die Knie!“

„Königsboten?“, stöhnte Herr Rocco. „O heiliger Martin von Tours … hohe Herrschaften. He, ihr Knechte da oben auf dem Tor! Schnell, schnell! Ruft den Herrn! Es sind Abgesandte des Königs gekommen! Einer von ihnen ist sein Verwandter. He, du dort, sag es ihm! Lauf!“

Cleph war nun offensichtlich in größter Verlegenheit. Was immer er jetzt tat, es musste zu seinem Nachteil ausgehen. Einen Augenblick lang starrte er auf die vor ihm tanzende Schwertspitze. Dann warf er plötzlich den Kopf herum und sah hinauf nach dem Turmfenster.

Dort lehnte mit gekreuzten Armen die edle Frau Prisca und blickte mit unbewegter Miene herab.

In diesem Augenblick pries ich mein Los, das mir die Tyrannei eines solchen Blicks ersparte. Auf mich sieht nur Gott herab, der im Allgemeinen nachsichtig ist und nicht allzu viel von mir erwartet. Was haben Frauenblicke nicht alles angerichtet! Sie haben Kriege ausgelöst, ganze Völker ins Verderben gerissen. Wie viele Männer haben sie dazu gebracht, die schlimmsten Torheiten zu begehen!

Auch Cleph beugte sich, er konnte nicht anders. Und bei aller Hochschätzung meines Freundes Odo: Er war nie faul, wenn es um unsere Ehre ging, aber es war wohl dieser Frauenblick, der ihn erst richtig in Hitze brachte.

Mit den Worten „Wer immer Ihr seid – diese Sprache erlaube ich nicht!“ zog auch Cleph sein Schwert und schon stoben die Funken. Der Langobarde drängte sein Pferd gegen Impetus und focht gleich so ungestüm, dass Odo zurückweichen musste. Er tat es mit Anstand und einer Miene, als wollte er einem ungezogenen Kind seinen Willen lassen. Da er den längeren Arm hatte, wehrte er die wilden Hiebe sogar mit einer gewissen Lässigkeit ab. Er war in seinem Element, seine Augen glühten, sein Schnurrbart schien sich vor Vergnügen zu sträuben.

„Aufgepasst!“, rief er plötzlich. „Jetzt wird es ernst, mein kurzer Held!“

Und tatsächlich machte er einen heftigen Ausfall. Cleph riss sein Pferd zurück und war einen Augenblick unaufmerksam. Da schlug ihm Odo das Schwert aus der Hand. In hohem Bogen fiel es zur Erde. Der kleine Kerl sprang vom Pferd und bückte sich.

„Tiefer!“, rief Odo. „Auf die Knie!“

Ringsum herrschte schon heillose Verwirrung. Die beiden Zweikämpfer brauchten Platz. Erschrocken rannten die Pferde, Rinder und Schafe durcheinander, die Knechte knüppelschwingend hinterher. Alles brüllte und blökte, am lautesten Herr Rocco, der um seine Brautgeschenke besorgt war.

Weitere Unruheherde bildeten sich. Nichts geht in Franken bekanntlich schneller, als miteinander in Streit zu geraten. Man nahm Partei und beschimpfte sich. Mit der Klinge musste sich Helko, der Sachse, zwei Knechte des Rocco vom Leibe halten. Auch zwischen Fulk und dem Bräutigam Bobo kam es zu Feindseligkeiten. Zum Glück hielt ich etwas abseits und mein Grisel ließ sich nicht anstecken, sondern bewahrte philosophische Ruhe.

Inzwischen ging der Kampf um meine Ehre auf ebener Erde weiter. Auch Odo war vom Pferd gesprungen und erwehrte sich eines neuen Angriffs. Cleph, zwei Köpfe kleiner, hatte die Kraft und Ausdauer eines Stiers. Er sah wahrhaftig auch so aus, wenn er, die Stirn gesenkt, auf seinen Gegner eindrang.

Odo, der dennoch überlegen war, schien das Ganze allmählich langweilig zu finden. So würzte er den Kampf mit ein paar drolligen Einlagen. Er sprang auf den Rücken eines Ochsen und ließ sich ein kurzes Stück mittragen, wobei er, sich am Schwanz des Tiers festhaltend, weiterfocht. Oder er machte ein paar elegante Hüpfer, nach vorn und nach hinten, nach links und nach rechts, wie beim Waffentanz.

Der edlen Frau auf dem Turm gefiel das, sie klatschte jedes Mal in die Hände. Cleph entging das nicht, es steigerte seinen Zorn. Auch von der Höhe der Turmpfeiler, wo die Köpfe der Zuschauer aneinander stießen, wurde Odo mit Beifallsgejohle angefeuert. Der Vilicus schien bei den Leuten vom Salhof nicht sehr beliebt zu sein.

Unter denen, die von dort oben herab schrien, fiel mir ein junger Mann auf, der sich besonders laut gebärdete. Er war rothaarig, schmal, sein Gesicht war mit Sommersprossen gesprenkelt. Plötzlich tat sich das Tor auf und er stürzte heraus.

„Das ist ja Sigiwald!", rief Drog, der wieder neben mir hielt, „Clephs Bruder."

„Was hat er vor?"

„Ja, was? So seht doch! Seht nur …"

Der junge Mann hatte die beiden Kämpfer erreicht und stellt sich hinter Clephs Rücken auf. Mit einem schiefen, bösen Grinsen starrte er auf die Füße des Bruders, die sich vor ihm im Kampfrhythmus hin und her bewegten. Auf einmal, blitzschnell, trat er zu.

Cleph stürzte hin, lag auf den Knien.

„Warum gebt Ihr Euch so viel Mühe mit ihm?", schrie der Jüngling. „Da habt Ihr ihn! Los, bitte um Vergebung! Wird's bald?"

In diesem Augenblick verirrte sich ein verschreckter Hammel zwischen die Kämpfer. Er stieß Cleph vor die Brust, sodass der auch noch auf die Seite rollte. Außer sich vor Wut, mit verzerrtem Gesicht sprang er auf die Beine. Er schwang das Schwert hoch über den Kopf und ließ es auf das Tier niedersausen.

Der Hammel stieß einen grässlichen Todeslaut aus und zerfiel auf der Stelle in zwei Hälften. Die lagen blutig und zuckend im Gras. Der Kampf war beendet.

„Habt Ihr es gesehen?", zischte Drog. „So und nicht anders hat er es gemacht."

Ich starrte betroffen auf den halbierten Hammel. Odo wandte sich seufzend ab und steckte sein Schwert in die Scheide. Der Vilicus stand eine Weile keuchend da. Plötzlich hob er den Kopf und blickte trotzig zum Turm hinauf.

Aber die edle Frau Prisca hatte sich abgewandt. Sie zog sich gerade zurück. Der Platz am Fenster blieb leer.

„Was tust du, mein Lieber? Du bringst mich ja um meine Brautgeschenke!", schrie Herr Rocco und lief, die Hände ringend, herbei. „Der beste Hammel, ein schönes Tier! So ein Verlust … ach, so ein Verlust! Ich werde ihn ersetzen müssen, von toten Hammeln war nicht die Rede. Gute fünfzehn Denare war er wert. Ach, ist das heute ein Unglückstag …"

Herr Rocco zeterte noch eine Weile. Cleph wischte sein blutiges Schwert im Gras ab. Dann stieß er einen höchst unanständigen Fluch aus, spuckte einen Bogen und sah sich nach seinem Pferd um.

„So und nicht anders", sagte Drog. „Genauso erging es Gundobad."

„Odo! Mein Vetter! Welche Freude, dich wiederzusehen! Was für ein guter Wind hat dich hergetragen?"

Mit ausgestreckten Armen trat Herr Ebrachar durch das Tor und schritt geradenwegs auf Odo zu.

Sie fielen einander in die Arme. Herr Ebrachar lachte und weinte gleichzeitig.

„Wie gut das tut! Ein Spross der eigenen Familie – gesund und stark, in der Blüte der Mannesjahre!", rief er. „Odo, der Sohn meines Onkels Leudast, des Helden so vieler siegreicher Schlachten!"

„Auch du hattest einen Helden zum Vater, einen noch größeren", erwiderte Odo großzügig. „Und du warst selber der Schrecken der Feinde. Schon als Kind hab ich dich bewundert, Vetter. Aber du hast dich verändert …"

„Ja, mein Teurer, ich bin älter geworden. Die Zeiten sind nun vorbei, da ich drei Tage und Nächte zu Pferde saß."

„Als wir uns das letzte Mal sahen, in Ingelheim auf der Reichsversammlung, hast du noch junge Kerle im Zweikampf besiegt."

„Das würde mir jetzt nicht mehr gelingen", gestand Herr Ebrachar aufrichtig. „Ich habe mich auch von den weltlichen Dingen abgewandt. Bin in mich gegangen und habe zu Gott und unserm Herrn Jesus gefunden. Weißt du schon, was für ein schreckliches Unglück mir widerfahren ist?"

„Ja, dein Sohn Gundobad …"

„Wir haben gerade eine Messe für ihn gehört. Der Pater Fabiolus hat sie gelesen, ein lieber Freund. Es ist heute genau ein Jahr her. Aber jetzt nichts mehr von Unglück und Tod. Du hast mir noch immer nicht gesagt, welcher glückliche Umstand …"

„Wir sind auf der Reise nach Paris."

„Ist es wahr, dass du im Auftrag des Königs reist?"

„Ja, wir vertreten das Hofgericht, um eine Rechtssache zu entscheiden. Unterwegs kam ich auf den Gedanken, dich zu besuchen, aber beinahe …"

„Beinahe verirrte er sich, doch zum Glück traf er uns!", fiel Herr Rocco ein, der ungeduldig darauf gewartet hatte, zu Worte zu kommen. „Da sind wir schon, Ebrachar, mit den Brautgeschenken. Hoffentlich werdet Ihr jetzt nicht zornig, wir kommen zwei Tage zu früh …"

„Warum sollte ich zornig werden? Wo Ihr mir doch meinen lieben Odo mitbringt. Seid alle willkommen!"

Ebrachar umarmte auch Rocco, der vor Erleichterung strahlte. Nun kam die Reihe an mich, Odo stellte mich vor und ich empfing einen warmen Händedruck und ein freundliches Lächeln. Ich gestehe, dass mir unser Gastgeber vom ersten Augenblick an gefiel, dass ich ihn sogar recht eindrucksvoll fand.

Er war groß und hager, schon ein wenig gebeugt, und hatte hatte scharfe, doch edle und angenehme Gesichtszüge. Bekleidet war er mit einem schlichten, langen braunen Gewand, das wie eine Kutte geschnitten war. Zweifellos war dies ein Ausdruck seiner Wandlung und inneren Einkehr, auf die schon Herr Rocco mehrmals angespielt hatte. Seine Freude, Odo wiederzusehen, war ungeheuchelt, fast überschwänglich. Er rief den sommersprossigen Rotschopf herbei und stellte ihn als seinen Sohn Sigiwald vor. Odo kannte diesen jungen Verwandten noch gar nicht, war er doch zum letzten Mal hier gewesen, bevor der geboren war. Der Bursche schlenderte heran, wobei ihm ein Schwert, mit dem er sich jetzt gegürtet hatte, gegen die dünnen Beine schlug.

„Dein Onkel Odo", sagte Ebrachar. „Begrüße ihn, wie es sich gehört."

„Sieh mal an", bemerkte Odo stirnrunzelnd, „mein Waffengefährte."

„Ich wollte Euch nur ein bisschen helfen, Onkel", sagte Sigiwald feixend, „sonst hätte er Euch noch etwas getan."

„Nun, deine Hilfe war nicht nötig. Ich hoffe, du hast auch gelernt, einen Gegner von vorn zu bekämpfen. Nach den Kampfregeln."

„Wie? Es hat einen Kampf gegeben?", rief Ebrachar, der vor Freude über das Wiedersehen mit seinem Vetter das Getümmel ringsum überhaupt nicht bemerkt hatte. „Mit wem denn und wie kam es dazu?"

„Der Langobarde hat ihn beleidigt!", rief Sigiwald.

„Mein Sohn Cleph? Er hat dich beleidigt? Sofort soll er kommen und Abbitte tun!"

Herr Ebrachar sah sich um, doch Cleph war nicht mehr in der Nähe. Ich hatte noch gesehen, wie er umher ritt und ein paar Anweisungen gab. Dann war er verschwunden.

„Schon gut", sagte Odo. „Warum davon Aufhebens machen? Ich wollte mir nach der langen Reise ein bisschen Bewegung verschaffen. Nur wenn mein Amtsgefährte darauf besteht …"

„Er hat ihn als Kuttenträger und Dieb beschimpft!", schrie der Rotschopf.

„Das ist unerhört!", rief Herr Ebrachar. „Dafür wird er Rechenschaft geben."

„Aber ich habe ihm längst verziehen", beeilte ich mich zu versichern. „Im Grunde war ich doch gar nicht gemeint. Er wusste ja nicht, wer ich bin. Vermutlich glaubte er, dass Herr Rocco mich unterwegs aufgelesen hatte. Es streunt ja tatsächlich viel gottloses Volk umher, dass Kutten trägt und stiehlt."

„Ihr seid nachsichtig und voll christlicher Milde."

„Vergebt Euerm Sohn", mischte sich nun auch wieder Herr Rocco ein. „Ich selber wusste ja nicht, dass Herr Lupus ein hoher Amtsträger ist und dem König dient. Aus Bescheidenheit hat er es uns nicht gesagt. Vielleicht habe auch ich ihn beleidigt, weil ich ihn für Herrn Odos Beichtvater hielt."

„Im Gegenteil", sagte ich heiter, „damit habt Ihr mich zu einer Würde befördert, die mir nicht zusteht."

Odo lachte.

„So weit kommt es noch, dass ich ihm meine Sünden beichte! Er würde mich gleich in den Königsbann tun, mit einem Bußgeld von sechzig Solidi. Damit wäre ich ruiniert."

Herr Rocco, dem offenbar viel daran lag, den Zwischenfall mit Cleph vergessen zu machen, lachte aus vollen Halse, sodass er schließlich nach Atem rang. Auch Herr Ebrachar stimmte in unsere Heiterkeit ein. Er besann sich nun seiner Gastgeberpflichten und blickte um sich.

Mit dem Öffnen des Tores und dem Erscheinen des

Hausherrn hatte sich der Tumult rasch gelegt. Die Vorfreude auf einen Becher Wein, eine Mahlzeit und ein bequemes Lager war mühelos Sieger über die Streitlust geworden. Alle hatten sich wieder in Ordnung gebracht und aufgestellt und warteten jetzt nur auf ein Zeichen, um auf das Tor loszustürmen. Auch die Tiere hatte man wieder eingefangen. Vom Salhof kamen zwei Knechte mir einem Trog gerannt. Sie warfen die beiden Hammelhälften hinein und machten sich auf den Rückweg.

„Was ist da geschehen?", fragte Ebrachar.

„Oh, nichts von Bedeutung, ein kleiner Unglücksfall", beschwichtigte Rocco, „Das dumme Vieh ist gegen ein Schwert gerannt, mit voller Wucht, wie man sieht. Da war nichts mehr zu retten. Es gehörte zwar zu den Brautgeschenken, aber das macht nichts, Ebrachar, ich werde es Euch ersetzen ..."

„Wir hatten ein bisschen Langeweile, Vetter", bemerkte Odo, „und haben schon mal den Braten für die Abendmahlzeit zerlegt."

„Wenn das so ist, trifft mich die Schuld, weil ich Euch warten ließ", sagte Herr Ebrachar. „Und natürlich sollt Ihr davon keinen Schaden haben, Rocco. Aber wo ist den Euer Sohn? Habt Ihr ihn etwa nicht mitgebracht?"

„Oh doch, er ist da!. Natürlich! Sofort! Bobo! Wo ist Bobo?", schrie der Dicke.

Da kam der junge Herr Bobo schon angerannt. Er hinkte ein bisschen, hatte sich wohl bei dem Handgemenge verletzt. Sein Mantel war schmutzig und zerrissen. Sein Gesicht ähnelte dem eines Spaßmachers, der seine Nase mit Zinnober bestrichen hat.

„Was hast du gemacht? Wie siehst du aus?", grollte Herr Rocco. „Wer hat dir die Nase blutig gehauen?"

„Das war der!", antwortete Bobo und schüttelte die Faust gegen unseren Fulk, der seelenruhig auf seinem Pferd hockte und einen Schluck aus seinem altertümlichen Trinkhorn nahm. „Er ist frech geworden, ich habe es ihm aber gegeben."

„Ein junger Wolf!", erklärte Herr Rocco. „Beherzt und immer zum Kampf bereit! Kein Weichling und Duckmäuser. Los, verbeuge dich vor deinem Schwiegervater!"

Bobo verbeugte sich.

Ebrachar nickte und sagte lächelnd: „Nicht so eilig, Nachbar! Wir wollen doch nichts überstürzen. Der Verlobungsvertrag ist noch nicht unterzeichnet. Das letzte Wort soll meine Tochter Ingunde haben. Das musste ich ihr beim Seelenheil ihrer verstorbenen Mutter versprechen."

„Ich bin sehr gespannt auf deine Tochter", sagte Odo. „Wo ist sie?" „In der Kapelle. Sie betet noch mit Pater Fabiolus. Das ist ein außerordentlicher Mann, dem ich viel verdanke. Vor allem Trost in meinem Kummer. Dabei ist er gebildet und unterhaltsam, er ist mir ganz unentbehrlich geworden. Zweimal in der Woche kommt er vom Kloster herüber und bleibt über Nacht. Auch Euch, Vater, wird er gefallen. Aber nun will ich Euch endlich in die Unterkunft führen. Nochmals willkommen, lieber Vetter! Wer hätte gedacht, dass dieser traurige Tag so angenehm endet. Folgt mir nun alle!" Er hob den Arm mit einer einladenden Geste und wir setzten uns hinter ihm in Bewegung. Menschen und Tiere drängten zum Tor hinein. Neben mir versetzte Herr Rocco seinem Sohn ein paar Knuffe und schnauzte:

„Wasch dich, Dummkopf, und bring deine Kleider in Ordnung! Wenn du der Braut nicht gefällst, bekommst du Prügel!"

4. Kapitel

Das Anwesen des Herrn Ebrachar hatte bereits seit langer Zeit, als Gallien noch römische Provinz war, hohen Beamten und Heerführern als Landsitz gedient. Nach der Eroberung durch die Franken vor etwa dreihundert Jahren war es in die Hände der Königsfamilie der Merowinger gekommen, die neben und auf den kunstvollen Steinbauten römischer Architektur ihre barbarischen Gebilde aus Balken und Brettern errichtete. Einige ihrer wüsten Könige und Prinzen, Verschwörer und Prätendenten, Königsmörder und Giftmischerinnen hatten hier gehaust und natürlich war der Sitz viele Male belagert, erobert, zertrümmert, in Brand gesteckt und wieder aufgebaut worden. Was man jetzt sah, war das Ergebnis dieser zahlreichen Metamorphosen.

Vom Tor aus folgten wir einem langen, geraden, zum Teil sogar gepflasterten Weg zum Herrenhaus. Es bestand aus einem Unterbau von Stein, der noch aus der Römerzeit stammte, und einem darüber gestülpten mächtigen hölzernen Saalbau, von dem ein Wehrgang zu dem Turm der Frau Prisca führte, einem früheren Wachturm. Der Gang war nicht mehr benutzbar, denn ein gewaltiges Loch mit Brandrändern klaffte in der Mitte.

Nachdem uns Knechte unsere Reittiere abgenommen hatten, führte Herr Ebrachar uns durch das alte römische Atrium unter dem Saalbau hindurch, das jetzt als Keller und Vorratsraum diente. Sogar das Wasserbecken befand sich noch in der Mitte der früheren Eingangshalle, als Kühlgrube für Weine und Moste. Wir traten dann in einen von Gebäuden umgebenen Hof und Garten hinaus und auch hier wurde ich sogleich an die Römer erinnert. Halb- und viertelhohe Säulen standen noch da, in einigen Fällen nur die Basen. Sie hatten einmal zum Säulengang eines römischen Peristyls gehört, das im Laufe der Zeit zu einem weiträumigen Garten erweitert wurde. Zwischen Bäumen und Büschen plätscherten Springbrunnen. Es gab sogar einen Wasserspeier mit Löwenkopf und hier und da sah ich im Vorbeigehen zwischen Blättern und Gräsern einen in Marmor gehauenen Kopf oder Fuß schimmern. Es hat mir schon immer Spaß gemacht, mich mit Gegenständen zu befassen, die von den Augen längst dahin gegangener Menschen betrachtet, von ihren Händen berührt wurden. Solche Gegenstände übermitteln Botschaften, die ich vielleicht nicht richtig verstehe und deute, die aber immer wieder meine Neugier reizen. Gleich nahm ich mir vor, die letzten Strahlen des Abendlichtes zu nutzen und vor dem Gebet und dem Nachtmahl noch ein wenig durch den Garten zu streifen.

Zunächst aber war das Quartier zu beziehen. Ein paar kleine Gebäude seitlich des Hofs waren Schlafhäuser, teils aus Stein, teils aus Holz errichtet. In einem von ihnen nächtigte der Hausherr selbst, in den anderen wurden die vornehmen Gäste untergebracht. Auch unsere Begleitung kam hier unter, während die Knechte des Rocco außerhalb des herrschaftlichen Wohnbereichs auf Gesindeschlafhäuser, Ställe und Scheunen verteilt wurden.

Wir schoben den schmutzigen Vorhang der uns bezeichneten casa beiseite und betraten ein ziemlich enges Gemach. Drei wacklige, mit abgewetzten Schaffellen besetzte Liegen standen darin, die an römische Speisesofas erinnerten. Odo und ich nahmen zwei in Besitz, die dritte war für Rocco bestimmt. Bobo und Drog mussten sich mit einer einzigen Matratze begnügen. Unser Trupp richtete sich im Nebenhaus ein.

Odo hängte sein kostbares Sattelzeug an einen Nagel und verschwand gleich wieder mit Herrn Ebrachar. Natürlich hatten sie sich viel mitzuteilen und obwohl mich der Hausherr zu einem Willkommenstrunk lud, schützte ich meine religiöse Pflicht vor, um beim Austausch von Familiengeschichten (vielleicht auch –geheimnissen) nicht zu stören. Herr Rocco, der sich hier auskannte, war gar nicht erst mitgekommen, sondern kümmerte sich um die Unterbringung des Viehs und die Bewachung der Geschenke. Bobo hielt draußen seine blutverschmierte Nase unter den löwenköpfigen Wasserspeier. Eine kurze Zeit war ich mit Drog allein.

Ich warf meinen Ledersack in eine Ecke, streifte die Sandalen ab und streckte mich auf der Liege aus, um einen Augenblick zu verschnaufen. Drog hockte auf der Matratze. Ihm war befohlen worden, den Mantel des Bobo zu flikken, und so hantierte er unbeholfen mit Nadel und Faden. Ich bemerkte, dass er dabei ruckartig immer wieder seinen Vogelkopf hob und zu mir herüber blickte. Doch wagte er nicht, mich anzusprechen, solange ich die Augen halb geschlossen hielt. Ich war jetzt nicht mehr nur ein Mönch und Eselsreiter, sondern ein Abgesandter des Königs, dessen Ruhe man respektierte. Als ich mich aber schließlich aufrichtete und die Riemen des Ledersacks löste, um mein Gebetbuch herauszunehmen, hielt er es nicht mehr aus und sagte: „Habt ihr das Weib auf dem Turm gesehen? Habt Ihr bemerkt, wie sie sich schaudernd abwandte, als sie sah, auf welche Weise Cleph den Hammel geschlachtet hatte? Ich habe kein Auge von ihr gelassen, der Hure …“

Ich schwieg und seufzte nur.

„Was werdet Ihr jetzt tun, Vater?“

„Was meint Ihr denn?“, gab ich zurück, indem ich so tat als, verstünde ich nicht.

„Da Ihr Gerichtsherr seid, könnt Ihr nicht dulden, dass ein Mörder ohne Strafe davonkommt.“

„In diesem Haus sind wir Gäste, nicht Gerichtsherren.“

„Der Sohn des Hausherrn wurde umgebracht.“

„Aber niemand hat Klage erhoben."

„Weil es bis heute an Beweisen mangelte. Wenn Ihr ..."

„Es ist nicht Sache des Richters, einem Kläger Beweise zu verschaffen. Ihr kennt Euch in den Gesetzen nicht aus", sagte ich ungehalten.

Ich steckte das Buch in die Tasche, verschnürte den Sack und wollte hinausgehen.

„Oh doch, ich kenne mich aus!", sagte er. „Ich war Advocatus, habe früher Kirchen und Klöster in Rechtssachen vertreten." Er lächelte, von unten herauf. Überrascht blieb ich stehen.

„Ist das wahr? Das kann ich nicht glauben."

„Es war aber so."

„Und warum spielt Ihr dann heute den Narren und verrichtet niedere Arbeiten?"

„So habe ich Zeit für die Poesie. Sie hat mich immer mehr angezogen als Kapitularien und Gesetzbücher."

„Seid Ihr nur deshalb in den Dienst Eures Schwagers getreten?" „Nur deshalb. Aber er ist ein dummer, grausamer Barbar, ich habe genug von ihm. Er hat mir befohlen, in seiner Gegenwart in einer poetischen Sprache zu reden ... doch nur, um sich darüber lustig zu machen. Dabei schmeichelt es ihm, einen Dichter in seinem Gefolge zu haben. Nein, lange bleibe ich nicht mehr bei ihm. Es gibt große Herren, die mich gern aufnehmen würden."

„Nun, umso besser für Euch", sagte ich und wandte mich abermals der Tür zu.

„Es scheint mir, Vater", sagte er gallig, „dass Ihr Euch selbst nicht in den Gesetzen auskennt."

„Was soll das heißen?"

„Es kann durchaus geschehen, dass der Richter dem Kläger Beweise liefert. Er kann sogar selber die Klage vorbringen, wenn er einen Verdacht und Zeugen hat."

„Das geschieht nur in besonderen Fällen."

„Und warum nicht auch in diesem? Nicht jeder Richter hat die Fragegewalt. Ihr als Vertreter des Königs habt sie. Ihr könnt eine Untersuchung anstellen. Ihr könnt Juratoren benennen, Rügegeschworene, und sie zwingen, unter Eid die Wahrheit zu sagen. Wer eine falsche Aussage macht, verfällt der Strafe des Meineids. Ihr könnt zum Beispiel mich berufen. Unter Eid, vor Männern des Hofgerichts müsste ich sagen, dass Rocco gelogen hat, dass Cleph am Tag des Verbrechens nicht bei uns war, dass die beiden sich verabredet hatten …"

„Genug!", sagte ich. „Was redet Ihr da? Wenn Ihr tatsächlich Advocatus wart, müsstet Ihr wissen, dass man ein Rügeverfahren nur dann eröffnet, wenn ein Verbrecher der Allgemeinheit gefährlich wird. Hier aber gibt es keinen Anlass …"

„Und wenn demnächst auch Sigiwald umgebracht wird? Und vielleicht der Pater Fabiolus?"

„Wozu versteigt Ihr Euch da?"

„Ich warne nur. Da es einmal so glimpflich abging, können sie Neues planen."

„Wer?"

„Der Mörder und sein Mittäter."

„Mäßigt Euch!", sagte ich streng. „Ihr seid voller Hass. Und ich verstehe Euch sogar. Aus welchem Grunde auch immer … Ihr werdet gedemütigt, werdet geprügelt. Doch das berechtigt Euch nicht, Euerm Schwager zu schaden. Im Gegenteil, Ihr schuldet ihm Dank, denn Ihr esst ja sein Brot. Es war hinterhältig von Euch, seine Zeitrechnung zu fälschen, damit er zwei Tage zu früh hier eintraf, am Todestag des Ermordeten. Ihr hofftet auf einen üblen Empfang, vielleicht Streit, und dann wolltet Ihr den alten Verdacht schüren. Und nun glaubt Ihr sogar, mit unserer Hilfe …"

Ich verstummte, weil Drog plötzlich in ein schrilles

Gelächter ausbrach.

„Nur weiter so, Vater, nur weiter so!“, schrie er. „Undankbar bin ich, hinterhältig! Der Streiter Gottes, der Richter des Königs tadelt mich, weil ich die Wahrheit suche. Weil ich der Meinung bin, dass ein Mörder bestraft werden muss. Aber was maße ich mir da an? Wer bin ich? Ein Wurm. Ein Staubkorn! Was nützt es mir, dass ich gebildet bin, dass ich ganze Versepen auswendig weiß! Ich bin nur ein Narr, ich suche Streit. Ich verdächtige meinen Wohltäter! Ich … ah!“

Bei seinem Gezeter hatte er mit der fingerlangen eisernen Nadel gefuchtelt und sich in den Oberschenkel gestochen. Er heulte auf und brach in Tränen aus.

Er tat mir leid, umso mehr, als seine Vermutungen vielleicht richtig waren. Ja, ich zweifelte nicht, dass Cleph imstande war, einen Menschen, sogar einen Bruder aus Eifersucht oder Habgier zu töten. Auch nicht, dass die Frau auf dem Turm einen starken, vielleicht verderbliche Einfluss auf ihn hatte. Ich erinnerte mich auch wieder des silberbeschlagenen Gürtels in meinem Reisesack. Sah Gundobad träge und schlaff an der Quelle, von der Jagd schnell ermüdet. Sah Cleph zwischen Felsen hervortraten, finster blickend, das Schwert in der Hand. Ein kurzer ungleicher Kampf … ein tödlicher Hieb … der Gürtel, zuvor aus Bequemlichkeit abgelegt, rutscht in den Felsspalt … der Mörder wischt seine blutige Spatha im Gras ab … vergräbt die Waffen des Opfers … jagt das Pferd in den Wald … lenkt die Schuld auf Banditen …

Und doch – was ging es uns an! Ebrachar hätte Cleph aufgrund eines frischen Verdachts erschlagen können. Jedes Gericht, auch das des Königs oder des Pfalzgrafen, hätte ihn freigesprochen. Er unterließ es, er musste Gründe haben. Vielleicht stärkere als eine Zwecklüge des Herrn Rocco, ganz sicher stärkere. Söhne sind ein wertvolles Gut, man vergeudet es nicht! War einer schon durch die Hand des anderen umgekommen … warum das Unglück verdoppeln? Was sollten da noch Beweisstücke, Untersuchungen, Rügegeschworene! Das alles würde nichts ändern, höchstens Unruhe stiften und eine Heirat verhindern. Und einem Jämmerling von Kostgänger etwas Genugtuung verschaffen.

Ich kümmerte mich nicht mehr um Drog und ging in den Garten hinaus. Schnell vergaß ich das unangenehme Gespräch über neuen freundlichen Eindrücken. Im sanften Abendlicht schritt ich unter den Buchen und Linden, deren Zweige die Dächer der Gebäude berührten, durch ein kleines Labyrinth. Schmale Wege, die plötzlich endeten, halbhohe Hecken, hübsche, von Ziersträuchern gesäumte Nischen verwirrten den Spaziergänger schnell. Dazwischen gab es Brunnen und einen Fischteich, da und dort stand eine steinerne Bank. Der Garten mochte einmal planmäßig angelegt worden sein, jetzt war er vernachlässigt und verwildert. Blumen, Gräser und Kräuter wucherten üppig, von Spinnennetzen durchwoben.

Was ich suchte, war manchmal nur auf den zweiten Blick zu entdecken. Eine marmorne Basis mit Inschrift war von Dornengestrüpp überwachsen. Meine Hände wurden blutig gestochen, als ich sie frei legte. Mit einem Stöckchen säuberte ich die noch erkennbaren Majuskeln.

„MA…..UBLI… ASOPROC……"

Hier hatte also das Bild des Prokurators Marcus Publius Naso gestanden, dem das Gut wohl vor vielen Jahrhunderten einmal gehört hatte.

Der Eifer packte mich, ich lief hierhin und dorthin und fand mehrere Kostbarkeiten. Zwischen Ginsterzweigen lächelte mich ein gut erhaltener Kinderkopf an. Unter der ohren- und kinnlosen Büste eines strengen Herrn las ich „IUSIMP", doch welcher Kaiser, dessen Name auf –ius endete, war es? Tiberius? Claudius? Constantius?

Weiter suchend drang ich bis zum Ende des Gartens vor.

Er wurde von einer Mauer begrenzt. Irgendwo sollte dort eine Pforte sein, durch die man zu der Kapelle gelangte. Ein Wasserbecken, das ein arg beschädigter Neptun bewachte, erinnerte mich daran, dass ich mich etwas reinigen musste. Ich beugte mich über das Becken und wollte gerade meine Hände eintauchen, als ich vor Überraschung erstarrte.

Keine zehn Schritte von mir entfernt, auf einer Bank, unter den tief hängenden, fruchtschweren Zweigen eines Apfelbaums saß ein Paar, das in eine lebhafte Unterhaltung vertieft war. Wenn ich „Paar" sage, ist das allerdings schon nicht richtig, doch ist es das Wort, das mir zuerst einfällt, wenn ich mich des Bildes erinnere. Denn ein Paar konnten diese beiden nicht sein. Es waren ein Mönch und eine Jungfrau.

Ich habe noch nie einen Bruder gesehen, der unser schlichtes Ordenskleid in so anmutiger Weise zu tragen wusste. Wahrhaftig, es stand ihm besser als manchem jungen Edlen der seidene Mantel. Der Mönch mochte etwa dreißig Jahre alt sein und war von schlanker, fast graziler Gestalt. Sein Gesicht erinnerte mich an ein Kirchenfresko, das unseren Herrn Jesus selber darstellte. Es war schmal und edel geformt, mit hoher Stirn, einer kühn vorspringenden, leicht gebogenen Nase und Augen, die Feuer sprühten. Braune Locken, die die Tonsur fast verbargen, umrahmten dieses Gesicht, dessen Schönheit jedoch erst durch das lebhafte Mienenspiel vollendet wurde.

Der Mönch legte etwas dar, sprach fast nur selbst, leise, begeistert, mit sanfter Stimme. Dabei sah er oftmals zum Himmel hinauf, entblößte seine prächtigen Zähne und verstärkte seine Worte durch weit ausschwingende Gesten. Was er sagte, verstand ich nicht, weil gleich neben meinem Ohr aus einer Rinne Wasser in das Becken plätscherte. Doch es mussten erstaunliche Worte sein. Das erriet ich, als ich einen Blick auf die Jungfrau warf.

Sie saß in der Haltung einer Erleuchteten da. Die blauen Augen, rund wie Denare, hingen weit aufgerissen an den Lippen des Mönchs. Ihre Hände hatte sie vor der Brust gefaltet, wobei sie die Finger so fest ineinander verhakte, dass man fürchten musste, es könnte Blut heraus spritzen. Sie war ein sehr hübsches, blondes, kräftiges Mädchen, vielleicht sechzehn oder siebzehn Jahre alt, bekleidet mit einem langen Gewand von zartem Gelb, das sie vom Hals bis zu den Knöcheln züchtig bedeckte. Die fromme Inbrunst, um die es sich ja wohl handelte, ließ sie ein bisschen töricht erscheinen, doch das konnte täuschen. Von Zeit zu Zeit seufzte sie tief und ihre Lippen bewegten sich murmelnd. Sah der Mönch zum Himmel hinauf, ging auch ihr Näschen in die Höhe. Wenn sie bei einer seiner schwungvollen Gesten vom Ärmel seiner Kutte berührt wurde, fuhr sie zusammen. Plötzlich begann sie sogar zu kichern und senkte den Blick. Da neigte er sich zu ihrem Ohr und flüsterte etwas hinein, worauf sie ihn wieder rundäugig anstarrte und mehrere spitze Schreie ausstieß. Was mochte der Mönch dieser Jungfrau erzählen?

Ich gestehe, dass ich versuchte, den sündhaften Wunsch, dies zu erfahren, in die Tat umzusetzen. Die beiden hatten mich nicht bemerkt, als ich mich über den Rand des Beckens beugte. Jetzt bückte ich mich und schlich im Schutz der Beckenwand ein paar Schritte weiter. Schließlich verharrte ich hingekauert und lauschte. Ich konnte nun zwar die beiden nicht sehen, doch die Stimme des Mönchs war deutlich vernehmbar.

Er sagte gerade: „Wenn aber der Papst geboren ist, weißt du, was dann geschehen wird? Dann wird sich der Himmel auftun und Engel werden unter Posaunenschall …“

Das war leider schon alles, was ich hörte. Eine flinke Zunge fuhr mir ins Ohr und aus einer Fuge der Beckenwand stieß der Kopf einer scheußlichen Natter. Ich erschrak heftig, raffte mich auf und stolperte ein paar Schritte davon. Dabei hatte ich wohl auch einen Schrei ausgestoßen. Als ich mich umsah, stand lächelnd der schöne Mönch hinter mir.

„Was habt Ihr, Bruder?"

„Schlangen …"

„Oh, die sind harmlos. Ihr könnt unbesorgt sein. Aber wie kommt Ihr hierher?"

„Ich … Wir sind Gäste des Herrn Ebrachar. Ich suche die Kapelle. Irgendwo in der Nähe soll sie sein."

„Die kleine Pforte da hinten. Geht hindurch und Ihr steht davor."

„Ich danke Euch, Bruder."

„Gott erhöre Euer Gebet."

Er lächelte immer noch. Ich stapfte verwirrt davon, an der Mauer entlang auf die Pforte zu. Im Vorbeigehen sah ich, dass die Bank leer war. Die blonde Jungfrau war verschwunden. Ich hätte mich gern nach ihr umgedreht, aber ich wagte es nicht.

Die Kapelle stand gleich hinter der Mauer und ich erreichte sie von der Pforte aus mit wenigen Schritten.

Auch dieses unscheinbare Bauwerk hatte, wie ich später erfuhr, eine bewegte Geschichte. Ursprünglich war es eine Exedra, eine kleine schattige Halle, die sich zum Garten hin öffnete. Irgendwann hatte man die Mauer dazwischen gezogen, die nun gleichzeitig zu einer Längswand des Raumes wurde. Dafür wurde eine Seitenwand abgerissen und eine Art Pronaos, ein kleiner Vorraum, errichtet, durch den man nun eintrat. Das geschah noch zur Römerzeit, vermutlich hatte man damit den Haussklaven einen Tempel gegeben. Den hatten die Franken dann zuerst in ein Waffenlager, danach in einen Kornspeicher, schließlich sogar in eine Latrine verwandelt, bevor sie ihn einfach verfallen ließen. Kürzlich war

Ebrachar erst der Gedanke gekommen, ihn wieder seiner religiösen Bestimmung zuzuführen. Zwei Säulen des Pronaos wurden erneuert, die Wände und das Dach ausgebessert. Ein schöner Mosaikfußboden konnte zum Teil erhalten werden. Als Nachfolger Jupiters zog nun nach einem barbarischen Zwischenspiel Jesus Christus hier ein.

Schon vom Vorraum aus sah ich durch die offene Tür unseren Herrn, aus Holz gebildet, auf einem kleinen Podest stehen, die Hände mit den Wundmalen segnend erhoben. Der Künstler wollte wohl Jesus' Kummer über den Zustand der Welt ausdrücken und so hatte er dem Gesicht des Erlösers einen verächtlichen, ja angewiderten Ausdruck gegeben.

Der Gottessohn sah auf zwei Mönche herab, die zu seinen Füßen hantierten und deren Anblick seine Miene vollkommen rechtfertigte. Der eine, der damit beschäftigt war, Geräte zu putzen, ähnelte einem schmutzigen kleinen Gauner. Der andere, der auf dem Altar ein paar armdicke Kerzen zu einem Bündel zusammenschnürte, konnte einem der sieben Köpfe des apokalyptischen Drachens sein Gesicht leihen. Das Riesenmaul, die eng zusammen stehenden Augen, die gebrochene, schiefe Nase, die über und über von Narben zerstörte Haut passten eher zu einem Verwandten des Teufels als zu einem Gottesmann. Dazu hatte der fromme Bruder die kraftvolle, plumpe Gestalt eines Bären und Fäuste wie Mühlsteine. Die beiden Mönche unterhielten sich lebhaft und brachen jeden Augenblick in ein rohes Gelächter aus. Mir ging es wie Christus, ich fühlte mich unbehaglich. So blieb ich zögernd an der Tür stehen.

In diesem Augenblick sah ich zwei Männer auf die Kapelle zukommen. Im Dämmerlicht erkannte ich sie nicht gleich. Erst als sie in kurzer Entfernung stehen blieben und zu mir herüber sahen, bemerkte ich, dass es Rocco und Cleph waren. Der dicke Gutsbesitzer redete leise auf den Vilicus ein und machte dann eine aufmunternde Geste in meine Richtung. Cleph stieg allein die Stufen herauf. Es schien zunächst, als wollte er hinein gehen und sich den lärmenden Mönchen zuwenden. Doch dann trat er entschlossen auf mich zu. Es kostete ihn nicht wenig Mühe, seiner verdrießlichen Miene einen höflichen, wenn nicht freundlichen Ausdruck zu geben-

„Ich suchte Euch schon“, sagte er. „Das war vorhin Unrecht von mir, ich verlor die Beherrschung. Ich kannte Euch nicht und beleidigte Euch. Verzeiht mir! Wenn ich etwas für Euch tun kann…“

Zweifellos hatte ihn Herr Rocco gedrängt, mich vollkommen zu besänftigen. Ich sagte ihm etwa dasselbe wie zuvor schon Herrn Ebrachar: dass ich seine Entschuldigung annähme, weil er mich offenbar nicht persönlich, sondern ganz allgemein Leute gemeint habe, die das Ordenskleid trügen, dem Mönchtum jedoch wenig Ehre machten. „So ist es, die meinte ich!“, sagte er heftig. Mit einer knappen

Kopfbewegung deutete er nach den Männern unter der Christusfigur: „Solche wie die dort!“

Die beiden Mönche brachen gerade wieder in ihr rohes Gelächter aus und der Große mit der apokalyptischen Fratze sagte:

„Mach Schluss, Subulcus, tu das Zeug da ins Tabernakel. Verschwinden wir. Es wird sonst zu spät.“

Er lud sich ächzend das Bündel Kerzen auf die Schulter und bewegte sich auf die Tür zu.

Cleph hatte kein Auge von ihm gelassen. Als der Mönch jetzt heraus kam, trat er ihm in den Weg und sagte mit schneidender Stimme:

„Wohin damit? Wer hat euch erlaubt, die Kerzen zu nehmen?“

Der Riese schob ihn mit seiner Pranke beiseite.

„Herr Ebrachar hat es erlaubt“, knurrte er.

„Wer sonst!" „Das kann nicht wahr sein. Davon weiß ich nichts!"

„Aber es ist so, glaubt es mir. Er sagte: ‚Nehmt die Kerzen und tut sie in eure Kirche, zum Lobe Gottes. Die Bauern liefern mir Wachs zur Genüge.'"

„Ihr habt selber Bauern, die euch Wachs liefern. Dreimal so viele wie wir!"

„Aber es gibt bei uns zehnmal so viele, die den Herrn loben."

Er lachte dröhnend, wobei er sein Drachengebiss entblößte.

Dann drehte er sich noch einmal um und rief: „Wo bleibst du, Subulcus? Dein Hintern ist mir heute zu träge, ich gehe schon!"

In diesem Augenblick sah er mich.

„Der Herr sei gelobt", brummte er.

„In Ewigkeit!", antwortete ich.

Der Koloss war schon die Treppe hinunter. Er schlug einen Weg ein, der von Hütten gesäumt war und offenbar zu einem Nebentor führte.

Cleph hatte mich vergessen und setzte ihm nach.

„Ich erlaube es nicht!", schrie er. „Ihr habt vor zwei Wochen erst Kerzen bekommen. Das sind dreißig Denare, die du fortschleppst! Was sage ich? Fünfzig! Gehen wir zu meinem Vater. Bestätigen soll er es, sonst ist es Diebstahl."

Der Mönch brummte etwas zur Antwort, das ich aber nicht verstand. Nur einmal drehte er sich noch um und brüllte: „Subulcus!"

Der so Angeredete, offenbar ein früherer Schweinehirt, trat aus der Kapelle, raffte die Kutte bis über die Knie, nahm die drei Stufen im Sprung und rannte hinterher. Schnell hatte er seinen Gefährten eingeholt.

Der Vilicus blieb schimpfend an der Seite der Mönche.

„Da seht Ihr es!“, sagte Herr Rocco, der inzwischen bis an die Stufen der Kapelle heran gekommen war. „Da habt Ihr selbst einen Eindruck, wie sie es treiben. Ist das gottgefällig? Ist das erlaubt?“

„Angeblich hat ja Herr Ebrachar zugestimmt“, sagte ich.

„Ah, glaubt Ihr das wirklich? Nehmt Ihr wahrhaftig an, sie hätten ihn vorher gefragt? Natürlich, wenn sie es täten … Er würde ihnen zu jeder Kerze noch einen silbernen Leuchter schenken. Ein Elend ist das, ein furchtbares Elend! Ich hoffe, Ihr tragt Cleph nichts nach. Ein geplagter Mann, ein wahrer Dulder! Verwaltet ein Gut, macht Gewinn und muss tatenlos zusehen, wie durch die Hintertür alles hinaus geschleppt und gestohlen wird. Das Herz bricht einem, der selber ein Gut hat und so etwas sieht. Was meint Ihr? Könnte nicht Herr Odo dem Ebrachar ins Gewissen reden? Damit er endlich Vernunft annimmt?“

„Ich habe keineswegs den Eindruck, Herr Ebrachar wisse nicht, was er tut.“

„Ah, so ist das! Ihr heißt das noch gut, Ihr seid einverstanden!“, rief der Dicke entrüstet. Er besann sich aber sofort und fügte seufzend hinzu: „Nun, vielleicht ist das Eure Pflicht, Ihr seid selber Mönch. Ihr könnt wohl nicht anders.“

„Ich hatte noch keine Gelegenheit, die Verhältnisse zu studieren“, entgegnete ich in verweisendem Ton, „und es ist auch nicht meine Art zu urteilen, ohne alle Parteien gehört zu haben.“

„Gewiss, gewiss, Ihr seid Richter …“

„Hier bin ich nur Gast. Doch gebe ich zu, dass Ihr schon unterwegs meine Neugier geweckt habt. Ich hätte den Pater gern kennengelernt, dem Ihr so heftige Vorwürfe macht.“

„Den Diabolus?“

„Er heißt wohl Fabiolus.“

„Nun, wenn schon …“

„Herr Ebrachar sagte, er werde die Nacht hier verbringen. Er scheint es sich aber anders überlegt zu haben."

„So? Umso besser! Aber ich weiß davon nichts."

„Da hinten geht er doch."

„Wer? Der Diabolus?"

„Ja, ist er das nicht? Der Große? Der mit den Kerzen?"

„Aber nein! Das ist nur Zacharias. Ein Untier … stiehlt, säuft und frisst. Und reißt Zähne aus, darin ist er geschickt. Mir hat er auch schon einen heraus geholt. Aber sonst ist er nur ein dummer Tölpel. Er ist sogar fromm, wenn er auch aussieht wie der Leibhaftige." In diesem Augenblick trat zehn Schritte von uns entfernt der schöne Mönch aus der Pforte des Gartens. Leichtfüßig kam er näher.

„Mein teurer Herr Rocco!", rief er. „Wie freut es mich, Euch gesund wiederzusehen. War der Weg sehr beschwerlich? Gelobt sei der Herr, der Euch beschützt hat!"

Er lächelte jetzt auch mir zu, schelmisch, als seien wir alte Bekannte.

„Für mich wird es jetzt aber auch Zeit. Gott liebt die Pünktlichen!" Flugs trat er in die Kapelle ein, schlug schwungvoll das Kreuz und ließ sich vor dem Altar auf die Knie nieder.

„Das ist er!", zischte Herr Rocco.

„Wer?"

„Na, wer schon? Der Pater Diabolus."

5. Kapitel

„Fabiolus!“, rief Herr Ebrachar. „Fabio! Da bist du ja endlich. Setz dich. Hör zu! Mein Vetter Odo ist gekommen, der Sohn meines Onkels Leudast, von dem ich dir oft erzählt habe, des Helden der Belagerung von Saragossa. Er ist seinem Vater ähnlich wie ein Goldsolidus dem anderen … sieh ihn dir an, dort sitzt er. Ist er nicht eine Augenweide? Ein echter Merowinger! Am Hof ist er eine wichtige Persönlichkeit, er reist nach Paris, im Auftrag des Königs. Das ist sein Amtsgefährte, Herr Lupus, aus einer bedeutenden Familie in Ostfranken. Unterwegs fiel ihnen ein, mich zu besuchen. Und dies, liebe Gäste, ist mein teurer Fabiolus, der mir über so viele traurige Stunden hinweg half, der mir Gottes Wort brachte und meine Seele tröstete, als ich glaubte, verzweifeln zu müssen wegen des Todes meines geliebten Gundobad. Setz dich doch, Fabio, warum stehst du denn?“

„Ich will nicht stören bei dem glücklichen Wiedersehen. Vielleicht sollte ich mich lieber zurückziehen.“

„Nein, nein, das erlaube ich nicht. Du bleibst! Du bist mein Gast wie alle anderen. Vielleicht wunderst du dich … ja, ich gebe zu, ich habe schon ein paar Becher Wein getrunken. So viele wie lange nicht mehr. Und wie du siehst … herausgeputzt hab ich mich auch. Alles zu Ehren meines Vetters. Und auch du wirst jetzt einen Becher leeren, Fabio, was immer deine Mönchsregel dazu sagt!“

Pater Fabiolus, der als Letzter gekommen war, neigte sein schönes Haupt, lächelte demütig und ließ sich am Ende der Tafel nieder. Wir hatten uns in einem kleinen Saalhaus versammelt, das unseren Schlafräumen gegenüber auf der anderen Seite des Gartens lag. Auch hier wirkte Tradition fort, denn zweifellos war dies schon vor undenklichen Zeiten ein Speisesaal – ein sogenanntes Triclinium – gewesen. Die erhaltenen Teile des Mosaikfußbodens zeigten Gelageszenen von bedenklicher Freizügigkeit. Natürlich war die römische Sitte, im Liegen zu speisen, längst abgeschafft und durch die germanische ersetzt worden: Wir hockten auf Bänken um einen schweren Eichentisch. Wir – das waren neben dem Gastgeber und seinen Söhnen Odo und ich, Rocco, Bobo und Drog sowie etwa ein Dutzend Männer vom Gefolge des Hausherrn, die meisten schon vorgeschrittenen Alters, Verwandte seiner verstorbenen Gemahlin und kleine Edle aus der Umgebung. Dazu kamen die weiblichen Mitglieder des Haushalts.

Das Mahl war nicht üppig und hatte mit einiger Verspätung begonnen, weil niemand mit Gästen gerechnet hatte und in der Küche noch schnell ein paar Hühner und Gänse geschlachtet werden mussten. Als alles angerichtet war, fand man den Hausherrn nicht gleich, er musste gesucht werden. Im Überschwang der Freude über das Wiedersehen war er mit Odo bis in den entferntesten Winkel des Weinkellers vorgestoßen, wo man die beiden nicht gleich gefunden hatte. Dann wollte er sich plötzlich noch umkleiden. Die vom Wein befeuerten Gespräche über die alte Herrlichkeit der Merowinger (die Vettern waren Abkommen einer Seitenlinie des früheren Königsgeschlechts) hatten in ihm den Wunsch geweckt, wieder einmal eine seidene Tunika anzulegen und sein spärliches Haar mit einem Band zu umwinden, das mit Edelsteinen besetzt war. Dies hatte er nach dem Tode Gundobads nicht mehr getan. In solcher Aufmachung, ein Schwert an der Seite und hoch gestimmt, doch schon etwas unsicher auf den Beinen erschien er schließlich im Speisesaal.

Hinter ihm trat seine Tochter Ingunde ein. Es wunderte mich nicht mehr, in ihr die Jungfrau wiederzuerkennen, die ich zuvor im Garten beim vertrauten Gespräch mit dem Pater gestört hatte. Sie wurde Odo, ihrem Onkel, vorgestellt, der sie so herzlich umarmte und küsste, dass sie über und über errötete. Als die Reihe an mich kam, sie zu begrüßen, reichte sie mir die Hand, vermied es aber den Blick zu heben. Sie wollte auch Bobo die Hand reichen, doch der war bei ihrem lieblichen Anblick vollkommen erstarrt, sodass er vor Überraschung kein Glied rühren konnte. Als Herr Rocco ihn in die Seite stieß, hatte sich Ingunde aber schon gleichgültig abgewandt. Zwischen zwei alten Tanten, Ebrachars Schwestern, die an der Seite des Witwers Hausfrauenpflichten versahen, ließ sie sich an der Tafel nieder.

Ich beobachtete sie, als Fabiolus eintrat. Da wurden ihre blauen Augen wieder rund wie Denare und sie stieß einen hörbaren Seufzer aus. Der schöne Mönch warf ihr einen beseelten Blick zu, als er ihr gegenüber Platz nahm.

„Wenn so der Teufel aussieht“, brummte Odo, „ist die Hälfte der Menschheit unrettbar verloren.“

Dasselbe mochte Herr Rocco denken. Er dachte wohl auch an die Wiese, die ihm verloren gehen würde, wenn Jesus‘ Brautwerber, wie er den Pater genannt hatte, den Sieg über seinen Bobo davontrug. Er tauschte einen grimmigen Blick mit Cleph, der ein Stück fort rückte, als sich der Pater neben ihm niederließ. Auf diesen Augenblick schien der Vilicus nur gewartet zu haben.

Er beugte sich vor, stieß einen Ellbogen hart auf den Tisch und sagte:

„Wisst Ihr, Vater, dass man Euch wieder bestohlen hat?“

„Mich bestohlen? Wer sollte das wagen?“

„Heute war es Zacharias. Er hat so viele Kerzen fortgeschleppt, dass es in Eurer Kapelle bald finster sein wird. Wie sollen die Bauern solche Verluste ersetzen?“

„Aber ich habe es doch erlaubt“, sagte Ebrachar seufzend.

„Habt Ihr das wirklich?“

„Nun, nicht ausdrücklich. Ich sagte dem Bruder Zacharias, er könne meiner Dankbarkeit sicher sein, weil er bei der

Messe für meinen Sohn so aufmerksam ministriert hat."

„Da kann man wohl sagen, dass er Euch mehr genommen hat als nur beim Wort."

„Beruhigt Euch doch, mein Teurer!" Mit einem liebenswürdigen Lächeln mischte Fabiolus sich in das Gespräch. „Es handelt sich wohl um einen Irrtum. Der Bruder hat Euern Vater missverstanden. Ich werde ihn bitten, dass er die Kerzen zurückbringt."

„Zurückbringt?", wiederholte Cleph höhnisch. „Dass etwas zurückgebracht wurde, ist noch nicht vorgekommen. Es wurde nur immer fortgetragen."

„Aber glaubt mir, es geschah reinen Herzens. Das muss ich Euch immer wieder versichern. Unsere einfachen Brüder sind arglos und unwissend. Was Hab und Gut bedeutet, ist ihnen unbekannt. Da sie selbst arm sind, wie es die Regel vorschreibt, betrachten sie alles, was Gott geschaffen hat, als Gottes Eigentum. So sind sie natürlich auch der Ansicht, dass es gleichgültig sei, ob die Kerzen nun hier oder in der Kirche des Klosters brennen. Nur dass sie zur Ehre Gottes brennen, ist ihnen wichtig ... egal, an welchem seiner Altäre. Ich bitte Euch, habt deshalb Nachsicht mit ihnen. Ich werde sie auf ihre Fehler aufmerksam machen."

„Nein, Fabio, das wirst du nicht tun!", sagte Ebrachar. „Auch ich bin der Meinung, dass es gleichgültig ist. Es ist sogar besser, wenn diese Kerzen im Kloster brennen, an einem heiligen Ort. So wird Gottes Auge sie noch besser bemerken. Behaltet sie also, kein Wort mehr davon!"

„Wenn Ihr also darauf besteht ..."

„Ja, ich will es so."

„Vater!", rief Cleph.

„Und mit dir, mein Sohn, bin ich heute sehr unzufrieden", sagte Ebrachar streng. „Zuerst beleidigst du den ehrwürdigen Vater Lupus. Dann ziehst du gegen deinen Onkel Odo das Schwert. Und jetzt legst du dich wieder mal mit Fabio an. Unbeherrscht bist du und grob. Aus dir könnte nie ein Edelmann werden, so gern du auch einer sein würdest."

„Warum steckst du ihn nicht in die Küche?", rief Sigiwald. „ Als Hammelschlächter!"

Unter den Gefolgsleuten gab es Heiterkeit. Cleph warf seinem Bruder einen wütenden Blick zu, verzichtete aber auf eine Entgegnung. An solche Niederlagen und Demütigungen schien er gewöhnt zu sein. Er ließ sich den Becher füllen und hüllte sich in Schweigen.

Unterdessen liefen Knechte und Mägde hin und her, wechselten die Schüsseln und brachten neue Krüge mit Wein. Fröhlicher Lärm erhob sich, die Unterhaltungen wurden lebhaft. Es war ja seit langem das erste Mal, dass an der Tafel des Herrn Ebrachar wieder heiter geschmaust wurde. Der Hausherr selbst ging mit gutem Beispiel voran und trank weiter, obwohl er eigentlich schon genug hatte. Immer wieder versicherte er, seinem unverhofft aufgetauchten Vetter diesen glücklichen Tag zu verdanken.

Herr Rocco fand es nun an der Zeit, auch von der Verlobung zu sprechen.

„Morgen zeige ich Euch die Geschenke, Nachbar. Das wird Euer Herz erfreuen. Heute aber wollen wir Euch etwas bieten, das die Seele erhebt. Wie Ihr wisst, habe ich einen Dichter im Hause, meinen Schwager Drogdulf. Er hat ein Preislied gemacht, in dem er die Schönheit der Braut besingt. Ich selbst und meine Gemahlin haben es schon gehört, auch mein Sohn Bobo, der daraufhin ganz begierig war, die Braut endlich kennenzulernen. Es ist etwas lang, aber recht gelungen. Wollt Ihr es hören? Drog, fang ab! Wo ist denn der Kerl? Wo ist er geblieben? Er war doch eben noch da …"
In der Tat, der Platz, wo Drog gesessen hatte, war leer. Herr Rocco drehte den feisten Hals nach allen Seiten und beugte

sich sogar ächzend vor, um unter den Tisch zu blicken. Doch der Dichter des Preislieds blieb verschwunden. Eben hatte er noch, in seinen togaähnlichen Mantel verkrochen, auf der Bank gekauert. Dass er den Raum verlassen hatte, war von niemandem bemerkt worden. Beiläufig war mir nur aufgefallen, dass er dem Knecht, der mit dem Weinkrug herum ging, mehrmals den Becher hingehalten und hastig getrunken hatte.

„Musste wohl mal hinaus“, meinte Rocco. „Aber er hätte mich vorher fragen sollen. Verflucht! Wenn er schon einmal nützlich sein kann, verdrückt er sich.“

„An seiner Stelle könnte ja ich etwas vortragen“, sagte Fabiolus, „entsprechend unserer lieben Gewohnheit.“

„Weißt du, Fabio“, erwiderte Ebrachar, dessen Zunge schwer wurde, „vielleicht ist es heute nicht mehr passend … ich will sagen, verstehst du, es so zu haltern wie ihr Mönche im Refektorium. Gewiss, es ist angenehm, wenn man zum Mahle etwas Erbauliches hört. Und wer könnte besser von heiligen Männern erzählen als du …“

„Heute will ich von einer Frau berichten.“

„Vielleicht ist auch eine heilige Frau nicht …“

„Aber Ihr werdet doch nicht Euern Traum erzählen!“, rief Ingunde erschrocken.

„Einen Traum? Ihr hattet einen Traum?“, krächzten die beiden alten Frauen. „Oh, bitte lasst hören!“

„Das ist leider nicht möglich, edle Damen“, erwiderte Fabiolus mit einer graziösen Geste des Bedauerns. „Am Schluss des Traums erschien mir der Erzengel Gabriel, der es ausdrücklich untersagte. Nein, ich will eine Geschichte erzählen, die sich tatsächlich begeben hat. Zur Unterhaltung und Beleherung.

„Aber vorher trink einen Schluck!“, rief Ebrachar. „Damit die Geschichte gut in Fluss klommt.“

„Gott wird es mir nachsehen", sagte Fabiolus lachend und hielt dem Knecht seinen Becher hin. Wenn Bruder Lupus mich nicht verrät ..."

Er zwinkerte mir wieder schelmisch zu.

„Zur Unterhaltung und Belehrung", sagte Odo gedehnt, mit leiser Stimme, wobei er sich zu mir herüber beugte. „Diese Worte hab ich schon mal gehört."

„Von wem?"

„Von ihm."

„Was?" „Aber wann war das? Und wo?"

„Du musst dich täuschen."

„Nein ... Er fällt ja wahrhaftig auf. Ist so schön wie ... Wie hieß dieser griechische Gott?"

„Du meinst Apoll?"

„Ja, ja ... der hatte auch so etwas an, so etwas Griechisches."

„Das ist doch unmöglich. Ein Ordenspriester!"

„Zur Unterhaltung und Belehrung", murmelte Odo.

Der Pater Fabiolus erhob sich, streifte die Ärmel seiner Kutte zurück, damit seine schlanken Hände mehr Freiheit zur gestenreichen Gestaltung erhielten, und begann zu erzählen.

Ich beobachtete diesen seltsamen Priester mit wachsen der Spannung. Noch immer hatte ich mich nicht ganz von der Bestürzung erholt, als mir Rocco eröffnete, nicht der hässliche Koloss, sondern dieses vollendete Ebenbild Gottes sei sein geschmähter Diabolus. Man wünscht sich nun einmal das Schöne zum Schönen, wie es auch umgekehrt oft schwer fällt, in einem buckligen, triefäugigen, mit Geschwüren bedeckten Einsiedler den erhabenen Geist und die reine Seele zu finden.

Mein erster Gedanke war, dass Rocco, roh, stumpf und habsüchtig, wie er war, Fabiolus nur einfach verleumdet hatte. Doch schon die wenigen Eindrücke, die ich bei diesem Mahl empfing, ließen mich dem dicken Gutsbesitzer stille

Abbitte leisten. Es war in der Tat nicht zu übersehen, dass der Pater sowohl über Ebrachar als auch über seine Tochter eine gewisse Macht ausübte, die er recht ungeniert missbrauchte. Wie er mit wenigen Worten aus dem Diebstahl der Kerzen fast eine Wohltat machte, erschien nicht nur Cleph, sondern auch mir als Dreistigkeit. Nicht weniger als die fast selbstverständliche Art, mit der er den Einwand des Hausherrn abtat und jetzt das Wort nahm. Und was hatte es mit diesem Traum auf sich? Warum schrie Ingunde erschrocken auf, als sie glaubte, er würde ihn erzählen? Sollte er das Gebot des Erzengels Gabriel vielleicht schon verletzt haben, als er mit ihr am Nachmittag unter dem Apfelbaum auf der Bank saß?

„Es lebte einmal ein König", begann Fabiolus, „der hatte eine Tochter mit Namen Valeria. Sie war schön wie die Morgenröte oder wie eine Rose im Tal, lieblich war ihre Gestalt und süß ihre Stimme. Ihre Augen ähnelten tiefen Teichen, ihre Wangen Granatäpfeln, ihre Lippen scharlachroten Schnüren. Wie weiße Schäfchen leuchteten ihre herrlichen Zähne. Ihr Hals war wie ein elfenbeinerner Turm und ihre Brüste erinnerten an junge Rehzwillinge. Und erst ihr Wuchs! Er war hoch wie der eines Palmbaums. Viele Freier wünschten sich, ihre Zweige zu berühren. Doch war die Schöne ein verschlossener Garten, ein versiegelter Born …"

So ging es weiter. Ich merkte gleich, dass ihm das Hohelied Salomos den Text lieferte. Er vergaß auch nicht, den Gang der Jungfrau, ihre Lenden und ihren Schoß zu rühmen. Ich fand das recht arg von einem Mönch, doch außer Odo, der einen leisen Pfiff ausstieß, verwunderte es niemanden, da die meisten der tönenden Worte an den Ohren der biederen Franken vorbei klingelten. Die junge Einfalt machte wieder ihre Denaraugen, die Tanten lauschten mit offenen, zahnlosen Mündern, Herr Ebrachar trank und ließ seinen Günstling gütig gewähren, Sigiwald feixte wie gewöhnlich. Cleph starrte findet vor sich hin. Bobo schob seine Hauer vor und verstand überhaupt nichts. Nur Herr Rocco rutschte unruhig auf der Bank hin und her und ärgerte sich, weil nicht sein Hauspoet Drog, der abwesend blieb, sondern „dieser verfluchte Diabolus“ sich den Lorbeer des Dichters verdiente.

Doch der hatte, wie sich bald herausstellte, mehr im Sinn. Nachdem er die Schönheit der Braut genugsam gepriesen hatte, wandte er sich ihrem traurigen Schicksal zu. Auch was jetzt kam, stammte aus Quellen, die mir nicht unbekannt waren. Fabiolus hatte das Talent des geschickten Erzählers, der wie ein guter Koch alle möglichen Zutaten, die ihm gerade zur Hand sind, in einen Topf wirft und zu einem schmackhaften Brei zusammen rührt.

Die Geschichte ging so: Ein mächtiger Herzog warb um die Hand der schönen Valeria. Der König gab sie ihm, dazu einen Teil seines Reiches als Mitgift. Aber der Herzog erwies sich als übler Schurke. Er verstieß seine Gattin nach kurzer Zeit, weil sie nicht dulden wollte, dass er nebenbei Liebschaften mit Kebsweibern und mit Mägden hatte. Elend lag sie mitten in ihrem ererbten Land auf der Straße und bat um Almosen. Da kam ein Fremder vorbei, den ihre Schönheit rührte. In seiner goldenen Rüstung stieg er klirrend vom Pferd. Er hob die Verzweifelte auf und sprach tröstende Worte zu ihr, und nun erfuhr er ihr grausames Schicksal. Sofort entschloss er sich, gegen den Herzog zu Felde zu ziehen und das Erbe zurück zu erobern. Dafür schwor ihm Valeria ewige Liebe und Treue. Als sie sich gegenseitig zuschwören, flog eine Taube vom Himmel herab und setzte sich auf die Schulter des edlen Mannes. Nun sprengte er fort und zog in den Kampf und erschlug den Herzog. Valeria kehrte in ihren Palst zurück und wollte ihn und zu ihrem Gemahl machen. Doch sie fand nur noch eine goldene Rüstung, er selber war fort. Da erinnerte sie sich des Schwurs und der Taube, und jetzt erkannte sie ihren Retter. Sie hängte die Rüstung in ihre Kammer und hielt sie in Ehren. Wer immer noch ihre Hand begehrte, ob Graf, Fürst oder König, wurde abgewiesen. Sie lebte nur noch in Zucht und Keuschheit, ging schließlich ins Kloster und beschloss ihr Leben als Heilige.

„So fand sie doch noch den wahren Weg", schloss Fabiolus mit einem sieghaften Lächeln. „Er, der so viele Gestalten annehmen kann und so viele Herzen erobert, half ihr aus ihrer Not. Er hilft allen, wenn sie nur fest an ihn glauben!"

Ein flammender Blick traf Ingunde, die wie getroffen zusammenzuckte.

Dann schlug der Pater wieder schwungvoll das Kreuz und setzte sich.

Einen Augenblick lang herrschte unbehagliches Schweigen.

„Und wer war nun dieser goldene Retter?", fragte Odo spöttisch. „Dieser begnadete Herzensbrecher?"

„Der goldene Retter war der heilige Geist", antwortete Fabiolus mit entwaffnender Liebenswürdigkeit. „Habt Ihr das nicht verstanden?"

„Dann war wohl die Taube dieselbe, die bei der Taufe unseres Herrn vom Himmel herab flog?", fragte ich.

„Das deutet Ihr richtig, Bruder, es war dieselbe."

„Die Geschichte gefällt mir nicht", sagte Herr Rocco, der gleich die Ohren gespitzt hatte, als von Mitgift und Erbschaft die Rede war. „Nein, sie gefällt mir überhaupt nicht! Dieser Schurke von Herzog, der nur auf die Mitgift aus war … wen meint Ihr damit?"

„Nun, einen Herzog, der einmal gelebt hat. Ich kann nicht einmal mehr seinen Namen nennen."

„Meint Ihr damit nicht einen anderen?"

„Wen denn?"

„Vielleicht meinen Bobo."

„Was fällt Euch ein! Wie kommt Ihr darauf?"

„Zum Teufel, Nachbar", grollte Herr Rocco, „ist es erlaubt, so zu reden und solche Geschichten zu erzählen, wenn die Braut mit am Tisch sitzt und wenn der Bräutigam mit Verlobungsgeschenken gekommen ist? Ist es richtig, die Braut zu erschrecken und ihr Angst vor der Ehe zu machen?"

„Nein, das war wohl nicht recht", sagte Herr Ebrachar verlegen. „Deine Geschichten, Fabio, sind zwar sehr schön. Aber ich habe ja gleich gesagt, so etwas passt heute nicht. Du hast uns richtig die Stimmung verdorben."

„Mein Sohn Bobo hat keine Kebsweiber und mit Mägden treibt er es auch nicht!", polterte Rocco, zornrot im Gesicht. Er gab dem Bobo neben ihm einen Knuff. „Los, sag dem Fräulein Ingunde, dass du keine Kebsweiber hast und es auch nicht mit Mägden treibst. Rede! Na, los! Sprich laut und klar!"

„Ich treibe es nicht mit Mägden", stieß Bobo schüchtern hervor, wobei er nicht wagte, das Mädchen anzusehen. „Und Kebsweiber habe ich auch nicht."

„Immer werde ich meiner Gemahlin die Ehre erweisen, die sie verdient. Sag ihr das!"

„Immer werde ich meiner Gemahlin erweisen, was sie verdient", stotterte Bobo.

„Die Ehre, Dummkopf!", zischte Herr Rocco.

„Die Ehre …"

„Und niemals werde ich sie ins Unglück stoßen, sondern ihr hundert Jahre treu sein!"

„Und niemals werde ich ihr im Unglück treu sein, sondern sie hundert Jahre …"

Bobo verstummte und errötete heftig.

Einen Augenblick später erhob sich krachend ein allgemeines Gelächter. Herr Ebrachar kicherte kurzatmig und hielt sich vor Vergnügen die Seiten. Ich, der ich, wie fast immer, als letzter Tischgenosse noch aß, verschluckte mich und erlitt einen Hustenanfall. Als ich mich davon etwas erholte, herrschte noch immer dröhnende Heiterkeit. Einige wieherten wie Pferde, andere stießen Grunzlaute aus.

Herr Rocco, der schon die Fäuste erhoben hatte, um auf Bobo einzuprügeln, erkannte den Wert dieses Umschwungs der Stimmung. Mit beiden Händen packte er seinen wakkelnden Bauch, als könnte der aus dem Gürtel springen und fortrollen. Auch Bobo lachte mit, stolz sein Gebiss fletschend. Es gelang ihm sicher nicht oft, mit einem Scherz die Aufmerksamkeit einer Gesellschaft zu erringen.

Sogar die alten Tanten hatten lüstern aufgekreischt, wenn auch nur kurz. Ingunde war wieder erschrocken und warf einen Hilfe suchenden Blick auf Fabiolus. Der sah aber ganz zufrieden aus. Der Tadel des Hausherrn an seiner Geschichte war entschärft. Und die grobe, wenn auch gerade noch unausgesprochene Anzüglichkeit des Bobo schien nur vollendet zu haben, was er begonnen hatte. Er lachte mit der Miene eines heiligen Mannes, den ein besonders tölpelhafter Gesandter Satans versucht, wie im Vorgefühl eines frommen Triumphs.

Diesen schien sich jetzt auch Ingunde vorzustellen. Während unser Gelächter sie umtoste, richtete sie ihre blauen Augen, rund wie Denare, starr und beseligt auf Pater Fabiolus. Dabei stieß sie kurze, rhythmische Schreie aus.

Die fröhliche Stimmung war also an die Tafel zurückgekehrt. Ingunde und ihre Tanten mussten sich nun auf Befehl Herrn Ebrachars zur Ruhe begeben, damit die Rücksicht auf sie die Gespräche der Männer nicht länger behinderte. Die Metbank unserer Vorfahren, der Germanen, lebte auf. Wo früher die schlaffen römischen Provinzialen, hingelagert auf Speisesofas, in überfeinerten Genüssen geschwelgt hatten, floss kannenweise Bier und Wein in die Kehlen, hämmerten Fäuste auf den Eichentisch, flogen deftige Worte hin und her und brüllendes Lachen schlug gegen die Wände.

Jetzt wurde dem Hausherrn auch endlich Dank für die Bewirtung zuteil. Das Mahl war zwar, wie erwähnt, nicht allzu üppig, aber auch das, was gereicht wurde – Hammel, Geflügel, Kohl und Erbsen, mit einer vortrefflichen Knoblauchsoße angerichtet –, hatte die Bäuche bis zum Platzen gespannt. Knatternde Winde und berstende Rülpser brachten Entspannung und befreiende Heiterkeit. Herr Ebrachar, glücklich, weil seine Gäste zufrieden waren, ließ noch mehr Wein kommen. Er fand auch, dass unser Kreis zu klein war. Am Tisch war noch Platz und so wurden aus einem anderen Saal, wo die weniger Vornehmen speisten, zehn, zwölf Männer herbei geholt. Auch Helko, Fulk die anderen von unserem Gefolge waren darunter.

„Trinkt, Leute!“, rief Herr Ebrachar, dessen brokatenes Wams schon über und über vom Wein befleckt war. „Zu lange zu trauern ist nicht weise. Ich befürchtete schon, dass unser Geschlecht zugrunde gehen könnte. Aber jetzt, da ich Odo, meinen prächtigen Vetter, hier an meiner Seite sehe, hab ich darob keine Sorge mehr!“ „Ihr habt ein Wunder vollbracht, Herr Odo!“, schrie Rocco. „Dagegen sind die Wunder des heiligen Martin nur Kinderein!“

„Bei Gott, du bist die Hoffnung unseres Geschlechts, lieber Vetter“, fuhr Herr Ebrachar fort. „Deshalb solltest du auch nicht mehr zögern und heiraten. Nun, wie steht es damit? Hast du schon eine Jungfrau im Auge, die unserer Familie Ehre macht? Eine, die viele kleine Merowinger zur Welt bringt?“

„Merowinger und Karolinger“, erwiderte Odo und strich sich den Schnurrbart.

„Was? Woher kommen die Karolinger?“

„Von einer Karolingerin.“

„Heißt das, die Mutter deiner Kinder …“

„Die künftige Mutter meiner Kinder!“

„ … ist mit dem König verwandt?“

„Sie ist seine Tochter.“

„Die Tochter König Karls – deine Braut?“

„Sie heißt Rotrud“, bestätigte Odo und warf einen blitzenden Blick in die Runde, der des Schwiegersohns eines Königs würdig war. Ich trat ihn gegen das Schienbein, aber natürlich war er nicht mehr zu halten. Der leichte, würzige Wein hatte ihn auf seine Schwingen genommen und trug ihn hinauf in die Wolken.

„Mein Antrag ist bereits angenommen“, behauptete er. „Der König hat vor Freude geweint. Sobald meine Amtsgeschäfte erledigt sind, kehre ich in die Pfalz zurück und dann, meine teuren Freunde und tapferen Zecher, wird Hochzeit gefeiert!“

Ein Jubelruf antwortete ihm.

„Vetter!“, schrie Ebrachar und stand schwankend auf. „Das ist eine erhabene Stunde. Du gibst unserem Namen den alten Glanz zurück!“

Auch Odo erhob sich und fing Herrn Ebrachar auf, der in seine Arme sank.

„Heil Euch, Herr Odo!“, rief Rocco. „Ich wusste ja gleich, wen ich vor mir hatte. Ihr werdet nun wohl auch einen hohen Posten bekommen.“

„Das entscheidet natürlich der König allein“, erwiderte Odo. „Erst nach der Hochzeit wird es bekannt gegeben.“

„Wirst du jetzt vielleicht Comes, Onkel?“, rief Sigiwald.

„Mehr, mein Sohn, mehr!“, entschied Herr Ebrachar. „Er wird Marschalk.“

„Seneschalk!“, rief einer vom hinteren Ende der Tafel.

„Ja, das wäre nicht schlecht“, meinte Rocco. „Ihr wäret dann für die Verpflegung zuständig. Was frisst so ein königlicher Hof alles weg! Ich könnte Euch Schweine und Schafe liefern, zu günstigen Preisen …"

„Am besten wäre natürlich Pfalzgraf", fand Ebrachar. „Der ist nach dem König der Mächtigste. Du könntest dann auch an deine Familie denken."

„Ich werde schon alle unterbringen", antwortete Odo großspurig. „So viele sind wir ja auch nicht mehr."

„Umso wichtiger ist, dass geheiratet wird!", rief Rocco. „Ihr werdet ja auch an den Gemahl der Ingunde und an ihre Söhne denken. Mein Bobo versteht etwas vom Wirtschaften, er könnte ein Königsgut übernehmen."

„Ingunde wird aber Bobo nicht wollen". stichelte Cleph.

„Wie? Und warum nicht?"

„Weil man sie uns auch schon gestohlen hat. Wie vieles andere." „Schweig!", rief Ebrachar. „In jeden Kelch musst du Galle schütten. Das richtet sich wieder gegen Fabio. Aber die Dinge liegen ganz anders. Ich selbst … ja, ich, ihr Vater, wollte, dass sie den Schleier nimmt. Damit Gott sich mit uns versöhnt, als Opfer, versteht ihr … Fabio! War es so?"

„Ja, so hatte ich Euch verstanden", sagte der Pater, der lange geschwiegen hatte und mit einem Lächeln, das immer starrer wurde, dem Geschrei und Hin- und Hergerede gefolgt war.

„Deshalb solltest du sie ja vorbereiten", fuhr Ebrachar fort. „Ja, Rocco, nennt mich falsch, nennt mich wortbrüchig. Noch bis vor wenigen Augenblicken wusste ich nicht, was ich ihr raten sollte. Auch sie selbst war unentschlossen. Und nun hat Fabio noch diese Geschichte erzählt von dem goldenen Reiter und der Taube … das hat sie wahrscheinlich noch mehr verwirrt. Aber ich spreche mit ihr. Gleich morgen früh. Sie liebt ihren Vater, sie wird gehorchen. Es wird Gott ebenso wohlgefällig sein, dass sie heiratet und Kinder bekommt. Aber vor allem müsst ihr, meine Söhne, jetzt Nachkommen zeugen. Können wir zulassen, dass unser Vetter und Onkel, als Schwiegersohn König Karls und hoher Würdenträger bei Hofe, keine Familie hat … oder nur noch einen kläglichen Rest davon? Ist nicht die Sippe der ganze Stolz des Mannes? Sein Schild? Seine Fluchtburg? Bei Gott, so ist es! Und deshalb dürfen wir nicht untätig bleiben. Leider hat Gundobad keine Nachkommen hinterlassen, doch das war die Schuld der Frau, der Prisca … Der Teufel ritt mich, als ich sie ihm damals aussuchte. Für dich, mein Sohn Sigiwald, habe ich eine bessere Braut. Es ist Irmesinde, die Tochter des Engelbert …"

„Die will ich nicht!", kreischte der Rotschopf. „Das ist eine schielende, lahme Kuh!"

„Lahm ist sie, das stimmt, und sie schielt auch ein bisschen. Doch sie ist rund und kräftig und wird viele Kinder zur Welt bringen." „Wenn sie Euch so gefällt, dann nehmt sie doch selber!"

„Das lässt sich hören!", rief Odo. „Ein guter Vorschlag. Warum heiratest du nicht noch einmal, Vetter? Nimm dir unseren Alten zum Vorbild, den König, meinen künftigen Schwiegervater. Er hat schon die dritte Frau und seine Kinder kann man kaum zählen. Was meinst du?"

Herr Ebrachar riss die Augen auf.

„Glaubst du wirklich, dass ich das tun sollte?"

„Du hast die Wahl", erwiderte Odo. „Entweder du entscheidest dich schon für das ewige Leben, dann bete und faste, bereite dich vor. Solltest du aber noch eine Weile hierbleiben wollen, dann sitz nicht herum, sondern unternimm etwas. Du musst ja nicht gleich das Königreich Kent erobern. Es genügt, dass du heiratest und noch ein paar Männer in die Welt setzt, die das später mal tun können." „Wahrhaftig, daran habe ich auch schon gedacht."

„Heiratet, Nachbar!", drängte nun auch Herr Rocco. „Ein Mann wie Ihr … und unbeweibt. Das darf nicht so bleiben!

Hätte ich nur eine Tochter. Ich würde sie Euch schon zur Gemahlin geben."

„Ein verlockender Gedanke!", bemerkte Odo, „zumal sie zweifellos Herrn Roccos Schönheit geerbt hätte. Aber ich sehe dich nachdenklich, Vetter."

„Ich wüsste schon eine", sagte Ebrachar.

Er nahm einen Schluck aus dem Becher. Dann reckte er den dünnen Hals und sein Blick wurde feurig.

„Ja, es gibt eine!". rief er. „Sie ist sogar wie geschaffen für mich! Warum habe ich nur so lange gezögert? Was hinderte mich? Nun, mir fehlte der Mut, das gebe ich zu. Sie ist eine der vornehmsten Damen in der Grafschaft, die Witwe des Vicarius Harietto. Mit ihrem Muntwalt, dem Comes, bin ich verfeindet, aber das macht nichts. Dein Beispiel, Vetter, beflügelt mich. Du machst uns vor, wie man Gipfel stürmt! Du erinnerst mich daran, dass sich ein Merowinger nicht mit Wünschen abgibt, sondern Entschlüsse fasst. Ja, Männer, in diesem Augenblick bin ich entschlossen. Ich heirate!"

Es versteht sich, dass diesen Worten neue Freudenbekundungen folgten. Am liebsten wollte sich Ebrachar schon bei Morgengrauen selbst auf den Weg machen und die Witwe des Vicarius Harietto auf ihrem zehn Meilen entfernten Gut besuchen.

Aber Rocco erinnerte an die Verlobung. Dieses Ereignis musste schon deshalb ohne Verzögerung stattfinden, weil man auf uns, die Königsboten, als Ehrengäste nicht verzichten wollte. Und alle legten den größten Wert darauf, den künftigen Schwiegersohn des Königs, den hohen Würdenträger und Wohltäter unter den Zeugen der Verlobung zu haben. Mehr als einige Tage Aufenthalt konnten wir aber nicht ermöglichen.

Einmal an diesem Punkt angekommen, richteten sich nun aller Gedanken auf das Fest. Die Väter des Brautpaars überschrien einander, dass es ein außerordentliches, ein nie dagewesenes Fest werden und dass es drei Tage dauern sollte. Allerdings war noch nichts vorbereitet. Man hatte die Gäste ja erst am siebten Tag vor den Iden erwartet und überhaupt war bis vor wenigen Augenblicken noch nichts entschieden gewesen. Zwar mangelte es nicht an Vorräten, aber zu einem Festschmaus, der diesen Namen verdiente, fehlte manches. Wie sollten die Köche ihre Kunst entfalten – ohne das Fleisch von Hirschen, Wildschweinen, Hasen und Rebhühnern?

„Also gehen wir morgen früh auf die Jagd“, entschied Odo unter allgemeiner Zustimmung. „Hast du auch eine gute Meute, Vetter? Erfahrene Knechte? Starke Netze? Helko und Fulk, ihr begleitet mich!“

„Da will ich dabei sein, Vater!“, rief Bobo.

„Freilich bist du dabei“, sagte Rocco. „Aber sei nicht zu tollkühn, mein Sohn. Nimm den Speer, wenn ein Keiler dich angreift! Ob Ihr es glaubt, Herr Odo, oder nicht, er hat schon mal einen mit dem Dolch erledigt.“

„Armer Keiler“, raunte mir Odo zu. „Vermutlich hat er Bobo für einen Artgenossen gehalten und ist dabei unvorsichtig geworden.“ Die Aussicht auf ein hier in letzter Zeit eher seltenes Jagderlebnis hatte die Stimmung noch mehr erhitzt. Alles lärmte fröhlich durcheinander.

„Ich will auch mit zur Jagd, erlaubt es, Vater!“, ließ sich Sigiwald plötzlich vernehmen, indem er den Kopf von den auf dem Tisch verschränkten Armen hob. Wir hatten schon gedacht, er sei eingeschlafen.

„Das geht nicht, du bist zu jung!“, sagte Ebrachar.

„Andere sind jünger und dürfen trotzdem mit. Stimmt das, Onkel?“

„Mag sein. Aber kannst du denn schon mit Waffen umgehen? Mit Pfeil und Bogen zum Beispiel`“

„Ich hol Euch eine Ralle herunter, die schon in den Wolken

verschwunden ist.“

„Warum lässt du den Meisterschützen nicht mitkommen, Vetter?“. fragte Odo Herrn Ebrachar.

„Wundert dich das? Wenn ihm nun auch so etwas geschieht wie seinem Bruder, dem Gundobad! Dann habe ich nur noch den da, Cleph, und die Tochter. Deshalb habe ich es bisher untersagt.“ „Aber wenn er ein Mann werden will, muss er jagen.“

„Gewiss ... ja, ja ... also gut, nimm ihn mit, ich vertraue ihn dir an“, sagte Ebrachar mit holpernder Zunge und halb abwesend, weil ihn etwas anderes beschäftigte. „Wenn er an deiner Seite ist, Vetter, bin ich unbesorgt. Aber bleibt in der Nähe, in dem Waldstück hinter der Mühle. Dort gibt es prächtiges Wild ...“

„Ich führe dich hin, Onkel!“, schrie der Rotschopf begeistert.

„Aber sei vorsichtig, Junge, vorsichtig“, brabbelte Ebrachar.

„Fabio!“, rief er plötzlich. „Fabio, wo bist du?“

„Hier, edler Herr!“, sagte der Pater und beugte sich vor. „Ich warte schon auf Eure Befehle.“

„Befehle? Nein, keine Befehle ... Nichts davon! Nur eine Bitte, Fabio, eine Gefälligkeit ... ein Dienst ...“

Der schöne Pater lächelte.

Doch seine Augen blickten kühl, als er sagte: „Ich will Euch auch gern gefällig sein. Vorausgesetzt, Ihr seid Gott gefällig.“

„Nun, daran zweifelst du hoffentlich nicht. Hör zu! Du kennst doch Hariettos Witwe, die edle Basina.“

„Ich kenne sie. Und ich schmeichle mir, ihr Vertrauen zu besitzen.“ „Vortrefflich! Du musst unbedingt hinreiten, in den nächsten Tagen schon, Fabio! Es ist besser, wenn du die Vorhut bildest, gewissermaßen die Lage sondierst ... als dass ich gleich selbst über sie herfalle und sie damit vielleicht erschrecke."

„Wollt Ihr denn wirklich wieder heiraten?", fragte der Priester mit einem Anflug von Spott.

„Ja, ich bin fest dazu entschlossen! Du hast doch gehört, mein Vetter ist auch dafür. Und nun wollen wir keine Zeit verlieren. Vielleicht kannst du schon morgen oder übermorgen …"

„Verzeiht, das wird nicht allein von mir abhängen. Ihr wisst ja, dass unser Abt, der edle Herr Agilhelmus, gerade unter uns weilt. Der ehrwürdige Vater ist streng und alles, was wir außerhalb des Klosters tun, bedarf seiner Zustimmung."

„Er wird sie dir geben. Ohne Zögern."

„Vorausgesetzt, dass auch Ihr ohne Zögern …" Fabiolus zog, immer lächelnd, ein Pergament aus der Tasche und vollendete: „ … diesem hier zustimmt."

„Was ist das?"

„Das Schriftstück, das ich Euch nach der Messe für Euern Sohn in der Kapelle vorlegte. Es war vereinbart, dass Ihr es gleich nach der heiligen Handlung unterzeichnen würdet."

„Ja, so war es wohl", sagte Ebrachar unbehaglich. „Aber irgendetwas kam dann dazwischen."

„Ein Knecht trat ein mit der Nachricht, dass Gäste am Tor seien. Ihr lieft davon. Ich blieb zurück, in der Hand die Feder, die ich Euch gerade reichen wollte, damit Ihr den Vollziehungsstrich machtet."

„Da habt Ihr aber noch einmal Glück gehabt, Nachbar!", rief Herr Rocco. „Ich war es, der den Knecht geschickt hatte. Gerade noch rechtzeitig!"

Er lachte. Doch niemand stimmte ein. Die Gespräche ringsum waren verstummt. Alle blickten auf Ebrachar, der plötzlich fahl wurde. Er war offenbar in Verlegenheit.

„Mein Freund", stammelte er, „wir wollen später … vielleicht morgen … alles noch einmal …“

„Wollt Ihr Gott auf morgen vertrösten?“, fragte Fabiolus. „Und wollt Ihr ihm vielleicht etwas abhandeln?“

„Das würde ich niemals wagen, Fabio, aber …“

„Habt Ihr ihm nicht gelobt und das Gelöbnis immer wieder erneuert, Ihr wolltet die armen Diener Gottes, die Tag und Nacht für das Seelenheil Eures dahin geschiedenen Sohnes beten, in Euerm Vermächtnis ein wenig entschädigen? Hier, edler Herr, sind die Bestimmungen. Ihr selbst habt sie mir diktiert, ich habe sie Punkt für Punkt niedergeschrieben. Der Advocatus unseres Klosters, Herr Ebbo, hat keine Fehler gefunden und die Zeugen, die schon in der Kapelle waren, sitzen hier alle am Tisch. Wollt Ihr vor ihnen behaupten, Ihr hättet Euch mit Gott und seinen Dienern nur einen Scherz erlaubt?“

Ein schmerzliches Lächeln huschte schattengleich über das schöne Gesicht des Mönchs, so als empfände er jetzt schon Mitleid für Ebrachar wegen der Strafe, die ihn für solchen Frevel im Jenseits erwartete.

„Fabio …“ stöhnte der Unglückliche.

„Die armen Diener des Herrn verlangen mehr als die Hälfte Eures Besitzes, Vater!“, rief Cleph. „Ebenso viel wie Ihr dem Gundobad zugedacht hattet. Erlaubt!“

Mit einer raschen Bewegung riss er dem Pater, der neben ihm saß, das Pergament aus der Hand.

„‚Im Namen unseres Herrn Jesus Christus! Wenn ich Sünder die irdische Welt verlasse und das natürliche Zeitmaß erfülle, soll der Konvent von … aus Dankbarkeit Folgendes aus meiner Hinterlassenschaft erben: die siebzehn Gutshöfe mitsamt allen Unfreien beider Geschlechter sowie mit Feldern, Wiesen und Weinbergen, die meinem Vorfahren Theudebald von König Chlothar zu seinem Unterhalt überantwortet wurden, ferner die zwölf Dörfer, die ich …‘“

„Genug, genug!“, wehrte Ebrachar ab. „Was liest du da überhaupt, mein Sohn Cleph? Seit wann kannst du lesen?“

„Steht das hier etwa nicht?“

„Ja, es steht dort, aber … ah, ich verstehe! Du hast uns belauscht, du kannst es auswendig. Dabei sollte es doch geheim bleiben. Hörst du, Fabio? Das Geheimnis ist schon verraten, nun wird es unter den Bauern und Knechten Unruhe geben. Es wird deshalb besser sein, noch zu warten, und …“

Aber Fabiolus hatte schon eine Feder in der Hand und ein Tintenfass vor sich auf dem Tisch. Er musste beides bereits vor Beginn des Mahls unter der Bank versteckt haben. Er tauchte die Feder in die Tinte, nahm Cleph, indem auch er blitzschnell zufasste, das Pergament wieder fort, ging um den Tisch herum und stellte sich hinter Ebrachar.

„Es war Euer eigener Wunsch, edler Herr, nach der Messe für Euern Sohn Gott und der Gemeinschaft seiner Diener Eure Gabe darzubieten. Wir wurden dabei nur unterbrochen. Doch lasst Euch nun nicht mehr stören und vollzieht Euren Willen. Hier unten bitte.“

Und wahrhaftig – Ebrachar griff mit zitternder Hand nach der Feder, fasste sie wie eine Lanze und beugte sich über die Urkunde. Doch er setzte den Krakel auf die Tischplatte. Im letzten Augenblick war das Pergament unter der Feder hinweg geglitten. Odo hatte es in der Hand und reichte es mir gleich weiter.

„Dieses Schriftstück ist beschlagnahmt!“, erklärte er mit amtlicher Miene. „Es muss erst geprüft werden, ob sein Inhalt nicht dem geltenden Recht widerspricht. Außerdem müssen wir feststellen, ob es nicht den König schädigt.“

„Aber wie kommt Ihr darauf?“, rief Fabiolus. „Wie sollte es den …?“

„*Primo.* König Chlothar, ich vermute der Dritte, Übergab unserem Ahnen Theudebald vor über hundert Jahren siebzehn Gutshöfe. Die Frage ist: Gab er sie ihm als Benefiz oder als Eigentum?" Ebrachar holte tief Lust, um zu antworten, aber Odo legte ihm einfach die Hand auf den Mund.

„*Secundo*. Wenn er sie ihm als Benefiz gab, blieben sie Eigentum des Königs, auch wenn sie gewohnheitsmäßig in der Familie weiter vererbt wurden. *Tertio*. Das Eigentum König Chlothars ging an seine Nachfolger über und ist heute Eigentum König Karls. *Quarto*. Eigentum König Karls kann nicht ohne das Einverständnis König Karls vererbt werden. *Quinto*. Falls Gott oder jemand anders aufgrund von Gelöbnissen oder Zusagen Anspruch darauf erhebt, muss dazu ein Antrag gerichtet werden an … an wen, Vater?"

„Zunächst natürlich an die Hofkanzlei", sagte ich ernsthaft.

„Aber dort wird noch nichts entschieden."

„Nun müssen erst die Archive befragt werden."

„Das dauert einige Jahre."

„Leider. Sie sind in verschiedenen Pfalzen untergebracht. Aus Platzmangel."

„Falls die Eigentumsurkunde oder, was wahrscheinlicher ist, die Lehensübertragung gefunden wird …"

„ … muss natürlich die Echtheit geprüft werden."

„Wieder einige Jahre. Erst dann kommt der Fall vor das Hofgericht."

„Wo mehrere hundert solcher Fälle auf Erledigung warten."

„Und sollte schließlich das Hofgericht zugunsten des Antragstellers entscheiden …"

„ … muss natürlich der König selbst noch zustimmen."

„Aber der ist fast immer abwesend. Er ist auf Reisen oder führt Krieg."

„Nur einmal im Jahr hat er etwas Zeit. Zwischen Weihnachten und Ostern."

„Da hört Ihr es, Pater!", rief Odo. „Bruder Lupus war lange bei Hofe in der Kanzlei, er muss es wissen. Ein Jahrzehnt lang kann sich die Sache hinziehen. Ich selber halte sie für ganz aussichtslos. Aber Ihr könnt es natürlich versuchen. Dabei habt Ihr noch Glück, weil wir gerade hier sind. Wir werden Euern Antrag entgegen nehmen, wohlwollend prüfen und weiterbefördern, zusammen mit dem Testament meines Vetters. Habt Ihr noch Fragen?"

Odo drehte sich zu Fabiolus um, grinste breit und drehte die Enden seines Schnurrbarts. Ich hatte das Pergament schon in die weite Tasche meiner Kutte versenkt. Ebrachar starrte töricht auf die Feder, die er immer noch wie eine Lanze gepackt hielt. Alle anderen hielten den Atem an.

Fabiolus hatte sich nicht gerührt, während mein Amtsgefährte sein „*primo, secundo*" vortrug. Odos Kenntnisse des Lateinischen beschränken sich im Wesentlichen auf diese fünf Ordnungszahlen, die er häufig und sehr wirkungsvoll anbringt. So auch diesmal. Nach dem „tertio" hatte der Pater begriffen, dass siebzehn Güter, zwölf Dörfer und alles Weitere vorerst verloren waren. Man sah ihm an, dass er fieberhaft nachdachte. Er senkte das Haupt so tief, dass die sonst kaum bemerkbare kleine Tonsur sichtbar wurde, um die sich die braunen Locken ringelten. Als er uns das Gesicht wieder zuwandte, hatte er sich in einen zornigen Engel verwandelt. Ein paar Schritte – und er war an der Tür. Seine Augen schossen Blitze. Seine Arme bewegten sich wie Schwingen.

„Ich werde heute Nacht für Euch beten! Aber nicht unter Euerm Dach!", rief er dem erschrockenen Ebrachar zu.

Fort war er, wie auf Gewitterwolken.

„Fabio!", murmelte Ebrachar.

„Fabio …"

Bei uns anderen entlud sich die Spannung in einem Regenguss ungehemmter Heiterkeit. Herr Rocco schüttelte sich vor Vergnügen, wobei er immer wieder schrie, dies sei ein

Triumph und er habe ihn mit erkämpft. Cleph warf bewundernde Blicke auf Odo. Sigiwald, voller Übermut in seiner Vorfreude auf die Jagd, stieg auf die Bank, nahm die graziöse Haltung des Paters an und flötete:

„Wollt Ihr Gott auf morgen vertrösten?“

Alles lachte und klopfte sich auf die Schenkel. Nur Ebrachar starrte noch immer dorthin, wo sein Fabio verschwunden war. Plötzlich erhob er sich. Odo, noch lachend, wollte ihn festhalten, aber er riss sich los, kletterte über die Bank und torkelte nach der Tür.

„Komm zurück, Fabio!“, rief er hinaus. „Wo willst du denn jetzt noch hin? Bleib hier! So warte doch!“

Einen Augenblick lauschte er in die Nacht.

Dann wankte er, mit den Armen rudernd, die wenigen Stufen in den Garten hinunter. Schon war er draußen.

Unser Gelächter verebbte. Wir warfen uns fragende Blicke zu. „Ich gehe ihm nach“, sagte Odo schließlich.

Auch wir anderen standen auf und drängten hinaus.

Die Nacht war schwül. Ein schwerer Duft von Kräutern und Blumen, schon von Fäulnis durchmischt, schlug uns entgegen. Weiße Wolken zogen am Himmel.

Von Herrn Ebrachar war nichts mehr zu sehen. Ich bemerkte, wie Odo in das Gestrüpp des Gartens eindrang. Cleph folgte ihm. Obwohl meine Beine mich kaum noch tragen wollten, stolperte ich ihnen nach. Hinter uns wankten Helko, Fulk und unsere beiden anderen Krieger, untergehakt und sich gegenseitig stützend, unter Gesang und Gegröle ihrem Schlafhaus zu.

Weit kam ich nicht. Schon am Tage läuft man in diesem Garten ja leicht in die Irre. Wir verständigten uns zwar durch Zurufe, aber wie soll man zueinander finden, wenn Hecken und dichtes Gebüsch den Weg versperren? Und dann hatten sich auch in meinem Hirn ein paar Teufelchen eingenistet, die mich verwirrten und im Kreise herum führten. Warum musste ich wieder einen Becher zuviel trinken?

Plötzlich flammte Feuer in meinem Fuß auf. Ich war gegen etwas Hartes getreten. Hinkend hielt ich mich fest und stieß mir auch noch den Schädel an einem anderen Schädel, der aber von Marmor war. Es war niemand anders als IUSIMP, und alle römischen Kaiser verfluchend, lag ich gleich darauf vor ihm im Gras.

Die nächsten Augenblicke waren angefüllt vom christlichen Bemühen, mich von diesem Fußfall vor einem mutmaßlich heidnischen Gewaltherrscher zu erheben. Ich rief ein paar Heilige um Hilfe an und sie erbarmten sich meiner. Ich stand wieder, wenn auch noch weniger sicher als vorher. Zu meiner Freude sah ich nun aber vor mir die Mauer schimmern. Ich bog Zweige auseinander, noch ein paar schlingernde Schritte – da wäre ich beinahe in das Wasserbecken gestürzt.

Ein kräftiger Arm riss mich zurück.

„Nicht so hastig", sagte Odo. „Wenn euch fromme Väter der Eifer packt, übertreibt ihr gleich immer. Ich habe dort auf dem Grunde schon nachgesehen, dort ist niemand."

Sein Gesicht und seine Hände waren feucht, er hatte sich etwas erfrischt. Ich folgte gleich seinem Beispiel. Vor der Mauer zeichnete sich ein Schatten ab.

Gleich darauf stand Cleph vor uns.

„Nun?", fragte Odo, der neben dem steinernen Neptun auf dem Rande des Beckens saß.

„Nichts. Von meinem Vater ist nichts zu sehen. Er wird schon in seiner *casa* sein."

„Und der andere?"

„Fabiolus? Der ist dort hinaus." Der Vilicus deutete nach der kleinen Pforte. „Auf das Tor zu, das die Hirten benutzen. Ein Knecht hat ihn rennen sehen."

„Er rannte? Warum? Um noch zurecht zu kommen, bevor

es verschlossen wird? „Verschlossen ist es schon lange. Seit Sonnenuntergang."

„Kann er trotzdem hinaus?"

„Die Wächter kennen ihn."

„Ist das der kürzeste Weg zum Kloster?"

„Ja."

„Wie weit ist es entfernt?"

„Knapp zwei Meilen."

„Warum hat er es nur so eilig?", fragte Odo, sich an mich wendend. „Um für meinen Vetter zu beten?"

Ich wusste darauf keine Antwort.

Cleph fragte in achtungsvollem Ton, ob sein Onkel für ihn noch Befehle habe.

„Geh jetzt schlafen, mein kurzer Held", sagte Odo, „damit du dich morgen früh nicht zur Jagd verspätest."

„Verzeiht bitte, aber ich werde nicht mitkommen", erwiderte nach einigem Zögern der Vilicus.

„Warum nicht?"

„Es ist besser. Ich habe hier meine Pflichten. Das Fest muss ja vorbereitet werden. Aber ich werde vor Tage auf sein, damit die Knechte bereit sind und nichts an der Ausrüstung fehlt." Dagegen hatte Odo nichts ein zuwenden. Er entließ Cleph, der im nächsten Augenblick im Gebüsch verschwand.

Ich verstand schon, warum der Vilicus nicht mit seinem Bruder Sigiwald auf die Jagd gehen wollte. Allerdings hatte ich seit unserem Aufbruch von der Quelle keine Gelegenheit gehabt, mit Odo unter vier Augen zu reden. So wusste mein Amtsgefährte nicht, welcher Verdacht auf dem unfrei geborenen Sohn der Langobardin lastete. Er vermutete etwas anderes.

„Der Kurze hat eine lange Nacht vor sich", knurrte er. „Würde mich wundern, wenn er tatsächlich vor Tage auf ist."

„Und warum sollte er es nicht sein?", fragte ich.

„Weil ihn die Rappenstute erwartet. Die auf dem Turm. Sie ist seine Geliebte."

„Woher weißt du das?"

„Hab mich erkundigt. Was meinst du, Vater? Ist das nach fränkischem Recht nicht Blutschande? Mit der Witwe des Bruders …?"

„Seit wann bist du so engherzig?"

„Nun, es empört mich", sagte der Heuchler und blickte hinauf zu einem der Turmfenster, hinter dem sich ein Lichtschimmer zeigte. „Der Schuldige müsste exkommuniziert und außer Landes gejagt werden."

„Und zwar möglichst noch heute Nacht, wie? Damit das Bett auf dem Turm dort für einen anderen frei wird."

„Einen anderen?"

„Einen blutschänderischen Onkel. Einen, der es auf die Schwiegertochter seines Vetters abgesehen hat, mit der auch er nach dem Gesetz verwandt ist."

„Was? Glaubst du tatsächlich, dieser Onkel sei zu einer solchen Missetat fähig?"

Er stellte die Frage mit so komischer Verwunderung, dass ich laut auflachte. Er stimmte ein und unser weinseliges Gelächter tönte durch die nächtliche Stille.

„Jedenfalls würde ihn ein trauriges Schicksal erwarten", kicherte ich.

„Meinst du?"

„Als Königsbote hätte er ausgedient."

„Verflucht, du hast Recht."

„Und was würde seine Braut dazu sagen?"

„Arme Rotrud, ferne Geliebte …"

„Und erst der königliche Schwiegervater! Er würde wieder in Tränen schwimmen. Diesmal vor Kummer."

Odo verschluckte sein Lachen und schnaufte.

„War wohl ein bisschen übertrieben … dass der Alte bei

meinem Antrag geweint hat.“

„Wenn der Schwindel herauskommt, könnte es unangenehm für dich werden.“

„Alles war ja nicht Schwindel. Das Wichtigste stimmte.“

„So? Was denn?“

„Ich bekomme die Rotrud.“

„Du bist ein Träumer.“

„In zwei Monaten halte ich um sie an. Dann wird alles eintreffen. Bis auf die Tränen des Alten vielleicht.“

„Er wird bei deinem Antrag nicht weinen, sondern sich halbtot lachen. Ein kleiner Vasall, fast mittellos, und seine älteste Tochter …“

An diesem Punkt seiner Ehre getroffen (er glaubte ja tatsächlich daran, einmal Schwiegersohn König Karls zu werden), stritt Odo ein Weilchen mit mir, und ich fuhr fort, ihn zu necken. Ich musste allerdings zugestehen, dass die Wirkung seiner Aufschneiderei im Ganzen erfreulich und nützlich war. Vetter Ebrachar hatte Mut gefasst, sein Unternehmungsgeist war zurückgekehrt. Die erbschleicherischen Brüder aber waren erst einmal abgewiesen. Wir mussten lauthals lachen, als wir uns des geschickten Manövers erinnerten, mit dem wir das Testament an uns gebracht hatten.

„Zum Glück hast du gleich begriffen, Vater, und mitgespielt.“

„Ich gestehe, es hat mir Spaß gemacht.“

„Hoffentlich plagt dich morgen nicht das schlechte Gewissen.“

„Keine Sorge. Mit der Frömmigkeit dieser Brüder scheint es ja nicht weit her zu sein.“

„Fabiolus jedenfalls hat sehr unheilige Gelüste. Hast du gesehen, wie er mit meiner Nichte äugelte?“

„Heute Nachmittag fand ich die beiden zehn Schritte von hier auf der Bank.“

„Allein?"

„In der vertrautesten Unterhaltung. Er redete unentwegt auf sie ein und ihr Blick hing an seinem Munde, als ob Honig heraus tropfte." „Spitzbube!"

„Erinnerst du dich, wie sie erschrocken ausrief, er werde doch nicht seinen Traum erzählen?"

„Ich stelle mir vor, wovon der träumt!"

„Warte …" Der reichlich genossene Wein erleuchtete mich und auf einmal ahnte ich den verwegenen Streich, den der Pater vorhatte. „Angeblich erschien ihm im Traum der Erzengel Gabriel …"

„Und das bedeutet?"

„Nun, der erschien bereits der Jungfrau Maria. Mit der Botschaft, dass über sie der Heilige Geist kommen werde."

„Etwa auch als goldener Recke?"

„Wir wissen nicht, in welcher Gestalt. Danach war sie jedoch guter Hoffnung."

„Mit Jesus."

„Diesmal soll es ein Papst werden."

„Was?"

„Als sie dort auf der Bank saßen, sagte der Pater zu der Jungfrau: ‚Und wenn der Papst erst geboren ist …"

„Augenblick mal! Das heißt…?"

„Der Heilige Geist, im Traum schon mal angekündigt vom Erzengel Gabriel, will mit der Ingunde einen Papst zeugen."

„Wozu er zur Abwechslung die Gestalt des Fabiolus annimmt."

„Versteht sich." „

Dieser Teufelsbraten!"

Odo ballte die Faust und da ich zum Glück außer Reichweite war, bekam der steinerne Neptun am Wasserbecken den Schlag ab. Im Gegensatz zu dem kaiserlichen Hartschädel, der mir eine schmerzhafte Beule geschlagen hatte, war der heidnische Meeresgott vom Alter geschwächt. Infolge von Odos Faustschlag fiel ihm der Dreizack aus der Hand und ins Wasser.

„Sieh dich vor!", mahnte ich. „Du zerstörst ein Kunstwerk."

„Was ist das? Ein Grieche?"

„Vielleicht. Wenn er Grieche war, nannte er sich Poseidon. Aber ich glaube, er war Römer und deshalb …"

„Und ich schwöre dir", sagte Odo, wobei er mich an der Kutte packte und mir fast seine Nasenspitze ins Auge stieß, „ich schwöre dir, er war Grieche!"

„Meinetwegen. Dann war er Grieche."

„Damals war er mit einem Hemd bekleidet und trug einen goldenen Stirnreif."

„Wie denn das? Meinst du, früher, als du schon einmal hier warst?"

„Doch nicht hier. Das war irgendwo in einer Stadt … auf dem Markt. Aber wo?"

„Du verwechselst ihn mit einem anderen. So etwas steht überall herum. Komm, du hast zu viel getrunken. Gehen wir schlafen."

„Weißt du, was er sogar gemacht hat? Ich erinnere mich genau. Er hob sein Hemd und zeigte, was darunter war."

„Hör mal, wie kann denn der das Hemd heben? Der ist seit hunderten Jahren nackt."

„Du bist ja tatsächlich betrunken, Vater. Von wem redest du?"

„Na, von dem Neptun oder Poseidon hier."

„Und ich rede von dem verdammten Fabiolus."

Dieses Missverständnis erheiterte uns aufs Neue und wir brachen wieder in lautes Gelächter aus.

Da tönte es aus den Schlafhäusern: „Ruhe! Besoffenes Pack! Denen gehörte eins aufs Maul!"

Also dämpften wir die Stimmen und machten uns auf den

Weg zu unserem Schlafhaus. Odo voran, ich hinterher. Einige Male stolperten wir zwischen den Büschen und Hecken und mussten uns gegenseitig stützen.

Mehrmals versicherte Odo:

„Morgen, Vater, kommen wir auf die Sache zurück! Wir müssen den Heiligen Geist zu fassen kriegen, bevor er der Jungfrau den Papst macht!“

Wir hatten das Schlafhaus fast erreicht, als wir ein greinendes Etwas aufspürten, das draußen auf einer Bank hockte. Es war unser Rouhfaz. Sogar im Dunkeln konnte man sehen, wie stark seine Backe geschwollen war. Er litt heftig und konnte nicht schlafen. „Das ist ein kranker Zahn, der heraus muss“, sagte ich. „Morgen früh wird dir geholfen, mein Sohn.“

„Morgen früh bin ich längst gestorben“, jammerte Rouhfaz.

„Unsinn. Du wirst so lange durchhalten. Unter den Klosterbrüdern ist einer, der sich darauf versteht, Zähne auszureißen. Ich habe ihn schon kennengelernt. Du wirst morgen zu ihm gehen. Vielleicht kommt er auch her.“

„Er wird nur noch einen Leichnam vorfinden.“

Plötzlich packte mich Odo am Arm.

„Einer der Zähne ausreißt, sagst du?“

„Ja, Sein Name ist Zacharias.“

„Ist das der Kerl, der aussieht, wie ein Schwein mit Wolfsrachen und Rattenaugen?“

„Die Beschreibung ist eigenwillig, aber nicht unzutreffend.“

„Ein Zahnbrecher … ja! Der war dabei. Und außerdem noch ein Dritter, ein Medicus. Ein winziges Männchen, fast ein Zwerg.“

„Von wem sprichst du?“

„Von diesem Fabiolus und seinen Kumpanen. Jetzt erinnere ich mich genau. Es war auf dem Markt von Soissons, vor etwas fünf Jahren. Ein Zelt, ein Stuhl, ein paar Messer und Zangen … und diese drei, alle griechisch gekleidet. Sie nannten sich Schüler des Hipp---"

„Hippokrates."

„Ja! Fabiolus lockte die Leute an, indem er sich zeigte und Geschichten erzählte. ‚Zur Unterhaltung und Belehrung!' Früher, erzählte er, sei er ein Krüppel gewesen, mit Brüchen, Geschwüren und faulen Zähnen. Dann aber sei er an die beiden anderen geraten, und nun … Natürlich wollten alle so schön und gesund sein wie er! Auf dem Stuhl hinter ihm wurde fleißig gebrannt, geschnitten, gerissen. Das Geschäft ging nicht schlecht."

„Und du irrst dich nicht?"

„Was Fabiolus betrifft … bestimmt nicht. Er ist es! Aber wie ist dieser Schlingel ins Kloster gekommen?"

„Und vor allem: Wie ist er Priester geworden?"

Diese Fragen mussten zunächst unbeantwortet bleiben. Wir hatten unser Schlafhaus erreicht. Hinter dem Vorhang dröhnte das Geschnarche der Schläfer. Rocco, Bobo und Drog hatten sich wohl längst zur Ruhe begeben.

„Hoffentlich bringen sie mich morgen früh auf die Beine. Sie sollen mir Wasser ins Gesicht schütten", sagte Odo und verschwand in der *casa*.

Ich wollte nach ihm eintreten. Da aber verspürte ich ein dringendes Bedürfnis des Leibes, das ich schon mehrmals unterdrückt hatte. Hinter den Schlafhäusern seien Latrinen, hatte man uns gesagt. Notgedrungen machte ich mich dorthin auf. Zwischen zwei Häusern ruderte ich durch Gestrüpp und gelangte auf eine Wiese. Jetzt brauchte ich nur noch den Gerüchen zu folgen. Ein paar strohgedeckte Hütten standen am Rande. Ich trat gleich in die erste ein, aber erschrocken fuhr ich zurück. Aus dem Dunkel glotzte mich eine Kuh an.

In die anderen Hütten wagte ich mich erst gar nicht. Ich stapfte weiter über die Wiese. Gleich hinter den letzten Hütten erhob sich der Turm, rund, massig und düster. Neugierig blickte ich nach den oberen Fenstern, und es schien mir auch jetzt, als nähme ich einen Lichtschimmer wahr.

Ich verlangsamte meine Schritte. Es war auch besser, den Blick nicht nach oben, sondern vor die Füße zu richten. Einige Male trat ich in etwas Flüssiges, Schlammiges. Obwohl es dunkel war, ließ meine Nase mich nicht im Zweifel, um was es sich handelte. Ratsam war es, hier Halt zu machen und die Erleichterung zu suchen. Also raffte ich meine Kutte, ging in Stellung und tat, was notwendig war. Auf einmal vernahm ich hinter mir ein Geräusch. Ich erschrak und rührte mich nicht. Zu angestrengt mit dem Körper beschäftigt, hatte ich nicht die nötige Geistesgegenwart. Schließlich wandte ich den Kopf, doch zu spät.

An der Mauer des Turms glitt ein Schatten herab. Kaum nahm ich ihn wahr, da verschwand er schon. Ich hörte ein Plätschern, dem ein paar Schmatzlaute folgten.

Dann war es still. Weiter war nichts zu bemerken. Eine Weile hockte ich da und lauschte. Darauf erhob ich mich und bewegte mich ein paar Schritte auf die Stelle des Turms zu, von wo die Geräusche gekommen waren. Meine Füße verschwanden wieder im Unrat, ich musste die Kutte bis zu den Knien heben. So blieb ich stehen.

Ich beugte mich vor und starrte auf die dunkle Oberfläche der Grube vor mir. Sie war glatt, nur hier und da ragten dürre Sträucher heraus. In einem von ihnen hing etwas, das ich aber nicht gleich erkennen konnte. Ich musste deshalb noch ein paar Schritte machen, damit sich von meinem Blickpunkt aus der Schatten gegen die helle Turmwand abhob.

Nun war es besser. Es schien mir ein Tier zu sein, was da hing. Eine tote Katze, aus dem Fenster geworfen? Vielleicht war es nur ein altes Kleidungsstück. Nein, ein Kopf war zu erkennen. Oder war es nicht der Kopf eines Tiers, sondern eine menschliche Hand? Je länger ich hinstarrte, desto sicherer wurde ich. Es waren gespreizte Finger, ein Arm, eine Schulter …

Das war das Letzte, was ich wahrnahm. Meinen Schädel durchzuckte ein heftiger Schmerz.

Ein Schlag hatte mich von hinten getroffen.

Alles versank in Finsternis. Ich verlor das Bewusstsein.

6. Kapitel

Es war noch Nacht, als ich wieder zu mir kam.

Ich saß im hohen Gestrüpp, zwischen Disteln und Farnen, den Rücken gegen eine steinerne Wand gelehnt. Fliegen und Käfer krochen an mir herum. Im Hinterkopf spürte ich einen dumpfen Schmerz.

Ich tastete nach der Stelle und fand geronnenes Blut, doch schien die Wunde nicht bedeutend zu sein. Sonst hatte ich, wie ich benommen und halb wach feststellte, keine Verletzungen. Nur die Beule, die mir IUSIMP geschlagen hatte, schien sich an meiner Stirn auf das Prächtigste zu entwickeln. Ein übler Geruch stieg von meinen Füßen auf, die mit verkrustetem Unrat bedeckt waren.

Ich sank noch einmal in einen Dämmerschlaf, aus dem mich Hundegebell weckte. Es wurde heller, in Kürze musste die Sonne aufgehen. Jetzt sah ich, dass ich an der Seitenwand unserer casa saß, in dem schmalen Durchgang zwischen zwei Schlafhäusern. Links und rechts nahm ich Bewegung wahr. Männer rannten hin und her, Vieh wurde vorüber getrieben. Über die Wiese nebenan galoppierte ein Reiterschwarm. Mehrmals ertönte von irgendwoher ein Hornsignal.

Der Schmerz im Hinterkopf hatte nachgelassen, doch ich fühlte mich elend. Die kleinen Teufel in meinem Schädel rumorten noch immer, es bereitete ihnen ein Höllenvergnügen, mit Hämmern gegen meine Stirn zu schlagen und mit Lanzen auf meine Hirnschale einzustechen. Ich versuchte, mich zu erheben, doch das erboste sie, und sie trieben es gleich so arg, dass ich es lieber bleiben ließ. Verzagt schloss ich die Augen und machte nur ab und zu eine schwache, wedelnde Handbewegung, um das Ungeziefer abzuwehren.

Plötzlich ertönte in meiner Nähe der Ruf: „Hier ist er!"

Es war Helko, der sich gleich darauf über mich beugte.

„Was ist mit Euch, Vater? Ihr seid verletzt? Warum sitzt Ihr hier draußen?"

„Ich weiß nicht", sagte ich kläglich. „Irgendwer hat mich niedergeschlagen und dann hierher gebracht."

„Niedergeschlagen?", rief Odo. Das hohe Gras pflügend kam er heran, den Bogen über der Schulter, den Jagdspieß in der Hand. Ich erzählte in kurzen Zügen mein Abenteuer, wobei ich allerdings wegließ, was ich zuletzt gehört und gesehen hatte. Ich war nicht mehr sicher, ob das nicht auch meine Teufelchen waren, die mich mit Gaukelspiel verwirrten wollten. Odo meinte, ein Wächter müsse mich zu Boden geschlagen haben. Vermutlich habe er mich, da ich um die Stallhäuser schlich, für einen Viehdieb gehalten. Dann habe er wohl seinen Irrtum eingesehen, mich zu der Stelle geschleppt, wo ich nun saß, und sich lieber verdrückt, bevor er erkannt und für den Angriff auf den Gast seines Herrn bestraft wurde. Wir gaben uns mit dieser Erklärung zufrieden.

Wieder ertönte das Jagdsignal. Ein Reiter sprengte heran.

„Wo bleibt Ihr denn, Onkel? Aufgesessen!"

Es war Sigiwald. Der Rotschopf sprühte vor Eifer. Seine schmächtige Jünglingsgestalt verschwand fast unter den schimmernden, blitzenden Waffen: Dolch, Beil, Speer, Bogen und Köcher, prallvoll mit Pfeilen.

„Erhole dich gut, Vater, und halte die Augen offen", sagte Odo zum Abschied. „Und wehre vor allem dem Heiligen Geist, damit er uns nicht noch im letzten Augenblick die Verlobung verdirbt. Sonst ist die ganze Mühe umsonst. Grüße mir meinen Vetter und sage ihn, dass wir mittags zurück sind."

Odos Beispiel machte mir Mut und ich besiegte schließlich die kleinen Teufel. Lange wusch ich mich unter dem löwenköpfigen Wasserspeier. Auch das Rasieren dauerte länger, weil ich dabei nicht sehr geschickt bin und Rouhfaz, der mir die Mühe gewöhnlich abnimmt, sich noch immer unter Zahnschmerzen krümmte. Natürlich hatte ich eine Kutte zum Wechseln bei mir. Um die casa nicht zu verschmutzen, schickte ich einen unserer Männer hinein, damit er mir meinen Ledersack an den Brunnen brachte.

Als er ihn vor mich hinstellte, sah ich betroffen, dass die Verschnürung gelöst und der Knoten durchschnitten war.

„Hast du das gemacht?" „Wie werd' ich, Vater! So fand ich den Sack."

Eine rasche Überprüfung des Inhalts ergab, dass nichts fehlte. Doch war der Sack offensichtlich durchwühlt worden. Wer konnte das gewesen sein? Ein flüchtiger Gedanke kam mir: Hatte es der, welcher mich zu Boden schlug, auf meinen Reisesack abgesehen? Aber was hatte er darin gesucht?

Ich hielt gleich im Garten meine Morgenandacht. Ein Gehilfe des Vilicus teilte mir mit, dass mich ein Frühstück erwarte, und ich folgte ihm in den Speisesaal. Dort fand ich bereits Herrn Rocco vor, behaglich mit dem Verzehr der Reste des gestrigen Mahls beschäftigt. Ich trank nur einen Becher Milch.

Rocco, der schon wieder gesprächig war, hatte bereits von meinem Missgeschick erfahren und stellte verschiedene Vermutungen an. Ich ließ ihn reden. Mein gewaltsam geöffneter Reisesack kam mir nicht aus dem Sinn. Da fiel mir auf, dass ich bei der Überprüfung des Inhalts einen Gegenstand unbeachtet gelassen hatte. Er hatte nicht zu den Dingen gehört, die ich gewöhnlich mit mir führe. Nur ein paar Stunden hatte er in dem Sack gesteckt, und so war mir sein Verlust nicht gleich aufgefallen.

„Der Gürtel des Gundobad!", sagte ich laut.

„Wie meint Ihr?", fragte Herr Rocco, seine Erörterung unterbrechend.

„Er wurde mir heute Nacht gestohlen."

„Ah, wirklich? Der Gürtel, den Ihr gefunden hattet? Verflucht, das ist übel. Wer war das? Habt Ihr einen Verdacht?"

„Noch nicht. Aber es könnte jemand sein, der wusste, wo sich der Gürtel befand. Und der sich einen Nutzen davon versprach, dass er ihn an sich brachte."

„Ihr glaubt doch nicht etwa, dass ich ...?"

„Natürlich nicht. Ihr seid ein Edelmann. Wenngleich es ja, wie Ihr zugeben werdet, durchaus zu Euerm Vorteil wäre ..."

„ ... dass er verschwindet und nie wieder auftaucht. Das ist richtig. Zum Teufel! Es fehlte noch, dass er Ebrachar unter die Augen kommt ... jetzt, wo sich alles so prächtig anlässt! Wahrhaftig, ich hätte ihn Euch vielleicht wirklich gestohlen, wenn ich nicht sicher gewesen wäre, dass er in Euerm Sack wohl verwahrt war. Aber wer war es, bei allen Heiligen? Es wird doch nicht jemand noch versuchen, mit Hilfe des Gürtels ...? Vielleicht Diabolus?"

„Wie sollte der an meinen Reisesack kommen?"

„Die Brüder haben hier ihre diebischen Finger in jedem Winkel."

„Aber wussten sie von dem Gürtel?"

„Man könnte es ihnen verraten haben."

„Und an wen denkt Ihr dabei?"

Wir sahen uns an. Herr Rocco schob seine Hauer vor und sein Bart schien sich plötzlich zu sträuben. Er packte das Messer, mit dem er Fleisch von den Knochen geschnitten hatte, und stieß es mit voller Kraft in die Tischplatte.

„Drog!", schrie er. „Drog war es, dieser Schmarotzer, dieser Dreckhaufen! Hätte ich den Kerl nur zu Hause gelassen! Von Anfang an hat er vorgehabt, die Verlobung zu stören. Da kam es ihm sehr zupass, dass Ihr den Gürtel gefunden hattet ... nun will er das ausnutzen. Er war es, wer sonst! Dieser elende Hund! Weich wie Käse schlage ich ihn, wenn er mir in die Hände fällt. Ich ziehe ihm das Fell ab und mache daraus eine Satteldecke! Ich …" „

Wo ist er jetzt? Wisst Ihr das?", rief ich dazwischen, bevor seine rohe Einbildungskraft ihn zu weiteren Drohungen hinriss. „Wo er ist? Ich weiß es nicht. Hätte ich eine Ahnung, ich … Vielleicht ist er bei Ebrachar!", unterbrach er sich plötzlich erschrocken. „Ja! Vielleicht hat er ihm schon den Gürtel gezeigt."

„Das wäre möglich. Als ich vorhin in die casa sah, war er nicht mehr auf seinem Lager. Wann ist er aufgestanden?"

„Da fragt Ihr mich? Kann ich mich um jeden Hund kümmern, der sich vor meinem Bett zusammenrollt?"

„Wann habt Ihr ihn denn zuletzt gesehen?"

„Ihr stellt Fragen! Wann soll das gewesen sein? Gestern Abend! Hier, wo wir jetzt sitzen. Aber auf einmal war er weg. Als ich ihm befehlen wollte, sein Preislied auf die Braut …"

„Ja, ich erinnere mich. Er kam nicht wieder."

„Da füttert und hätschelt man so einen Vogel und wenn er singen soll … Ah, jetzt haben wir es! Während wir hier versammelt waren, ist er in die *casa* geschlichen und hat den Gürtel gestohlen." „Und wo war er in der Nacht?"

„Wo wird er gewesen sein? Bei einer der Mägde. Der geile Köter findet immer eine. Als er noch Advocatus war, hat er ein ganzes Nonnenkloster besprungen. Deshalb hat ihm der Bischof ja einen Fußtritt gegeben. Er ist keine dreißig Jahre alt, sieht aber aus wie ein Greis, wird vor Schwäche bald eingehen. Wenn ich ihn vorher nicht totschlage!"

Herr Rocco erhob sich schnaufend und schloss seinen Gürtel. „Und jetzt gehe ich und suche den Kerl. In einer von diesen Hurenhütten wird er schon sein. Vielleicht kann ich noch das Ärgste verhindern. Wenn aber nicht, dann gnade ihm Gott!"

Er stieß beinahe mit Cleph zusammen, der stürmisch eintrat und rief: „Ist mein Vater hier?"

Die Frage war überflüssig, denn außer uns dreien war niemand im Raum.

„Warum suchst du ihn nicht in seinem Bett, er schläft seinen Rausch aus“, sagte Herr Rocco und zwinkerte mir zu. „Zum Glück! Also hat er noch niemanden empfangen.“

„Er war nicht in seinem Bett, er ist nirgends zu finden“, sagte der Vilicus. „Zuletzt wurde er gestern Abend gesehen, als er diesen Saal verließ. Seitdem ist ihm niemand mehr begegnet.“

„Verflucht! Da sind ja schon zwei verschwunden.“

„Wer denn noch?“

„Oh, nur mein närrischer Verwandter. Um den muss man sich keine Sorgen machen.“

„Wir werden sie beide suchen. Ich habe schon befohlen, überall … Vater, ich hörte, Ihr hattet heute Nacht einen Unfall. Ihr seid verletzt?“

„Es ist unbedeutend“, erwiderte ich. „Aber ich werde jetzt noch einmal dorthin gehen, wo es geschah. Ihr werdet die Güte haben, mich zu begleiten.“

„Wozu?“

„Das erkläre ich Euch an Ort und Stelle. Nehmt ein paar Knechte mit.“

Der Sohn der Langobardin, der sogar mir nur bis an das Kinn reichte, senkte den dicken Krauskopf zwischen die Schultern und warf mir von unten herauf einen forschenden Blick zu.

„Entschuldigt, ich habe jetzt keine Zeit. Auch keine Knechte zur Verfügung. Die meisten sind auf der Jagd, der Rest hat in der Wirtschaft zu tun. Erlaubt, dass ich …“

„Nein, ich erlaube es nicht!“, sagte ich. „Ihr werdet ausführen, was ich anordne. Der Hausherr wird vermisst, einer der Gäste ebenfalls. Muss ich daran erinnern, dass ich mit königlichem Mandat reise? Zwar hatte ich nicht die Absicht, hier amtlich tätig zu werden, doch die Umstände scheinen es anders zu wollen."

„Höre auf den ehrwürdigen Vater, mach keine Schwierigkeiten", sagte Herr Rocco zu Cleph. „Tu, was er sagt!"

Der Vicarius bedeutete mir mit einer schroffen Geste, dass er sich füge.

„Vorwärts also!", befahl ich. Und indem ich die strenge, mürrische Miene aufsetzte, die dazu gehört, wenn man schwer an Verantwortung trägt, schritt ich hinaus.

Erst die Nachricht von dem zweiten Vermissten, Herrn Ebrachar selbst, hatte in mir die Erinnerung an die düsteren Bilder, dumpfen Geräusche und betäubenden Gerüche wach gerufen, die ich noch wahrgenommen hatte, bevor ich von unbekannter Hand so überraschend zur Nachtruhe gebettet wurde. Eigentlich wollte ich nicht noch einmal darauf zurückkommen. Odos Erklärung genügte mir, und ich wollte den kleinen Teufeln, die mich schwachen Diener Gottes geplagt hatten, nicht noch nachträglich einen Triumph gönnen. Doch nun kam mir auf einmal die Ahnung, ich könnte tatsächlich etwas bemerkt haben, sehr zum Missfallen dessen, der hinter mir stand und mir deshalb die Kerze ausblies. Es schien geboten, der Sache nachzugehen.

So schritt ich kurz darauf über die Wiese, ein kleines Gefolge hinter mir. Selbst bei Tage war es ein Kunststück, dem Unrat auszuweichen, den die Insassen der Stallhäuser reichlich verstreut hatten. Das letzte der Häuser, ein niedriger Steinbau mit verfallenden Mauern war jene Latrine, die ich verfehlt hatte, auch noch ein römisches Monument, und auch in erbarmungswürdigem Zustand. Gleich dahinter breitete sich die Senkgrube aus, die bis an den Turm reichte. Sie wurde auch von dessen Bewohnern gefüllt, was deutliche Spuren an der Mauer bezeugten.

Ich gestehe, dass ich Enttäuschung empfand. Deshalb hätte ich ja eher froh sein sollen, zwischen den Sträuchern am Fuße des Turms, die ihre dürren Zweige so traurig aus dem Schlamm der Grube heraus reckten, nichts zu bemerken. Nicht einmal eine tote Katze oder den Fetzen eines alten Mantels, geschweige denn einen menschlichen Arm. Nur eine verendete Ratte lag neben einem Loch im Mauerwerk.

Ich stand allein am Rande der Grube. Meine Begleiter waren zurückgeblieben und warteten.

„Was befehlt Ihr nun, Vater?“, rief Cleph. Sein spöttischer Tonfall entging mir nicht.

„Wartet noch!“, sagte ich. „Gleich!“

Mein Blick erklomm nach und nach die drei Stockwerke des Turms. Auf dieser dem Haupttor abgewandten Seite hatten nur die zwei oberen Fenster, von denen je eines in jeder Höhe über der Grube lag. Von beiden konnte der Gegenstand oder der Körper, den ich flüchtig erblickt hatte, herab geworfen worden sein. Und wenn er schwer genug war, hatte er sich inzwischen von den Sträuchern, die ihn kurz aufgehalten hatten, gelöst und war völlig versunken. „Die Knechte sollen Stangen holen“, sagte ich.

Cleph schickte zwei Männer fort. Sie blieben lange aus. Schließlich kam einer zurück, doch ohne Stangen. Von weitem schon rief er: „Sie haben den Herrn gefunden!“

„Und? Lebt er?“, rief Rocco zurück.

„Lebt! Hat nur geschlafen.“

„Wo denn?“

„Im Garden. Unter einem Busch.“

„Kommt, Vater“, sagte der Vilicus. „Sie werden den anderen auch gleich finden.“

„Um den lohnt es nicht“, fügte Rocco hinzu. „Warum seinetwegen hier Zeit vergeuden?“

Auch er ging fort. Cleph blieb zurück und drängte mich nochmals, die sinnlose Suche aufzugeben. Sonst war nur noch einer unserer Männer da, ein Bursche, dessen bevorzugte Waffe ein Speer ist, von dem er sich niemals trennt und der fast das Eineinhalbfache seiner beträchtlichen Körperlänge misst. Auch in diesem Augenblick hielt er ihn in der Hand.

„Komm her!“, sagte ich.

Er gehorchte.

„Umgehe die Grube. Von der anderen Seite versuche dann, mit der Speerspitze zu ertasten, ob dort unter den Sträuchern ein Körper liegt.“

„Mit dem Speer in dem Dreck wühlen soll ich?“ fragte er ungehalten.

„Du hast mich richtig verstanden.“

„Das ist eine Waffe, Vater.“

„Ich befehle es.“

„Da will ich doch lieber erst Herrn Odo fragen.“

„Herr Odo ist, wie du weißt, auf der Jagd. Du hast also mir zu gehorchen.“

„Von dem Gestank werde ich ohnmächtig.

„Tu, was ich sage!“, schrie ich.

Er brummte noch etwas, ging aber um die Grube herum und begann widerwillig, mit vor Ekel verzogener Miene im Schlamm zu stochern. Dabei tauchte er die Speerspitze kaum eine Armlänge ein, um nur die Eisenteile zu beschmutzen, die sich leicht abwaschen ließen.

„Tiefer!“, befahl ich.

„Hier ist nichts“, knurrte er. „Wenn Ihr es nicht glaubt, versucht es doch selber.“

Ich überlegte nicht lange, löste den Gürtel und zog meine Kutte aus. Cleph fing sie auf. Auch die Sandalen ließ ich stehen. Ich ergriff den Speer und begann, in den stinkenden Schlamm hinein watend, kräftig in die Tiefe zu stoßen. Der

Speer verschwand bis zum unteren Drittel des Schafts, bis an die Ellbogen wurden meine Arme besudelt, Jauche spritzte mir ins Gesicht. Der Grund war weich, ich fand keinen Widerstand. Immer wütender stieß ich zu. „Zurück!“, rief Cleph. „Ihr werdet hinein stürzen!“

Da bekam ich auf einmal den Speer nicht mehr hoch, er saß fest. Die Spitze war irgendwo eingedrungen. Keuchend machte ich mehrere Versuche. Vergebens. Also gab ich es auf und ging rückwärts. Ich packte den Schaft, so fest ich konnte, und es gelang mir, die Last ruckweise ein Stück zu bewegen. So erreichte ich wieder festen Boden.

Jetzt riss unser Mann mir wütend den Speer aus der Hand. Mit Leichtigkeit hob er ihn an und aus dem Schlamm fuhr, aufgespießt, ein menschlicher Körper.

Erschrocken trat er drei Schritte zurück und warf den Speer samt seiner Last auf die Wiese.

Zum zweiten Mal an diesem Morgen beugte ich mich unter den löwenköpfigen Wasserspeier und wusch mich. Neben mir stand Cleph, noch immer mit meiner Kutte über dem Arm. Wir schwiegen. Zum Glück war der Schmutz diesmal nicht getrocknet. Ich rieb mich mit einem Tuch ab, warf die Kutte über, gürtete mich und schlüpfte in die Sandalen.

„Gehen wir“, sagte ich zu dem Vilicus.

Mit raschen Schritten traten wir auf das Herrenhaus zu.

Durch das frühere Atrium führte er mich nach der Vorderseite des Saalbaus. Am Fuß der Treppe fletschten zwei Hunde die Zähne. Cleph beruhigte sie mit einem Zuruf. Wir stiegen hinaus. Die Saaltür stand offen. An einer Schmalseite des langen, hohen Raums erblickten wir Herrn Ebrachar. Bleich und zusammengesunken saß er auf einem thronartigen, mit Schnitzereien versehenen Stuhl unter dem Fell eines Bären, das hinter ihm an die Wand genagelt war. Zu seinen

Füßen kauerte Ingunde, in Tränen aufgelöst. Breitbeinig, mit verdrießlicher Miene, die Hände auf dem Rücken verschränkt, stand neben ihnen Herr Rocco.

Wir traten näher. Ich entbot meinen Morgengruß.

„Habt Ihr Pater Fabiolus gesehen? Ist er zurück?", rief mir Herr Ebrachar entgegen, ehe ich noch etwas vorbringen konnte.

„Ich habe ihn nicht gesehen."

„Ist der Knecht nach dem Kloster geritten?"

„So wie Ihr es befohlen habt, Vater", sagte Cleph.

„Und hast du ihm aufgetragen, dass er Fabio dringend bittet, heute zu kommen?"

Cleph nickte seufzend. Dabei tauschte er einen Blick mit Herrn Rocco.

„Wenn ich mich nur an alles erinnern könnte", jammerte Ebrachar.

„Ich weiß nur noch, dass er im Zorn davonlief. Er war enttäuscht und gekränkt, wegen des Testaments. Übrigens, wo ist es geblieben? Habt Ihr es, Vater?"

„Ich habe es, ja. Trotz allem, was mir geschehen ist, wurde es nicht gestohlen."

„Es war Unrecht von meinem Vetter, er irrte! Alles ist Eigentum, nichts Benefiz. Der König hat damit nichts zu schaffen, ich kann es beweisen, hab eine Urkunde. Heute Morgen ist es mir eingefallen. Ich werde sie holen lassen."

„Euer Vetter hat es nur gut gemeint", sagte Herr Rocco, „damit Ihr nichts übereilt. Ihr wollt doch noch heiraten. Was sollen die Söhne erben, die Ihr noch zeugen werdet?"

„Heiraten? Söhne? Hört auf damit, Nachbar! Wer ist nur auf diesen dummen Gedanken gekommen? Ich bin alt. Was soll ich noch mit einer Frau? Ich muss an mein Seelenheil denken. Schickt noch einen zweiten Knecht zu Fabio! Er soll ihm sagen, dass alles ein Irrtum war …"

„Ich kann keinen zweiten Knecht schicken, Vater“, unterbrach ihn Cleph. „Hab keine mehr, sie sind alle zur Jagd.“

„Zur Jagd? Zur Jagd? Warum mussten sie auch zur Jagd gehen? Es war nicht nötig. Wo ist Sigiwald?“

„Auch zur Jagd. Euer Vetter will auf ihn achtgeben.“

„Es ist gefährlich und Sig ist unerfahren. Du hättest es nicht zulassen dürfen.“

„Was habe ich ihm schon zu sagen? Würde er mir vielleicht gehorchen? Außerdem habt Ihr es selber erlaubt.“

„Ihr habt mich nicht richtig verstanden! Wer hört schon zu, wenn ich etwas anordne! Niemand kümmert sich mehr um mich. Wenn ich in Ohnmacht falle, lässt man mich draußen im Garten liegen. Ich hätte heute Nacht sterben können …“

Er greinte und nörgelte weiter, und es gelang mir einfach nicht, zu Worte zu kommen. Vermutlich plagten ihn noch schlimmere Teufel als die, welche mir zugesetzt hatten. Immer wieder rief er nach seinem Fabio.

Schließlich wurde es Herrn Rocco zuviel und er sagte: „Was ist nun, Nachbar? Wollt Ihr um Euern Fabio jammern oder endlich mit Eurer Tochter reden, so wie Ihr es gestern versprochen habt? Ihr habt sie rufen lassen, hier ist sie. Nun redet!“

„Ich will ihn nicht heiraten!“, rief Ingunde mit schriller Stimme. Sie umschlang Ebrachars Beine und presste den Kopf an sein Knie. „Zwingt mich nicht, Vater, Ihr habt es geschworen!“

Ihre Tränenbäche, die fast versiegt waren, flossen wieder reichlich. „Nun, Kind, beruhige dich, warum weinst du denn … Hab keine Angst. Noch ist nichts entschieden …“

„Nichts entschieden?“, schnaubte Herr Rocco. „Was soll das heißen? Haben wir einen Vertrag ausgehandelt? Wozu bin ich mit Geschenken gekommen?“

„Ihr seht doch aber, dass sie sich fürchtet. Sie ist vielleicht noch zu jung …"

„Als ob das ein Grund wäre! Was für ein Vater seid Ihr, Nachbar? Befiehlt hier das Ei – und die Henne gehorcht? Auch ich habe meinem Bobo …"

„Den Bobo will ich nicht! Er ist hässlich und grob!", heulte das Mädchen.

„So habt Ihr Eure Tochter erzogen", höhnte Herr Rocco. „Sie beschimpft ihren Bräutigam. Ihr aber schweigt dazu. Was wird sie da erst in der Ehe tun! Gewiss, mein Sohn ist kein frommer Pater, lächelt nicht, schleicht nicht auf Zehen, spitzt nicht den Schnabel und tiriliert. Mein Bobo ist aus besserem Holz! Der reitet zur Jagd und holt Wildbret, damit wir ein Fest feiern können."

„Zu einem Fest gibt es keinen Anlass!", sagte ich rasch, eine Pause nutzend, in der er verschnaufen musste.

„Was? Keinen Anlass? Wie kommt Ihr darauf? Was geht das Euch an? Bei aller Hochachtung, Vater …"

„Euer Verwandter Drogdulf ist tot."

Rocco starrte mich einen Augenblick ungläubig an. Dann sagte er verächtlich: „Tot? Er ist tot, der Narr? Wie hat er das angestellt? Hat er sich in einer Hurenhütte zu Tode geritten?"

„Er wurde umgebracht."

Herr Ebrachar wehrte seine Tochter ab, die noch immer seine Beine umklammert hielt, erhob sich und trat auf mich zu.

„Umgebracht, sagt Ihr? Hier, auf dem Salhof?"

„Wir fanden ihn in der Grube hinter dem Turm. Der Mord geschah heute Nacht. Drog wurde erdrosselt und dann aus einem der Fenster gestoßen."

Ingunde schrie auf, schlug die Hände vor das Gesicht und lief fort. „Im Turm erdrosselt? Dann aus dem Fenster geworfen? Heute Nacht?", fragte Herr Ebrachar und sah Cleph an.

„Ich selbst habe nichts bemerkt", sagte der. „Als ich hinauf stieg, war alles ruhig. Ich legte mich nieder und schlief gleich ein. Wahrscheinlich trieb er sich beim Gesinde herum und irgendjemand muss ihn …"

„Und warum erdrosselt? Konnte er nicht einfach hinaus gestürzt sein, als er …"

„Nein. Vater Lupus befahl, den Leichnam zu waschen. Am Hals kann man es sehen."

„Streifen, Kratzer und Blutergüsse", bestätigte ich. „Vermutlich wurde ein Strick oder Gürtel benutzt."

„Dann ist alles klar!", rief Herr Rocco. „Einer der Knechte war es. Mein Dummkopf von Schwager dachte, wenn zwanzig Knechte und Mägde auf einem Strohlager nächtigen, geht es zu wie im Karnickelgehege. Da kann man unerkannt und ungestraft mittun. Aber einer der Rammler war eifersüchtig!"

„Man soll sie zusammenrufen!", sagte Herr Ebrachar. „Ich werde bald feststellen, wer es gewesen ist."

„Die meisten sind bei den Jägern", wandte Cleph ein.

„Dann also, wenn die Jagd vorbei ist. Mit großer Strenge werde ich vorgehen. Ja, ich lasse den Mörder hängen! Ach, ist das ein Tag und ich fühle mich so elend. Wenn nur Fabio schon hier wäre …"

Herr Rocco zog mich beiseite.

„Schaut nur nicht so erschrocken, Vater! Es wird niemand gehängt, dafür sorge ich schon. Der Schuldige wird ein bisschen ausgepeitscht und damit ist es erledigt."

„Wollt Ihr denn nicht Anklage erheben", fragte ich, „wegen des Mordes an Euerm Verwandten?"

„Anklagen gegen Herr Ebrachar? Nein, das werde ich nicht tun", erwiderte er und zwinkerte listig. „Das käme Herrn Ebrachar zu teuer. Anstelle seines unfreien Mörders müsste ja er mir das Wergeld zahlen, und Drog, auch wenn er ein Tor war, stammte wie meine Gemahlin, seine Schwester, aus einer hoch angesehenen Adelsfamilie. Bücher und Weiber … das war sein Unglück. Die einen kosteten ihn den Verstand, die anderen das Leben. Gott erbarme sich seiner Seele. Wir werden ihn still begraben und ich bin sicher, Herr Ebrachar wird sich dafür erkenntlich zeigen. Die Verlobung findet dann eben erst in ein paar Tagen statt. Ich werde mich nun meinen traurigen Pflichten widmen. Habt die Güte, Vater, mich zu dem Leichnam meines teuren Verwandten zu führen!"

Herr Rocco war plötzlich glänzender Laune. Beinahe gewaltsam zog er mich mit sich. Ursprünglich wollte ich Ebrachar um die Erlaubnis bitten, mich auf dem Salhof ein bisschen umtun und seine Leute befragen zu dürfen. Doch war mir jetzt seltsamerweise die Lust dazu vergangen.

Der Mord an Drogdulf, einem überflüssigen Menschen, war allen im Grunde gleichgültig, auch Herrn Ebrachar, der sich natürlich nur meinetwegen so streng gab. Und eine Untersuchung würde uns aufhalten. Wir hatten einen anderen Auftrag und die Aufklärung dieses Verbrechens schien niemandem wichtig zu sein. Nicht einmal der nächste Verwandte des Toten, Herr Rocco, wollte Anklage erheben, selbst wenn der Schuldige gefunden wurde. Er gab sich damit zufrieden, aus dem Mord einen kleinen Vorteil für seine Heiratsangelegenheit zu ziehen, die am grauen Morgen nach der fröhlichen Nacht wieder unsicher war.

Vielleicht war seine einfache Deutung des Falles sogar zutreffend. Ein eifersüchtiger Knecht hatte Drogdulf erdrosselt und zum Fenster hinaus geworfen – und zufällig fast zur gleichen Zeit hatte ein Wächter mich mit seinem Knüppel niedergeschlagen. Vielleicht war es auch der Mörder selbst gewesen. Um die nicht ganz versunkene Leiche tief in den Schlamm zu stoßen, war er eilig vom Turm herab gekommen und hatte nebenbei meine Neugier gestraft. Wir stiegen die Treppe des Herrenhauses hinunter und Herr Rocco legte mir vertraulich die Hand auf die Schulter.

„Das war Gottes Werk“, sagte er. „Dieser Dummkopf wollte die Heirat verhindern, damit Diabolus sich der Seele der Jungfrau bemächtigen konnte. Ihr habt es ja gehört: Ingunde ist störrisch, doch nun muss sie gehorchen. Sonst könnte ich doch noch klagen und die Sache würde für ihren Vater zu kostspielig. Sehr Ihr, so hat der Allmächtige alles glänzend geregelt. Und Drog, dieser Narr und Nichtsnutz, hat zum Schluss noch eine nützliche Tat vollbracht – indem er sich umbringen ließ!“

Herr Rocco lachte selbstgefällig. Während wir um den Turm herum gingen, um auf die Wiese zu gelangen, traf mich plötzlich von oben ein leichtes Geschoss. Ich hob den Kopf und erblickte die edle Frau Prisca, die wieder in ihrem Fenster saß, in ein fliederfarbenes Gewand gehüllt. Sie hielt eine Schale in der Hand, aus der sie wohl Obst aß, dessen Kerne und Reste sie herunter spuckte. Ich senkte rasch wieder den Blick, denn man sah viel von dem weißen, üppigen Fleisch ihrer Beine, deren eines sie sogar lässig und unbeschuht aus dem Fenster herabhängen ließ.

Herr Rocco bot ihr einen Heilgruß und sie antwortete ihm mit ihrer kräftigen, ein wenig rauen Stimme.

Als wir vorüber waren, sagte er: „Schamloses Weib! Keine Ehre, mit der verwandt zu werden.“

Der Tote lag mitten auf der Wiese, hager und nackt wie ein gerupfter Vogel. Mägde hatten ihm die besudelte Kleidung vom Leib geschnitten und ein paar Krüge Wasser über ihm ausgeleert. Einige Alte standen gaffend in der Nähe. Kinder spielten, um den Leichnam herum laufend, Haschen. Der Tod ist bei uns im Frankenland ein zu häufiger Gast geworden, als dass man ihm noch mit Staunen und Ehrfurcht begegnete.

Herr Rocco warf nur einen flüchtigen Blick auf die Leiche. Unter den Gaffern erkannte er zwei seiner eigenen Leute und herrschte sie an: „Warum lasst ihr ihn hier so herumliegen? Was seid ihr Schufte für Christenmenschen? Holt eine Decke. Vorwärts! Soll ich euch Beine machen?"

Sie eilten davon. Rocco fragte mich nun aus und ich musste ihm in allen Einzelheiten berichten, wie wir den Toten geborgen hatten. Von einem Busch brach er einen Stock ab und drehte und wendete damit die Lumpen, die in der Nähe des Toten lagen.

„Habt Ihr das mal untersucht, Vater? Er musste den Gürtel bei sich haben, vielleicht in der Manteltasche."

„Ihr bemüht Euch vergebens. Da ist nichts, ich habe schon nachgesehen. Keine Spur von dem Gürtel."

„Das macht nichts, vielleicht hat ihn der Mörder. Und der wird sich hüten, ihn zu zeigen. Wird ihn heimlich verkaufen. Vielleicht hat er auch nur das Silber genommen, um es einzuschmelzen, und den Gürtel dort in die Grube geworfen. Auf jeden Fall ist die Gefahr vorüber. Nur meine Gemahlin ist noch zu fürchten", seufzte er. „Sie wird mir zusetzen, weil ich auf ihren Liebling nicht aufgepasst habe. Da werde ich ihr wohl drei Tage lang aufs Maul hauen müssen, eher wird sie nicht Ruhe geben."

Diese Aussicht verstimmte ihn etwas. Er stapfte hierhin und dorthin und warf abschätzige Blicke um sich.

„Seht Euch hier um, es ist vieles heruntergekommen. Cleph allein kann den Ruin nicht aufhalten. Das ist die Folge, wenn sich der Herr um nichts kümmert und nur noch betet. Gestern Abend hoffte ich schon, dass er kuriert sei, aber ihr habt es ja gehört … Er schreit schon wieder nach seinem Diabolus. Weg da!", brüllte er plötzlich. „Was treibt ihr da, ihr Verfluchten?"

Die Kinder knieten im Gras um den Leichnam herum und machten sich an seinem Kopf zu schaffen. Wahrhaftig, sie wühlten in seinen Haaren!

„Ich habe es!“, schrie ein kleines Mädchen, vielleicht fünf Jahre alt. Die ganze Schar stob davon, als Herr Rocco sich schnaufend auf sie zu wälzte.

Die Knechte kamen jetzt mit der Decke. Während der Dicke seine Anordnungen traf, beobachtete ich die Kinder.

Sie drängten sich zu einem Haufen zusammen. Das kleine Mädchen, von den anderen umringt und kaum noch zu sehen, schien etwas zu zeigen. Ich hörte Rufe des Erstaunens.

Die Kleinen waren so sehr in die Betrachtung ihres Fundes vertieft, dass sie nicht merkten, wie ich mich näherte und den Hals reckte. In der Kinderhand schimmerte etwas. Ich erkannte es nicht gleich. Alle beugten ihre strubbeligen Köpfe über das Ding und flüsterten aufgeregt.

„Ein Adler … nein, ein Hahn … guck, da sind Fische …“

Es war eines der silbernen Plättchen vom Gürtel des Gundobad.

7. Kapitel

Lange habe ich nachgedacht und überlegt, ob es wohl eine Möglichkeit gäbe, meine Geschichte fortzusetzen, ohne dieses Kapitel zu schreiben. Und da ich mir schmeichle, die Feder nicht ohne Geschick zu handhaben, kam ich sogar zu dem Schluss, es gäbe mehrere. Denn es liegt ja im Ermessen des Schreibenden, welche Ereignisse er zu großer Bedeutung aufbläht oder zu Winzigkeiten schrumpfen lässt. Hat er genügend Vorstellungskraft, wird er zu seinem Ziel gelangen, auch ohne immer den geraden und kürzesten Weg zu gehen. Will einer, wie ein gebildeter Redner sagte, nach Athen reisen, so kann er dorthin segeln oder gehen, er kann Heerstraßen oder Trampelpfade benutzen, die Küste entlang fahren oder das Meer durchschneiden. Denn viele Wege führen dorthin oder, wie andere sagen, nach Rom.

Doch der dies erkannte, war ein Heide, den wir Christen sogar Apostata, den Abtrünnigen, nennen. Außerdem war er römischer Kaiser und so einer kann noch hunderte Jahre nach seinem Tode, wie mein schmerzhafter Zusammenprall mit IUSIMP in Ebrachars Garten zeigte, uns frommen Dienern Gottes nur Schaden bringen. So misstraue ich lieber seiner Lehre, auch wenn sie vernünftig erscheint, und halte mich an die Bibel, wo es im vierzehnten Abschnitt der Sprüche Salomos heißt: „Ein treuer Zeuge lügt nicht. Aber ein falscher Zeuge redet frechlich Lügen."

Ein falscher Zeuge wäre ich sogar, wenn ich an meiner Stelle meinen Freund Odo hinauf in den Turm zu der Dame Prisca schickte, obwohl dies, wenn ich im Manuskript zurück blättere, im fünften Kapitel schon vorbereitet ist und von Dir, mein Volbertus, und den anderen Lesern, die ihr Odo aus meinen früheren Erlebnisberichten kennt, womöglich erwartet wird.

Nein, nein! Ich versage mir diese Lüge. Ich selber, Lupus, Mönch und Kleriker, durch mein Gelübde zur Keuschheit und der alleinigen Hingabe an Gott und seinen Sohn Jesus Christus verpflichtet …

Aber Schluss mit Vorreden, Schluss mit Rechtfertigungen! Ich fahre fort.

Das Plättchen vom silbernen Gürtelschmuck, das die Kinder aus den von Unrat starrenden Haaren des Toten gezogen hatten, gab meinen Überlegungen zu dem Fall eine Richtung, die ich zwar erahnt, für die ich zuvor aber keine Anhaltspunkte gehabt hatte. Ich zweifelte nun nicht mehr, dass Drog mit dem Gürtel erdrosselt wurde, den er aus meinem Reisesack entwendet hatte. Während das Leder seinen Hals schnürte, musste sich das Plättchen gelöst und in seinen zwar dünnen, doch bis tief in den Nacken hängenden Haaren verfangen haben

Daraus ergab sich nun, dass der Gürtel zur Hand gewesen sein musste, als der Mörder zur Tat schritt. Das Tötungswerkzeug musste in diesem Augenblick sichtbar, greifbar gewesen sein, weder in einer Tasche, noch unter dem Mantel versteckt. Doch welches sündige Ritual zwischen Drog und einer Magd auf einem nächtlichen, unbeleuchteten Strohlager ich mir auch vorstellte (Gott verzeihe es mir!), ich brachte den Gürtel des Gundobad einfach nicht dorthin, wo ihn der eifersüchtige Missetäter nur nehmen und seinem Opfer um den Hals werfen musste. War es denn denkbar, dass Drog den kostbaren Gegenstand, dessen er sich mit Tücke bemächtigt hatte, an seiner Seite achtlos im Stroh herumliegen ließ, während er sich seiner Ausschweifung hingab?

Wahrscheinlich, folgerte ich, hatte der vogelköpfige Dichter und Possenreißer den Gürtel sogar in der Hand, als der Mörder zugriff. Er wies ihn vor, mit der Absicht, den anderen zu beeindrucken, zu erschrecken. Ihm vielleicht sogar einen Preis abzuringen für den Besitz des silbergeschmückten Leders oder dafür, dass er es nicht dem Ebrachar oder dem Fabiolus vorzeigte. Wer aber konnte auf diese Weise erschreckt werden? Wer konnte Drog in angemessener Weise bezahlen?

Natürlich fiel mir gleich der Vilicus ein. Sein Gebaren, als ich den Leichnam suchte, war verdächtig genug. Nachdem Odo ihn gegen Mitternacht am Wasserbecken entlassen hatte, war er vermutlich nach dem Turm gegangen, wo er – das hatte ich gerade bei Ebrachar mitbekommen – im zweiten Stockwerk beim Gesinde schlief. Drog konnte ihm aufgelauert, den Gürtel vorgezeigt und ihn in irgendeiner Weise bedrängt und bedroht haben. Da hatte der leicht erregbare Cleph ihm den Gürtel entrissen und …

Aber so konnte es nicht gewesen sein. Der Leichnam wurde aus einem der Turmfenster geworfen. Wenn Drog den Vilicus abgepasst hatte, dann sicher nicht oben beim Gesinde. Der Tat vorausgegangen sein musste auch ein heftiger Wortwechsel – würde er nicht die schlafenden Knechte und Mägde geweckt haben? Und würde Cleph – trotz Nacht und Dunkelheit – so unvorsichtig gewesen sein, vor diesen Zeugen (auch wenn sie juristisch nicht zeugnisberechtige Unfreie waren) zu morden und sein Opfer aus dem Fenster zu stoßen? Wenn aber die Tat auf ebener Erde geschah … was hätte den Vilicus dann bewogen, den Leichnam, bevor er ihn in die Grube warf, hinauf auf den Turm zu schleppen?

Da erinnerte ich mich der Worte des Drog: „Da oben haust eine schwarze Spinne, die auf Fliegenmännchen aus ist." Er hatte die edle Frau Prisca, die fast nie von dort herab stieg, als Anstifterin des Mordes an Gundobad, ihrem Gemahl bezeichnet. Er hatte sie boshaft eine Hure genannt und Cleph das Männchen, das in ihrem Netz zappelte. Und ich erinnerte mich auch, wie er hinauf nach dem Turmfenster starrte, mit hängender Lippe …

Warum ließ ich es nicht bei dem Verdacht? Warum suchte ich Bestätigung? Was trieb mich auf diesen Turm?

Gott allein weiß es.

Ich ahne es nur.

Der ehemalige römische Wachturm besaß jetzt einen Eingang zu ebener Erde.

Ein wenig musste ich mich bücken, um durch das halb hohe Türloch hinein zu gelangen. Etwa zwei Fuß tief ging es über ein Treppchen hinab in ein dämmriges Erdgeschoss, wo ich Ratten umher huschen sah. Die Leiter war lang und führte gleich in den zweiten Stock. Der erste bestand nur aus einem Zwischenboden, wo Vorräte gelagert waren. Ich erklomm die Leiter, die sich unter meiner Last ächzend bog, sie war wohl nur leichte Leute gewöhnt. Durch die offene Luke stieg ich in die Gesindewohnung.

Matratzen, Stroh, Decken und Felle, ein paar Habseligkeiten, Wasserkrüge – das Übliche. Die Bewohner waren natürlich abwesend. Es gab sechs Fenster und ich trat gleich an dasjenige heran, das über der Grube lag. Hier war, wie ich es woanders schon gesehen hatte, aus der Nische eine halbrunde Öffnung heraus gehauen, ein windiger Sitz zur Erleichterung des Leibes, der sich offenbar regen Besuchs erfreute, all jener gewiss, die sich nachts nicht auf die schwankende Leiter wagten. Regen und Stürme besorgten von Zeit zu Zeit die Reinigung, allerdings waren beide seit Wochen ausgeblieben.

Das Fenster war hoch und breit, man konnte leicht einen menschlichen Körper hinaus stoßen. Ein Blick hinunter überzeugte mich aber, dass Drog kaum von hier aus in die Grube gefallen war. Der Strauch, den ich mit meinen wütenden Speerstößen geknickt hatte, kurz bevor ich den Leichnam fand, stand vier bis fünf Fuß seitlich der Lotrechten.

Plötzlich vernahm ich von oben die bekannte, ein wenig raue, aber volltönende Frauenstimme.

„Bist du es, Marulla?“

Die Luke an der Decke war offen. Sie lag etwas versetzt gegenüber derjenigen, durch die ich gekommen war. Es gab aber keine Leiter. „Nein, ich … ich bin es“, stotterte ich. „Der Diakon Lupus, ein Gast des Herrn Ebrachar.“

Jetzt fiel mir ein, dass ich nicht einmal wusste, in welcher Eigenschaft ich mich der Dame nähern wollte. Sollte ich ihr erklären, dass ich als Königsbote reiste und dass ich auch außerhalb meines eigentlichen Mandats berechtigt war, tätig zu werden, wenn ich den Frieden, das Recht und die Ordnung in Gefahr sah?

Ich wurde dieser Mühe enthoben. Über mir näherten sich Schritte. Zwei weiße Säulen, über denen sich wie ein Sonnensegel das fliederfarbene Gewand spannte, ragten am Rande der Luke.

„Oh, Ihr seid es!“, rief die edle Frau. „Willkommen, willkommen! Wie höflich und aufmerksam von Euch, eine einsame Büßerin zu besuchen. Steigt herauf, ehrwürdiger Vater!“

Flugs kam schon die Leiter von oben herab.

Trotz der freundlichen Anrede packte mich plötzlich Kleinmut und ich wäre am liebsten umgekehrt. Oh, hätte ich es getan! Ich wandte der Leiter den Rücken und machte auch zwei, drei Schritte in die rettende Richtung. Doch da rief die Dame:

„Wo wollt Ihr denn hin? Ich erwarte Euch!“

Bei dem Klang dieser Stimme lief mir ein Schauer über den Rücken. Ich berührte das kleine bronzene Kreuz, das ich immer am Halse trage, und schlug zur Sicherheit auch zusätzlich noch ein paar Kreuze, natürlich so, dass die edle Frau es von oben nicht sehen konnte. Dann trat ich entschlossen an die Leiter und stieg hinauf.

„Seid vorsichtig! Haltet Euch fest, Vater!"

Als ich oben aus der Luke kletterte, stolperte ich dennoch und konnte mich gerade noch halten. Die große, weiche Hand der Frau Prisca legte sich stützend um meinen Unterarm. Eine Wolke von unbeschreiblicher Süße und Schwere hüllte mich ein, sodass ich nach Luft rang und husten musste. Ich berührte nochmals das Kreuz.

„Hier seid Ihr schon fast im Himmel", scherzte die Dame. „Macht es Euch nur bequem!"

Darauf zog sie an einem Seil und mit Hilfe eines Flaschenzugs schwebte die Leiter herauf. Ein Tritt auf einen Fußhebel und mit einem Knall fiel die Klappe und verschloss die Luke, Ich zuckte heftig zusammen.

„So können wir ungestört ein frommes Gespräch führen", erklärte Frau Prisca diese Maßnahme.

Ich befand mich in einem Raum, der in der Tat einem erdfernen Wolkenheim glich. Auch hier gab es sechs Fenster und aus allen leuchtete das reine Blau des Himmels herein. Weit in der Ferne sah man im Morgendunst eine Hügelkette.

Die Ausstattung des kreisrunden Zimmers war überaus prächtig. Manchmal gelang es mir, in den Pfalzen, wo ich tätig war, einen neugierigen Blick in eines der königlichen Gemächer zu werfen. Keines war schöner als dieses.

Der Fußboden und die Wände waren mit kostbaren, bunt gemusterten Teppichen bedeckt, es gab zierliche Möbel, ein breites Lager mit seidenen Kissen. Wahrhaftig, man wusste nicht wohin man zuerst blicken sollte!

„Seht Euch nur um! Gefällt es Euch hier? Dies ist meine Zelle. Hier lebe ich wie eine Nonne, fast immer allein", schnurrte es hinter mir.

Bis auf ein kleines Kreuz an der Wand war allerdings wenig von frommer Lebensart zu entdecken.

Die kupfernen Spiegel, die elfenbeinernen Kästchen voller goldener, mit blitzenden Steinen besetzter Halsbänder, Armreife und Ringe, die zahlreichen Tiegel und Dosen mit den Essenzen der Eitelkeit redeten eine andere Sprache.

„Edle Frau", begann ich.

„Nehmt erst einmal hier auf diesem Hocker Platz, Vater", sagte die Dame, „damit ich zu Euern Füßen sitzen kann."

Sie legte mir die Hand auf die Schulter und zwang mich mit einem leichten Druck, mich ihrem Willen zu fügen. So saß ich nun vor dem breiten Ruhebett. Sie aber ließ sich darauf nieder, halb sitzend, halb liegend, den einen Ellbogen aufgestützt. Aus dem Lockengewirr ihres schwarzen Haars, welches die einzige goldene Nadel nicht bändigen konnte, sodass es Stirn, Wangen und Schultern bedeckte, blickte sie zu mir auf. Ich erwähnte schon, dass ihre Züge recht derb waren. Ihr Kinn war breit, ihr Mund mit den aufgeworfenen Lippen riesengroß, die Augen unter den zusammengewachsenen Brauen standen hervor, als wollten sie gleich herausfallen. Alles in allem ergab das aber eine eigenartige Schönheit, die aus der Entfernung sogar erhaben, aus der Nähe hingegen wild und beunruhigend wirkte. Auf den Körper der edlen Frau wagte ich kaum einen Blick zu werfen. Denn mächtig wölbte er sich unter der fliederfarbenen seidenen Tunika, die bei jeder Bewegung bedrohlich knisterte und in den Nähten krachte, als wollte sie gleich platzen.

„Verzeiht, meinen Tochter ….", versuchte ich es aufs Neue.

„Ich weiß, warum Ihr kommt", sagte sie lächelnd, wobei sie zwei Reihen starker, nicht ganz regelmäßig gewachsener Zähne entblößte. „Ihr braucht Euch nicht zu entschuldigen. Man hat Euch Verleumdungen über mich zugetragen. Das einsame Gott geweihte Leben, das ich hier oben führe, ist vielen verdächtig. Sie bezichtigen mich eines heimlichen unkeuschen Wandels. Sie behaupten sogar, mich träfe ein Teil der Schuld am Tode meines geliebten Gemahls. Nichts davon ist wahr! Ihr selbst habt vielleicht schon erfahren, dass sich Menschen, die ihresgleichen meiden und stattdessen die Nähe Gottes suchen, leicht allen möglichen Anfeindungen aussetzen. Schon während meiner Ehegemeinschaft mit Gundobad zog ich mich auf den Turm zurück, angewidert von den Trinkgelagen und den gemeinen Vergnügungen. Hier bin ich allein mit den Wolken und den Vögeln und kann mich ungestört meinen frommen Übungen widmen. Natürlich bin ich noch keine Heilige! Ihr seht ja, von all den überflüssigen Dingen, die nur der Bequemlichkeit dienen und Frauen angenehm sind, kann ich mich noch nicht trennen. Doch werden mir Gott und der Herr Jesus Christus diese kleine Schwäche wohl nachsehen. Ihr hoffentlich auch!"

„Ich bin nicht Euer Beichtvater", sagte ich. „Geht Ihr denn überhaupt zur Beichte?"

„Manchmal kam Pater Fabiolus herauf, aber in letzter Zeit wurde er nachlässig. Schon seit Wochen schickte ich immer wieder die Marulla nach ihm – vergebens. Er lässt mich allein mit meinen Sünden."

Die edle Frau seufzte so schwer, dass auch die fliederfarbene Tunika ächzte und stöhnte.

Ich lenkte meinen Blick aus dem Fenster auf ein vorüber ziehendes Wölkchen und sagte fest:

„Könnte es sein, meine Tochter, dass Ihr heute Nacht eine Sünde begangen habt, die nicht nur die Aufmerksamkeit eines Priesters, sondern auch die eines Richters verdient?"

„Ich verstehe schon, worauf Ihr anspielt, Vater", erwiderte sie ohne zu zögern. „Aber ist es denn eine Sünde, wenn eine Frau ihre Ehre verteidigt?"

„Natürlich nicht."

„Wenn sie sich eines Angreifers erwehrt?" „Auch dann

nicht." „Wenn dieser Angreifer dabei zu Schaden kommt … ist das vielleicht ein Verbrechen?"

„Nein …"

„Was sollte ein Richter dann von mir wollen?"

„Ich täuschte mich also nicht!", rief ich. „Ihr wart es – Ihr habt Drogdulf getötet! Und zwar mit dem Gürtel Eures ermordeten Gemahls!"

„Da hängt er."

Frau Prisca hob ruhig den Arm und zeigte auf einen der Pfeiler, die das Dachgebälk trugen.

Tatsächlich hing dort an einem Nagel zwischen verschiedenen Kleidungsstücken der Gürtel. Ich sah auch gleich, dass eines der Silberplättchen fehlte.

Nach diesem überraschenden Geständnis, mit dem ich natürlich nicht gerechnet hatte, war ich zunächst wieder sprachlos. Ich hatte auch gleich meine Zweifel. Die Erfahrung lehrt ja, dem allzu freimütigen Entgegenkommen eines Verdächtigen zu misstrauen. Und in diesem Fall war Skepsis wohl angebracht. Konnte man sich denn vorstellen, dass ein flügellahmer Vogel wie Drog sich angriffslustig auf ein so starkes, prächtiges Wild gestürzt hatte?

Frau Prisca schien meine Gedanken zu erraten und lächelte nachsichtig.

„Ihr wundert Euch, Vater? Dabei seid Ihr doch selbst der Urheber dieser üblen Geschichte."

„Ich?"

„Wart Ihr es nicht, der den Gürtel gefunden hat?"

„Gewiss, nur …"

„Wolltet Ihr nicht mit seiner Hilfe beweisen, dass es nicht Räuber waren, die meinen Gemahl umbrachten?"

„Beweisen? Aufgrund dieses Fundes ließ sich höchstens vermuten …"

„Und hattet Ihr nicht die Absicht, Eure Vermutung

Ebrachar, meinem Schwiegervater, mitzuteilen?"

„Wie kommt Ihr darauf? Hat Drog das behauptet?"

„So ist es, mein kleines, dickes Väterchen", sagte Frau Prisca, indem sie mich vorwurfsvoll ansah wie einen ungezogenen Knaben. „Und damit habt Ihr den armen Kerl, der nun tot ist, auf einen schlimmen Gedanken gebracht."

„Aber das … das ist ein Irrtum", stammelte ich. „Ich wollte im Gegenteil …"

„Warum leugnet ihr?" Sie hob den Finger und drohte mir scherzhaft. „Das ist nicht recht und Gott hört alles. Seid Ihr nicht selbst hier, von schlimmen Gedanken getrieben?"

„Ich verstehe nicht, was Ihr meint!"

„Nun, ich werde Euch erst einmal alles erzählen, keine Einzelheit auslassen. Ihr sollt erfahren, was hier geschehen ist, und dann sollt Ihr urteilen, ob ich schuldig bin. Aber erlaubt, dass ich Euch dabei ein wenig behandle und pflege."

„Wie?"

„Es ist meine Christenpflicht, Ihr seid doch verletzt. Cleph hat Euch ja mit dem Knüppel niedergeschlagen."

„Das war Cleph?"

„Oh, eine Beule habt Ihr hier auch! Überhaupt scheint Ihr ein bisschen verwahrlost zu sein. Ihr riecht auch recht streng."

„Ich habe die Leiche Eures Opfers .‚.."

„Ich weiß. Habe alles von hier oben gesehen. Das hättet Ihr besser bleiben lassen … Euch um dieses Schmutzfinken willen so zu besudeln. Mit Brunnenwasser konntet Ihr nur das Nötigste tun. Ich habe hier andere Wässerchen, duftende Öle …"

Schon hatte sie sich erhoben und war an einen Tisch getreten, wo sie unter allerlei eigenartig geformten kleinen Behältnissen, wie sie die Händler aus dem Orient mitbringen, einige auswählte. Sie brachte auch einen mit Wasser gefüllten Krug und ein paar Tücher herbei.

Was sollte ich tun? Mich widersetzen? Ich machte einige schwache Einwände, erklärte, die Verletzungen seien harmlos und würden auch ohne Behandlung heilen, erbot mich, aus der Nähe der Dame zurückzuweichen, um ihre Sinne nicht zu beleidigen. Dann ging ich auch ein paar Schritte rückwärts, aber Frau Prisca folgte mir, ergriff meine Hand und zog mich an meinen Platz zurück.

Ich musste mich wieder setzen und nun beugte die Dame sich über mich. Sie betupfte meine Wunde mit einem weingetränkten Tuch und bestrich sie mit einer Salbe. Dabei gebot sie mir, den Kopf still zu halten, sodass ich nur noch auf ihre fliederfarbene Tunika starrte. Schlimmer: Je näher sie sich zu mir hinneigte, desto tiefer geriet meine Nase in die gefährliche Enge zwischen zwei unter dem Seidenstoff zitternden Ungeheuern, welche sich an meine Wangen schmiegten. Dazu kitzelten mich die Locken der Dame, der schwere Duft nahm mir fast den Atem. Mein Herz klopfte heftig und der Schweiß brach mir aus. Doch jeder Versuch, mich zu befreien und aufzustehen, scheiterte entweder an dem festen Nackengriff der Frau Prisca oder an der zunehmenden Schwäche meiner Knie. Mir blieb nichts übrig als zu dulden! In diesem Zustand, an Körper und Geist schon geschwächt, vernahm ich das Folgende.

„Nach Einbruch der Nacht – ich hatte gerade gebetet und mich zur Ruhe begeben – hörte ich plötzlich ein Klopfzeichen. Wer zu mir will, nimmt nämlich eine Stange und klopft ein paarmal gegen die Luke. Es war Marullas Zeichen und ich dachte, sie wollte mir nur noch frisches Wasser heraufbringen. Splitternackt, wie ich war, stand ich auf und ließ die Leiter herunter. Gott im Himmel! Ich zittere jetzt noch. Da erscheint doch dieser hässliche Kerl, der Schwager von Onkelchen Rocco! Behände wie ein Kater steigt er herauf, steht schon vor mir, bevor ich noch eine Hand rühren kann, um ihn aufzuhalten. Zuerst bin ich wie gelähmt, dann will ich schreien. Unten schlief natürlich schon alles, die Leute arbeiten schwer, niemand hatte etwas bemerkt. Ich will also schreien, aber da sagt er: ‚Tut das nicht, es wird Euer Unglück sein! Die Fremden, die heute gekommen sind, haben es auf Euch abgesehen. Ich aber will Euch retten.' Das Scheusal! So bringt er mich also dazu, die Luke zu schließen und mit ihm allein zu bleiben. Hört Ihr mir zu, Vater?"

Ich wollte antworten. Aber sie beugte sich wieder so weit über mich, dass ich nach Luft rang und nur einen kehligen Laut hervorbrachte.

„Nun zog er den Gürtel aus seiner Tasche, den ich gleich erkannte. Er hatte meinem geliebten Gemahl gehört. Könnt Ihr Euch vorstellen, wie mir die Tränen strömten? Da erzählt er, Ebrachar, der mich hasst, habe heimlich zum Königshof nach seinem Vetter geschickt, damit er komme und Gerechtigkeit übe. Auch ein berühmter Wahrheitsfinder, dem nichts verborgen bleibe, sei mitgereist ... Ihr! Sogleich hättet Ihr den Ort der Untat besichtigt und das Beweisstück, den Gürtel, gefunden. Der Schuldige stehe damit fest – Cleph, der Halbbruder meines Gemahls, der mein Wittum verwaltet. Ich selber dazu als Anstifterin. Er habe Euch den Gürtel gestohlen, sagt der Kerl, um mir die Schande und das Gericht zu ersparen, vielleicht den Tod. Denn ohne Beweisstück keine Anklage. Und dann schwatzt er etwas von Belohnung und dass er mich liebe und für mich zu allem bereit sei. Nun, ich verstand schon, wozu er bereit war. Aber er war die Sünde nicht wert. So nahm ich den Gürtel an mich und sagte: ‚Verschwindet!'"

Ein feuchter Umschlag klatschte mir auf die Stirn zwecks Kühlung der Beule. Plötzlich kniete Frau Prisca neben mir. In das Wasser im Krug gab sie eine Essenz, die nach

Rosen duftete. Dann schob sie ungeniert meine Kutte bis zu den Oberschenkeln herauf und begann, meine Beine mit Rosenwasser abzureiben. Wegen der Hitze trug ich nur eine ganz kurzes Hemd unter der Kutte, sodass ich mich in der peinlichsten Lage befand. Mit beiden Händen hielt ich den Saum des Gewandes, ängstlich bemüht zu vermeiden, dass die edle Frau in ihrem Eifer zu weit ging.

Während sie wusch und rieb, fuhr sie fort: „Ich will nun die Luke öffnen und die Leiter hinunterlassen, aber da wird dieser Eindringling frech. Versucht mich zu packen und auf das Bett zu werfen. Versteht Ihr, ich war ja immer noch nackt, hatte nicht einmal Zeit gehabt, mich zu bedecken. Zwar brannte kein Licht, doch die Nächte sind hell und dieser Raum hier hat viele Fenster. Zuerst will ich schreien, doch ich bezähme mich. Welche Schande! Welche Genugtuung für die Klatschmäuler! Nein, ganz unmöglich, sage ich mir, ich muss es allein schaffen. Stumm kämpfe ich mit dem Unhold, der sich an mich klammert, der mich zu küssen versucht, der wie ein Vogel an mir herumhackt, der mir die Krallen tief ins Fleisch schlägt. Wie hat er mich zugerichtet … seht nur!"

Und wahrhaftig, sie streifte die Tunika von ihren Schultern und war im Nu bis zum Gürtel entblößt. Die beiden ans Licht gebrachten Ungeheuer, die mir entgegen starrten, erschreckten mich so, dass ich den Saum fahren ließ. Frau Prisca machte sich unverzüglich meine Verwirrung zunutze und dehnte Behandlung und Pflege aus. „Wir kämpften also. Ich versuchte, ihn abzuschütteln. Doch ich hatte nur eine freie Hand, in der anderen hielt ich noch immer den Gürtel. Es fiel mir zunächst gar nicht ein, dass er mir auch als Waffe dienen könnte. Ich war ja sicher, ich würde mit einem solchen Jämmerling fertig werden, ohne ihm gleich etwas anzutun. Aber auf einmal, Vater, gewann er die Oberhand! Er war ja kleiner als ich, so wie Ihr, und das kann manchmal vorteilhaft sein. Steht einmal auf, ich will es Euch zeigen! Seht, wenn Ihr mich so umfasst und drückt mich ganz fest … versucht es … nur Mut … noch fester … fester … dann bin ich hilflos … dann werde ich schwach …und wenn Ihr mir jetzt geschickt einen Stoß gebt, sodass ich falle …“

Und da fielen wir schon – auf das Ruhebett. Sieghaft erhob sich das Fleisch und der Geist ergriff auf schmähliche Weise die Flucht. Für längere Zeit blieb er vollkommen abwesend. Denn als wir endlich voneinander abließen, guckte die Sonne zu einem anderen Fenster herein als vorher.

Es gelang mir nicht, mich gleich zu erheben. Erschöpft blieb ich auf dem Ruhebett liegen. Der Geist kam zurück, doch auf leisen Sohlen, denn er schämte sich seines Versagens. Es war ihm natürlich unangenehm, den ihm anvertrauten Körper in seiner Not allein gelassen und seinen Begierden ausgeliefert zu haben. Peinlich war es ihm auch, so wenig Strenge und Festigkeit, Frömmigkeit und Gelöbnistreue gezeigt zu haben. Er hatte auch noch nicht wieder den Mut, mit Rechtfertigungen zu kommen, schon gar nicht, Entschlüsse wegen der Folgen zu fassen. Ganz zu schweigen von der Auseinandersetzung mit Gott und seiner irdischen Statthalterschaft, die er erst einmal weit von sich schob. Dieses dumpfe, schamhafte Brüten des Geistes erlaubte dem Körper, noch einmal frei und genussvoll zu stöhnen und sich zwischen den seidenen Kissen zu räkeln, während das zufriedene Auge über die Landschaft neben ihm glitt, die so herrliche Wonnen bot. Wie ein Vorgeschmack der himmlischen Seligkeit … Doch genug davon! Ich verirre mich!

Das süße Verschnaufen währte nicht lange, denn die edle Frau Prisca erhob sich vom Lager, bedeckte sich mit der fliederfarbenen Tunika, nahm sich aus einer Schüssel ein gebratenes Hühnerkeulchen und verzehrte es. Mir wurde hingegen nichts angeboten.

Die edle Frau begann dabei auch gleich wieder zu reden und sprach etwa so:

„Nun habt Ihr mich unterbrochen, Vater! Das war nicht recht von Euch, denn ich wollte Euch ja nur erklären, in welcher Gefahr ich mich befand. Hört also weiter! Als dieser ekle Schurke, Onkelchen Roccos Verwandter, sich an mich presste und auf das Bett werfen wollte, so wie Ihr es getan habt, erinnerte ich mich zum Glück des Gürtels. Ich legte ihn dem Kerl um den Hals und schnürte ihm damit die Kehle zu … so lange, bis er vor mir hinsank. Er war aber keineswegs tot, nur ziemlich benommen. Was nun? 'Was sollte mir ihm geschehen? Ich war ratlos. Am liebsten hätte ich meinen Muntwalt gefragt, Onkel Hug, den Bruder meines Vaters, doch der lebt weit entfernt von hier. Also beschloss ich, Cleph zu fragen, der mich ja auch sonst in allen Angelegenheiten berät. Er saß aber noch beim Gelage, so musste ich warten. Inzwischen kam der Kerl wieder zu sich und ich musste ihn noch ein bisschen würgen, damit er still hielt. Dann stopfte ich ihm ein Tuch in den Mund, sodass er nicht schreien konnte, und machte mit Hilfe des Gürtels ein Bündel aus ihm. Das hängte ich dort an den Nagel am Pfeiler. Als Cleph schließlich kam, hing es immer noch dort."

Frau Prisca leckte sich die Finger, warf die Knöchelchen aus dem Fenster und schenkte sich Wein in einen Becher, den sie in einem Zuge austrank.

„Aber was ist dieser Cleph für ein Mann!", fuhr sie fort, in verächtlichem Ton und die Nase rümpfend. „Was schert ihn die Ehre einer Frau! Er wollte den Schurken laufen lassen. Dabei hat er mir immer wieder geschworen, jeden, der mich beleidigen würde, in den Staub zu stoßen. Ein Schlappschwanz, ein Prahler! Unfähig ist er dazu, weil er nicht von edler Geburt ist. So einer spaltet Hammel, nicht Männer. Als Gundobad mich erniedrigte, mich schlug, sich betrank … da wollte er mich von ihm befreien. Er brauchte zwei Jahre dazu! Doch dann war er es nicht einmal selbst, es waren Banditen, die für ihn die Arbeit machten. Er kam von der Jagd und erzählte mir stolz, er hätte es endlich getan. Ein Diener hörte das und sagte es Ebrachar. Da hätte ihn seine Prahlerei beinahe das Leben gekostet – und mich das meinige. Ebrachars Knechte drangen schon über den Wehrgang vor, den meine beherzten Leute im letzten Augenblick unter Feuer setzten. Ich habe die Öffnung jetzt zumauern lassen. Aber noch immer traue ich mich nicht hinunter! Zum Glück half Onkelchen Rocco und so kamen wir noch einmal glimpflich davon. Später gestand mir Cleph, dass er mich belogen hatte. Ihr wollt wissen, warum ich ihn trotzdem in meiner Nähe dulde? Weil ich hier unter Feinden bin und einen ergebenen Sklaven brauche. Und wahrhaftig – das ist er! Eine ergebene langobardische Sklavenseele. Herrenarbeit ist nicht seine Sache, zur Sklavenarbeit taugt er vortrefflich. Um es nun aber kurz zu machen: Auch wenn ich zugestimmt hätte, den abscheulichen Ehrverletzer, Onkelchens Schwager, laufen zu lassen … es wäre nicht mehr möglich gewesen. Als ich das Bündel vom Pfeiler nahm, war es nämlich schon leblos. Vermutlich war der Kerl an dem Knebel erstickt. Da Gott nun also sein Urteil gesprochen hatte, sagte ich zu Cleph: ‚Es wäre nicht gut, wenn es herauskäme, das könnte den alten falschen Verdacht nähren und neue Unruhe bringen. Wir wollen den Leichnam in die Grube werfen, wo so ein schmutziger Teufel hingehört. Mach, dass du hinunter kommst und pass auf, dass er im Schlamm versinkt und niemand etwas bemerkt.‘ Er gehorchte und tat, was ihm befohlen war, Ihr habt es selber verspürt. Natürlich wäre es besser gewesen, auch Euch gleich in die Grube zu werfen, doch dazu wäre er nun einmal nicht fähig gewesen. Ich machte ihm Vorwürfe, ahnte ich doch, dass Ihr alles herausbekommen würdet.

Schließlich seid Ihr ja ein berühmter Wahrheitsfinder. Offen gestanden, ich hatte erwartet, dass Ihr mich heute besuchen würdet. Nun, geht es Euch besser nach meiner Pflege? Fühlt Ihr Euch wohl auf dem weichen Lager? Befriedigt es Euer christliches Gewissen, eine Edelfrau überfallen und unter dem Vorwand, sie befragen zu wollen, Eurer schändlichen Lust geopfert zu haben?"

Die letzten drei Sätze stieß sie höhnisch hervor, während sie sich einen zweiten Becher Wein einschenkte.

Ich lag tatsächlich noch auf dem Ruhebett. Erschrocken sprang ich auf und rief:

„Verzeiht! Ich gehe schon! Lasst mich hinunter!"

Im selben Augenblick sah ich an mir herab und stellte fest, dass ich nur mein kurzes Hemd anhatte.

Die edle Frau brach in ein Gelächter aus, das mich erschauern ließ.

„Wollt Ihr so gehen, ehrwürdiger Vater?"

„Ich bitte Euch, gebt mir die Kutte! Wo ist sie?"

„Ihr könnt sie ja suchen. Aber sie ist gut versteckt."

„Was habt Ihr denn davon? Was wollt Ihr erreichen? Warum wollt Ihr mich lächerlich machen?"

„Lächerlich machen? Das wäre zu wenig. Ihr habt gesündigt, mein dickes Väterchen … jetzt heißt es büßen! Könnte es sein, dass auch Eure Sünde die Aufmerksamkeit eines Richters verdient?"

Wieder ertönte ihr trunkenes Lachen.

„Gebt mir die Kutte!", drängte ich. „Lasst mich hinunter!"

„Nicht bevor Ihr entdeckt seid."

„Entdeckt? Von wem?"

„Meinen Knechten. Ich werde sie rufen."

„Oh, tut das nicht!"

„Und was sollte mich daran hindern? Natürlich werde ich sagen, dass Ihr Euer niederträchtiges Ziel nicht erreicht habt.“

„Aber ich kam doch nicht mit der Absicht …“

„Ihr kamt mit der Absicht, Euer Beweisstück zu suchen. Mit dem Ihr mir zwei Morde nachweisen wolltet. Hier ist es!“ Sie riss den Gürtel des Gundobad von dem Pfeiler. „Ich werde Euch damit züchtigen lassen!“

Sie ließ das Leder durch die Luft schnellen. Dann trat sie an eines der Fenster und blickte hinunter. Ich weiß nicht, ob sie Ernst gemacht und tatsächlich die Knechte gerufen hätte. Wie gelähmt stand ich da, des Unheils gewiss, das über mich hereinbrechen musste.

In diesem Augenblick klopfte es. Einmal, dann zweimal hintereinander, und noch einmal.

„Das ist Cleph!“, erklärte Frau Prisca.

„Gebt mir die Kutte!“, flehte ich. „Habt doch Erbarmen!“ Und in meiner Not fügte ich hinzu: „Ich schwöre Euch, über alles, was ich von Euch erfahren habe, Stillschweigen zu bewahren. Ich …“

Ihr abschätziger, prüfender Blick glitt an mir hinunter und wieder herauf. Dann stieß sie ein kurzes, trockenes Lachen aus, hob den Deckel einer Truhe und warf mir die Kutte zu. Noch heute zerbreche ich mir den Kopf darüber, wann und wie sie die dort hineintun konnte.

Während ich die Kutte schleunigst überstreifte und die Sandalen an meinen Füßen befestigte, ordnete Frau Prisca die Kissen des Ruhebettes. Ohne Hast trat sie dann an die Luke, öffnete sie und ließ die Leiter hinunter.

Ich stand mitten im Raum, die schwitzenden Hände über dem Bauch gefaltet, und versuchte gewiss vergebens, meinen Zügen einen frommen, würdigen Ausdruck zu geben. Mein Kopf musste das satte Rot eines überreifen Apfels angenommen haben.

Cleph erschien in der Luke und blickte mich an, ohne

überrascht zu sein. Seine Miene war finster wie gewöhnlich. Allerdings glaubte ich eine Spur von Spott und Verachtung zu bemerken, als wollte er sagen: „Auch du, Kuttenträger?"

Er kletterte aus der Luke. Frau Prisca zeigte keinerlei Verlegenheit. „Ihr kommt heute spät", sagte sie.

„Verzeiht. Wenn Ihr Austräge für mich habt … Ich möchte Euch auch die Abrechnung über die verkauften Wollschafe vorlegen." „Das hat Zeit. Ihr seht ja, dass mich der ehrwürdige Vater besucht. Er erzählte mir gerade ein seltsames Abenteuer. Man hat ihn in der Nacht niedergeschlagen. Er wurde verletzt."

„Davon hörte ich schon", sagte Cleph.

„Ich habe die Wunde noch einmal gewaschen und mit Salbe bestrichen."

„Das ist lobenswert."

In den Augen des Vilicus blitzte wieder der Spott auf.

„Erlaubt, edle Frau, Euch noch einmal zu danken", murmelte ich und verbeugte mich ungelenk.

„Oh, das war nur ein geringer Dienst, mehr konnte ich leider nicht für Euch tun." Und an Cleph gewandt: „Der ehrwürdige Vater wollte auch wissen, ob ich etwas bemerkt hätte. Er wünscht zu erfahren, wie das schreckliche Unglück geschehen ist, wie Onkelchen Roccos Verwandter zu Tode kam. Ich sagte ihm, ich hätte geschlafen. Ist Euch etwas aufgefallen?"

„Nichts", sagte der Vilicus und warf aus den Augenwinkeln einen Blick auf den Gürtel, der wieder am Pfeiler hing. „Das habe ich Herrn Lupus schon mitgeteilt."

„Dann werde ich mich jetzt zurückziehen."

Mit zwei Schritten war ich an der Luke und schon setzte ich den Fuß auf die Leiter.

„Habt Dank, dass Ihr Euch herauf bemüht habt!", rief mir Prisca zum Abschied nach. „Auch Euer Gefährte, Ebrachars

Vetter, scheint mir ein höflicher Mann zu sein. Er wird eine Witwe nicht gering achten. Richtet ihm aus, dass ich ihn erwarte!“

Bei ihren letzten Worten war ich schon unten. Fluchtartig verließ ich den Turm.

8. Kapitel

So war ich noch einmal davongekommen.

Ich hatte die Warnung der Bibel „Was du tust – bedenke das Ende“ missachtet und so hätte sich beinahe ein anderes Bibelwort an mir bewahrheitet: „Wer sich in Gefahr begibt, kommt darin um!“

Ich suchte mir erst einmal ein stilles Plätzchen, um mich zu sammeln. Auf einer Marmorbank in dem verwilderten Garten streckte ich mich der Länge nach aus (denn ich war immer noch ziemlich erschöpft) und dachte nach.

War die Gefahr nun vorüber? Ich bejahte schließlich die Frage. Die edle Frau Prisca hatte mich wohl nur erschrecken wollen. Ihr konnte ja wenig daran gelegen sein, einen Skandal auszulösen. Sie hatte mich überlistet und in Versuchung geführt, doch nun würden sie und Cleph schweigen, ebenso wie auch ich schweigen durfte, war ich doch nicht einmal von Amts wegen verpflichtet, etwas von dem Gehörten bekannt zu machen. Meinen in der Verzweiflung geleisteten Schwur zu halten war also nicht schwierig. Und auch mein Rechtsempfinden ließ sich damit beschwichtigen, dass sich die edle Frau eines Angriffs erwehrt, Drog aber eine nicht unverdiente Strafe erhalten hatte.

Nur eine Prüfung des Gewissens musste ich fürchten. Was sollte ich tun, würde Ebrachar seine Absicht wahr machen und unter den Leuten des Gesindes eine Untersuchung anstellen? Wenn er vielleicht, nur um sich vor uns als strenger Gerichtsherr zu beweisen, willkürlich oder aufgrund einer falschen Anzeige (wie sie unter Knechten und Mägden oft genug erhoben wird) einen Unschuldigen verurteilte! Wenn der Ärmste unter der Peitsche stöhnte, wenn man ihm gar einen Strick um den Hals warf … Durfte ich dann auch noch schweigen?

O Fluch über einen schuldigen Richter!

Der Kelch ging an mir vorüber, der befürchtete Fall trat nicht ein. Keine Gerichtsversammlung ist jemals zusammen getreten, um diese Untat zu ahnden. Ich erinnere mich nicht einmal daran, dass Drogdulf in meiner Gegenwart jemals wieder erwähnt wurde. Man wird ihn wohl irgendwo begraben haben und so verschwand er wie eine im Vorübergehen zerquetschte Ameise. Die Ereignisse, die bald darauf eintraten, ließen für diesen verirrten Erdensohn und sein trauriges Ende kein Wort und keinen Gedanken übrig.

Ich hörte Hufschlag und da sah ich ein Stück entfernt unsere alte Stute vorüber zuckeln, mit Rouhfaz im Sattel. Ich rief ihn an und er lenkte das Tier geschickt zwischen Büschen und Hecken hindurch bis zu meiner Bank. Als er heran war, stöhnte er aber plötzlich auf, schloss die Augen und sank seitlich herab. Ich musste hinzu springen und ihn auffangen. Doch konnte er mich nicht täuschen, denn ich habe im Laufe der Zeit zu unterscheiden gelernt, was bei ihm echt und was Gehabe ist. Er kam auch gleich wieder zu sich und ich sah, dass die Schwellung seiner Backe merklich zurück gegangen war. Auch sein Redefluss lief schon wieder ungehemmt. Er setzte sich ächzend zu mir auf die Bank. Die Stute graste in unserer Nähe.

Zunächst beklagte sich Rouhfaz, weil ich mich am Morgen nicht um ihn gekümmert hatte. Dann erfuhr ich, dass er sich, weil die Schmerzen wütender wurden, auf den Weg zum Kloster gemacht hatte, um sich durch Bruder Zacharias von dem Übel befreien zu lassen. Auf dem Rückweg sei er noch immer mehr tot als lebendig gewesen, Er riss den Mund auf und zeigte mir das mit Blut gefüllte Loch in seinem Unterkiefer.

Mir schien aber, dass der Bruder gute Arbeit geleistet hatte, denn es war eine saubere Wunde, ohne abgesplitterte

Zahnreste und Knochen.

„So hatte Herr Rocco Recht“, sagte ich. „Zacharias versteht sein Geschäft.“

„Der versteht noch ganz andere Geschäfte, Vater“, erwiderte Rouhfaz mit vieldeutiger Miene.

„Was meinst du damit?“

„Ein Schuft ist er. Ein Dieb, ein Räuber. Vielleicht sogar noch etwas Schlimmeres.“

„Rouhfaz“, sagte ich tadelnd. „Musst du so über jemanden reden, der dir geholfen hat?“

„Wenn es doch aber die Wahrheit ist.“

„Vielleicht ist der Bruder ein Langfinger. Diesen Eindruck hatte ich gestern selbst. Vielleicht nahm er aber auch an, dass es rechtens war, was er tat.“

(Ich war plötzlich sehr nachsichtig mit allen Sündern.)

„Heute konnte er das kaum annehmen“, sagte Rouhfaz unbeirrt.

„Wieso?“

„Weil er davonlief und verfolgt wurde.“

„Wie? Verfolgt? Von wem denn?“

„Herrn Odo.“

„Von … Aber was redest du da für Unsinn! Du weißt doch, Herr Odo ist auf der Jagd.“

„Er hat Zacharias verfolgt. Ihn und noch andere. Bis an die Klostermauer.“

„Das hast du gesehen?“

„Gesehen nicht …“

„Und wie kommst du darauf?“

„Weil ich alles gehört habe.“

„Wann?“

„Als ich warten musste. Im Kloster. In einem Krankensaal.“

„Da hast du es gehört?“

„Ja. Stimmen. Geräusche.“

„Du hattest schreckliche Zahnschmerzen, Rouhfaz. Warst kaum bei Sinnen. Bildest dir das jetzt wohl ein."

„Wenn Ihr es nicht glauben wollt, Vater, kann ich ja schweigen", sagte er und kehrte mir schroff den Rücken. „Fragt doch Herrn Odo selbst, wenn er kommt. Ich sage kein Wort mehr."

Es kostete mich einige Mühe, ihn wieder zum Reden zu bringen. Wenn Rouhfaz beleidigt ist, ist er beleidigt. Er kann tagelang schweigen und schmollen. Manchmal frage ich mich, warum ich ihn nicht längst fortgejagt habe. Wahrscheinlich nur, weil ich seine schöne, klare Schrift schätze, die er in den Klöstern gelernt hat, wo er sich kurzzeitig aufhielt, bevor man ihn seiner Unverträglichkeit wegen vor die Tür setzte. Vielleicht auch, weil ich ein bisschen Mitleid mit ihm habe, diesem glatzköpfigen, fadendünnen Unglückswurm, der überall Ärger bereitet und Spott erntet. Hinzu kam, dass ich an diesem Tag allen Grund zu christlicher Milde hatte. Ich redete also begütigend auf ihn ein und schließlich ließ er sich dazu herbei, unser Gespräch wieder aufzunehmen. Wobei er jedoch zur Bedingung machte, dass ich ihn ernst nähme. Ich versprach es und es fiel mir nicht schwer, denn was ich hörte, war alles andere als erheiternd.

„Als ich ankam, wollte der Bruder Pförtner mich zuerst gar nicht einlassen. Er sagte, der Bruder Zacharias sei im Auftrag des Herrn Abts über Land gegangen und lange könne es dauern bis zu seiner Rückkehr. Da heulte und schrie ich und das rührte ihn schließlich. Er öffnete mir die Pforte und ein anderer Mönch führte mich über den Hof zu einem einsamen Haus. Dort befand sich der Krankensaal, wo man mich warten hieß."

„Waren Kranke dort?"

„Mehrere. Es ging ihnen schlecht. Einige stöhnten, andere lagen nur da und waren vielleicht schon gestorben. Der

Bruder Medicus kam zu mir, ein winziges Kerlchen, aber gebieterisch wie ein Erzbischof. Der fragte mich aus und wollte wissen, wer mich geschickt und wie ich erfahren hätte, dass mir der Bruder Zacharias von meinem Leiden helfen könne. Da sagte ich schlau, das waren Bauern, denn man weiß ja nie, ob man gut daran tut, sich auf große Herren zu berufen. Manchmal sind sie untereinander verfeindet und ehe man es sich versieht, ist man umgebracht, weil man zu einem Feind gehört. Einmal war ich …"

„Rouhfaz! Weiter! Was geschah nun im Krankensaal?"

„Nichts geschah."

„Was?"

„Es geschah nichts. Ich musste warten. So lange, dass ich immer wieder glaubte zu sterben. Habt Ihr so etwas mal erlebt? Habt Ihr auch einmal das Gefühl gehabt, es würde Euch mit dem Schmiedehammer ein Pfahl ins Maul …"

„Wann kam nun Zacharias? Und warum tauchte Herr Odo dort auf?"

„Ihr seid hartherzig, Vater."

„Hartherzig? Ich?"

„Die Leiden eines Christenmenschen lassen Euch kalt."

„Was fällt dir … ich … nun, ich will nur vermeiden, dass du dich daran zu lebhaft erinnerst."

„Es ist ja nun überstanden."

„Dem Herrn sei Dank! Und dem Bruder, der dir geholfen hat. Er kam also …"

„Spät. Erst einmal kamen dauernd Mönche herein und guckten zum Fenster hinaus. Es gab nur eines und sie klebten daran wie die Fliegen am Ochsenschwanz. Dabei tuschelten sie aufgeregt."

„Hast du etwas verstanden?"

„Nicht viel. Einmal flüsterte einer: ‚Man hat sie eingefangen.' und ein anderer brummte: ‚Zacharias ist zu unvorsichtig.' Da dachte ich: Warum soll man ihn fangen, wenn er im Auftrag des Herrn Abts …"

„Es waren also mehrere, die unterwegs waren und die man zurück erwartete."

„Einer hieß Severinus … ein anderer Prokop … ein Dritter … Die Namen der Übrigen hab ich vergessen.."

„Aber diese beiden hast du deutlich verstanden."

„Sie wurden ja laut herausgeschrien."

„Herausgeschrien?"

„Weil die Brüder plötzlich auftauchten. Die am Fenster gebärdeten sich wie toll. ‚Severinus!" schrie einer, ‚Da kommt Prokop!' ein anderer. ‚Alles ist gut gegangen!' Dann wurden sie unruhig. ‚Zacharias! Wo bleibt Zacharias?' Schließlich schrien sie auf. ‚Da ist er! Endlich! Nun führten sie zwischen den Krankenbetten einen Freudentanz auf."

„Hat niemand dabei auf dich Acht gegeben?"

„Ich hockte ja in einer Ecke und stöhnte."

„Und weiter?"

„Auf einmal rief jemand: ‚Seht mal, Verfolger!' Da kreischten alle auf und stürzten wieder ans Fenster. ‚Er schafft es nicht!', hieß es. Dann aber: ‚Schafft es doch, kommt gerade noch zum Tor herein!' Gleich schrien und tanzten sie wieder vor Freude. Ich dachte, jetzt platzt mir der Kopf, und schrie mit …"

„Zacharias hatte es also geschafft."

„Ja, und dann war es mit einem Mal still und ich hörte die Stimme von Herrn Odo."

„Du täuschtest dich nicht?"

„Wenn Ihr jetzt wieder denkt, dass ich Unsinn …"

„Nein, sprich doch weiter! Also Odos Stimme. Verstandest du etwas?"

„Fast nichts. Er war ja weit weg. Und die Mauer war noch dazwischen. Einmal rief er: ‚Im Namen des Königs!' Da gab es irgendwo draußen Gelächter. Und die am Fenster lachten und höhnten: ‚Im Namen des Königs! Hat der hier auch was zu sagen?' Dann bellten die Hunde und es war nichts mehr zu verstehen. Nur einmal hörte ich noch ein Wort von …"

„Von Odo?" „Nicht von Herrn Odo, sondern von Fulk. Er rief: ‚Mordgesindel!'"

„Mordgesindel?"

„Genau dieses Wort. ‚Mordgesindel!' Das war alles, dann verstand ich nichts mehr. Die Mönche im Saal liefen hinaus, wollten wohl die Schufte begrüßen."

„Und als sie fort waren … hast du da selbst mal einen Blick aus dem Fenster geworfen?"

„Ich war ja fast tot. Wenn Ihr mir vorwerft …"

„Keineswegs! Obwohl du so schrecklich littest, war dein Verstand erstaunlich wach. Was hast du dann noch bemerkt? Was geschah weiter?"

„Eine Weile war noch Unruhe. Mal kam einer herein und lief ans Fenster. Dann rannten draußen im Gang wieder andere vorüber. Auf einmal tritt ein riesenhafter Kerl in den Saal, ein wahres Ungeheuer. Er trägt keine Kutte, sondern ein Wams, das vorn voller Blut ist. Der Bruder Medicus ist bei ihm, auch andere drängen mit ihm herein. Er sagt: ‚Fabiolus ist wohl schon fort?' Und als alle nicken: ‚Es wäre besser gewesen, er hätte gewartet.' Dann sieht er sich um: ‚Wo ist der Bursche?' Da zeigen alle auf mich und zerren mich aus meiner Ecke herbei. ‚Mach's Maul auf!', befiehlt er und steckt seinen dicken, schmutzigen Finger hinein. ‚Hab's schon!' stellt er dann auch gleich fest und da müssen die andern mich halten. Mir knicken vor Angst die Knie ein. Ich höre Zacharias – der ist es natürlich – noch sagen: ‚Aus dieser Schnauze ist nichts zu holen, so etwas kauft mir der Händler nicht ab. Aber vorhin hatte ich Glück, Brüder. Vier prächtige Zähne!' Da antwortet ihm der Bruder Medicus: ‚Die hätten dich den Hals kosten können!‘ Zacharias lacht und erwidert noch etwas, doch im selben Augenblick fährt er mir mit einem Eisenhaken zwischen die Zähne – und weg bin ich. Als ich zu mir komme, sitze ich hundert Schritte von der Klostermauer entfernt, an einen Baum gelehnt. Neben mir ist das Pferd angebunden, die alte Mähre wollten sie nicht. Mein Geldbeutel aber – der ist fort. Zum Glück hatte ich nur einen Denar eingesteckt. Wäre mehr drin gewesen, sie hätten es auch genommen.“

Rouhfaz belobigte sich wortreich, dieser klugen Vorsicht wegen. Im nächsten Augenblick ärgerte er sich aber, statt des Denars nicht lieber nur einen halben, einen Obolus, eingesteckt zu haben. Dann wollte er meine Meinung zu dem Gehörten erfahren. Er selber äußerte die Vermutung, dass Zacharias und die anderen Brüder Wilddiebe seien. Beim verbotenen Jagen in Ebrachars Wald hätten sie wohl sogar einen Knecht getötet, denn eines Wildschweins wegen hätte Odo sie kaum verfolgt und Fulk ihnen „Mordgesindel!“ nachgerufen. Zacharias müsse dem Toten sogar noch Zähne entfernt haben, die er verkaufen wolle.

Ich sagte dazu nichts, sondern blieb stumm. Längst hatte mich die Ahnung eines neuen Unheils beschlichen.

Da hörte ich in der Nähe, bei den Schlafhäusern, meinen Namen rufen. Ich meldete mich und gleich darauf trat ein Diener zu mir. Ich erkannte einen der Schenken des gestrigen Abends.

„Verzeiht bitte, dass ich Euch störe, Vater. Herr Ebrachar bittet Euch, gleich zu ihm zu kommen. Er ersucht Euch auch, das Pergament mitzubringen … Ihr wisst schon.“

Er lächelte etwas zu vertraulich. Was blieb mir übrig, als der Einladung Folge zu leisten?

Das Pergament hatte ich beim Wechseln der Kutte, nachdem es bei meinem nächtlichen Abenteuer wunderbarerweise weder verschwunden war noch Schaden erlitten hatte, in unserer Schatulle unter den Dokumenten verwahrt. Sie befand sich im Schlafhaus bei unserm Gepäck.

Als Wächter saß dort unser Mann, mit dem ich die Leiche geborgen hatte. Er hockte unter der Tür und rieb mit einem scharfen Kiesel die Schmutzschicht vom Schaft seines Speers ab.

Als ich vorüber ging, sah er nicht einmal auf. Wahrscheinlich hatte er beschlossen, mich, den Beleidiger seiner Lieblingswaffe, an diesem Tag keines Blickes mehr zu würdigen.

Der Diener führte mich in das Saalhaus, wo ich Herrn Ebrachar wieder auf seinem thronartigen Armstuhl fand.

Er schien sich inzwischen erholt zu haben, denn als ich eintrat, lachte er lauthals und scherzte mit den Umstehenden. Ich sah nur fröhliche Gesichter. Darunter war das des Fabiolus, was mir die gute Laune des Hausherrn gleich erklärte. Einige Gefolgsleute Ebrachars waren anwesend, auch Herr Rocco war hierher zurückgekehrt. Zu meiner Überraschung stand er an der Seite des Paters. Offenbar waren die beiden in bestem Einvernehmen.

„Da seid Ihr ja, Vater!“, rief Herr Ebrachar. „Wir erwarten Euch schon mit Ungeduld. Fabio will Euch etwas sagen.“

Und da trat Fabiolus auch schon auf mich zu, umarmte mich und küsste mich auf beide Wangen.

„Endlich kann ich Euch um Verzeihung bitten, Bruder. Seid barmherzig, vergebt mir!“

„Aber was denn?“, fragte ich verwundert. „Was hättet Ihr mir getan?“

„Ihr seid zu nachsichtig, seid zu gütig! Tatet Ihr nicht Eure Pflicht, als Ihr darauf bestandet, das Testament des edlen Herrn Ebrachar müsse auf seine Rechtmäßigkeit geprüft werden?"

„Ich glaubte tatsächlich, dazu verpflichtet zu sein."

„Ich aber zweifelte. Ließ mich sogar dazu hinreißen, zornig zu werden."

„Das war verständlich."

„Ihr wollt mich beschämen. Natürlich trieb mich nicht Eigennutz, das mag mich ein wenig entschuldigen. Ich wollte das Gut des Klosters mehren, um Gott gefällig zu sein. Aber gefällt es Gott nicht genauso, Könige über die Menschen zu setzen, die ihre Untertanen je nach Verdienst belohnen, entweder mit Benefizen oder mit Eigengütern? Und muss die Vererbung solcher Güter nicht streng nach Recht und Gesetz erfolgen?"

„Ich freue mich, dass wir in diesem Punkt übereinstimmen."

„Verzeiht also, dass ich es nicht gleich einsehen wollte."

Der schöne Mönch nahm mich lächelnd beim Arm und führte mich zu Herrn Ebrachar:

„Zum Glück wird es aber nicht nötig sein, eine längere Prüfung vorzunehmen. Überzeugt Euch, Bruder!"

„Hier ist die Urkunde, von der ich sprach", sagte Herr Ebrachar und gab einem seiner Leute ein Zeichen. „Sie beweist, dass der König Chlothar meinen Ahnen beschenkt, nicht belehnt hatte."

Der Mann hielt mir behutsam auf beiden Händen eine verblichene charta hin, welche altertümliche, kaum noch lesbare Schriftzeichen enthielt. Ich sah auf den ersten Blick, dass sie echt war. Deshalb betrachtete ich das Blatt nur flüchtig und sagte:

„Wie könnte ich zweifeln, Herr Ebrachar, dass dieses Dokument alle Fragen beantwortet. Es ging uns auch weniger darum, die Berechtigung Eurer Entschlüsse in Frage zu stellen, als ein wenig Zeit für Euch zu gewinnen. Wir hatten den Eindruck, dass die Bestimmungen des Testaments mit Euren Plänen für die Zukunft nicht gut vereinbar waren. Deshalb wollten wir Euch Gelegenheit geben, noch einmal nachzudenken."

„Wenn es so ist, seid Ihr noch mehr zu loben!", rief Fabiolus. „Dann habt Ihr die seltene Gabe, den Dienst für Recht und Gesetz zum Vorwand zu nehmen, um gute Taten zu vollbringen. Denn hört nur! Auch mir gabt Ihr damit Gelegenheit, nachzudenken und alles noch einmal zu erwägen. Ich tat es gründlich, mit Gottes Hilfe, ich verbrachte die ganze Nacht im Gebet und in der Zwiesprache mit dem Herrn. Und am Morgen ging ich zu unserem hochedlen Abt Agilhelmus und wir beredeten alles noch einmal und kamen gemeinsam zu dem Entschluss: Wir entlassen Herrn Ebrachar aus allen Verpflichtungen, die er gegen das Kloster übernommen hat. Soll er sein altes, starkes Geschlecht vermehren, soll er sein Gut unter seine Söhne aufteilen, die lebenden und die noch ungeborenen. Soll er seine Tochter verheiraten und ihr eine reichliche Mitgift geben. Wir erteilen zu allem unseren Segen!"

Ein Jubelruf der Versammlung antwortete ihm. Anscheinend waren sie aber schon vorher unterrichtet und daher so guter Laune gewesen. Fabiolus nutzte nur mein Erscheinen, um noch einmal die Labsal ihres Beifalls zu kosten. Es gelang ihm vollkommen. Ebrachar standen Tränen in den Augen.

„Fabio!", rief er, „du machst mich glücklich! Die neuen Pläne erschienen mir heute Morgen zu kühn, ich wollte sie wieder fallen lassen. Nun aber ..."

„Habe ich Euch schon gesagt, edler Herr, dass ich von unserem Abt die Erlaubnis erwirkt habe, in Euerm Namen bei der Witwe des Vicarius Harietto vorzusprechen? Bin ich erfolgreich, werdet Ihr bald ihr Gemahl sein!"

„Ach, du mein Wohltäter ..."

„Auch mit der Verheiratung Eures Sohnes Sigiwald wartet nicht lange! Er ist nun ein Mann, er geht auf die Jagd. Euer berühmter Vetter wacht über ihn und leitet ihn an. Berechtigt er nicht zu den schönsten Hoffnungen?"

„O Fabio, wie deine Worte mir guttun! Bis jetzt hielt ich Sigiwald für einen Schwächling und Taugenichts. Doch du hast Recht, er hat sehr gute Anlagen. So werde ich deinen Rat befolgen und ihn in diesem Jahr noch verheiraten."

„Da wird es ja hier eine Hochzeit nach der anderen geben", sagte Fabiolus fröhlich und rieb sich die Hände, als sei all das Glück für ihn selber bestimmt.

„Wenn du nur auch Ingunde umstimmen könntest", rief Herr Rocco. „Sie ist immer noch störrisch!"

„Beruhigt Euch. Lange wird sie sich nicht mehr sträuben. Sie ist eine gute, fromme Seele. Ein bisschen geistlicher Zuspruch …"

„Wenn du das fertigbringst, bist du ein Engel!"

„Ah, edler Herr, das erstaunt mich aber! War ich bis jetzt nicht für Euch der Teufel?"

„Was? Wie?"

„Habt Ihr nicht den Einfall gehabt, mich Pater Diabolus zu nennen?"

„Ich …?"

Der Dicke wand sich vor Verlegenheit. Ringsum erhob sich Gelächter. Schließlich stimmte er aber selbst ein, ging auf Fabiolus zu und drückte ihn an sich.

Der schöne Pater genoss den Triumph und zupfte Herrn Rocco schelmisch am Ohrläppchen. Dann wandte er sich wieder an mich. „Und nun, Bruder, seid so freundlich und gebt uns das Pergament heraus! In seiner Güte und Frömmigkeit könnte Herr Ebrachar sich verpflichtet fühlen, das Testament schließlich doch zu unterzeichnen. Deshalb wollen wir es hier vor aller Augen feierlich vernichten!"

Ich zog das Pergament aus der Tasche. Fabiolus nahm es und winkte einem der Gefolgsleute, der eine Lanze hatte. Mit beiden Händen hielt er das Blatt hoch in die Luft, dann spießte er es auf die Lanzenspitze. Wieder empfing er lebhaften Beifall. Er lächelte strahlend und bedankte sich mit einer kleinen, geckenhaften Geste. Mich wunderte, dass er sich nicht verbeugte.

Mir kam das alles recht eigenartig vor. Der seltsame Priester zelebrierte eine Messe und wir alle durften ministrieren. Doch welchem Gott wurde hier gehuldigt? In welchem Zusammenhang standen dazu die Vorgänge, die mir Rouhfaz erzählt hatte? Ich entsann mich jetzt auch wieder meiner nächtlichen, etwas vom Weingenuss verwirrten, aber doch aufschlussreichen Unterredung mit Odo, seine Erinnerung an die drei zweifelhaften Heilkünstler auf dem Markt von Soissons, von denen einer Fabiolus selbst, der Zweite aber wohl Zacharias war. Sollte der Dritte der kleinwüchsige Bruder Medicus gewesen sein, der im Krankensaal des Klosters die Aufsicht führte?

Während alle noch fröhlich durcheinander redeten, vernahm man plötzlich von draußen Rufe und Hundegebell. Einige im Saal merkten auf und fragten sich, ob das wohl schon die Jäger seien. Eigentlich war es noch zu früh, erst kurz vor Mittag. Es war auch üblich, unter Hörnerklang heimzukehren. Und wenn es die Jäger waren … warum war bisher kein Wächter herbeigeeilt, um ihre Ankunft zu melden?

Die Stimmen näherten sich, sie klangen erschrocken und aufgeregt. Auch Schreie, von Frauen ausgestoßen, mischten sich jetzt darunter. Im Saalhaus verstummten die Spaßvögel. Ebrachar selbst wurde aufmerksam und gab einem seiner Leute ein Zeichen, er solle nachsehen, was es gebe.

Der Mann eilte nach der Tür, riss den Mund auf, brachte aber kein Wort heraus. Im nächsten Augenblick wich er zurück, um Platz zu machen. Erschrocken ließ er kein Auge von dem, der nun eintrat.

Es war Odo.

Besser sollte ich sagen: Es war ein Mann, der Odo ähnelte. Ich habe kaum je einen Menschen gesehen, der sich in kurzer Zeit so verändert hatte.

Düsteren, starren Blickes, mit fahlem Gesicht, die Stirn und die Wangen voll blutiger Kratzer, das Haar zerzaust und gesträubt – so verharrte er auf der Stelle, mit seiner mächtigen hohen Gestalt den Türrahmen fast einnehmend. Sein Mantel hing ihm in Streifen und Fetzen von der Schulter, auch sein Wams und die Hose waren zerrissen. Am linken Oberarm hatte sich ein Blutfleck ausgebreitet. Blut bedeckte auch seine rechte Faust, die den Schwertgriff umklammerte.

„Odo!", rief Ebrachar. „Vetter! Was ist Euch geschehen?"

Er erhielt keine Antwort. Odo machte ein paar schwerfällige Schritte in den Raum hinein und jetzt erschienen hinter ihm zwei weitere Männer, auch sie in zerrissenen, mit Blut befleckten Kleidern, erst auf den zweiten Blick zu erkennen. Es waren Helko und Fulk.

„Berichtet uns doch, was geschehen ist!", rief nun auch ich und trat ihnen entgegen. „Warum schweigt ihr denn?"

Aber Odo erwiderte nichts und schob mich beiseite. Dann zog er mit einem Ruck das Schwert aus der Scheide. Er trat vor Herrn Ebrachar hin und streckte den Arm mit der Waffe aus.

„Nimm das Schwert, Vetter", sagte er dumpf, „und gib mir damit, was ich verdient habe!"

„Du erschreckst mich zu Tode!", rief Herr Ebrachar. „Warum sollte ich gegen dich das Schwert erheben?"

„Weil du dazu verpflichtet bist."

„Verpflichtet – warum?"

„Das wirst du gleich sehen. Nimm das Schwert – ich verlange es!“ Unter Odos furchtbarem Blick streckte Herr Ebrachar seine zitternde Hand aus und packte den Schwertgriff.

Am Eingang gab es wieder Bewegung. Vier Knechte trugen auf einer blutbefleckten Satteldecke, die sie an ihren vier Enden fassten, etwas herein, das nicht gleich zu erkennen war. Es war eine leichte Last, sie mussten sich nicht anstrengen. Auf ein Zeichen Odos traten sie an seine Seite und breiteten die Decke auf dem Fußboden aus. Nun sah man, was darin war.

Es war der leblose Körper eines schmalen Jünglings mit blutverschmiertem Gesicht und einem tiefen Loch in der Brust.

„Dein Sohn Sigiwald“, sagte Odo, „den ich zu schützen versprach. Er wurde an meiner Seite ermordet, ohne dass ich auch nur die Hand rührte. Ich bin schuldig an seinem Tode. Zögere deshalb nicht und tu, was nötig ist. Bestrafe mich, wie ich es verdiene!“

Mit diesen Worten kniete Odo neben dem Leichnam nieder und beugte den Nacken. Herr Erbrachar stieß einen Schrei aus, der wie das Geheul eines tödlich verwundeten Tiers klang. Taumelnd, mit qualvoll verzerrter Miene erhob er sich von seinem Stuhl. Er packte das Schwert mit beiden Fäusten und schwang es hoch über Odos Kopf. Ich sah meinen Freund schon verloren.

Doch da verdrehte Ebrachar plötzlich die Augen . Das Schwert entglitt seinen kraftlosen Händen und fiel polternd auf den Fußboden. Gleich darauf brach er zusammen und blieb ohnmächtig neben dem Leichnam liegen.

Nun erhob sich ein gewaltiger Tumult. Fünf, sechs Männer bemühten sich um Ebrachar, der zwar wieder zu sich kam, aber unfähig blieb, sich zu bewegen, und wirres Zeug redete. Unter Wehgeschrei stürzten Ingunde und die beiden alten Schwestern des Hausherrn herein. Immer mehr Knechte und

Mägde drängten nach ihnen in den Saal. Herr Rocco sank auf einen Hocker nieder und vergrub das Gesicht in den Händen. Fabiolus war auf die Knie gefallen und betete unter Tränen, die Arme zum Himmel gestreckt, für das Leben seines Gönners.

Odo stand wieder auf und steckte sein Schwert zurück in die Scheide. Zum Glück war seine edle Geste ohne Folgen geblieben. Er stieß ein paar Männer, die ihm im Weg standen, grob beiseite und verließ rasch den Saal. Meine erste Eingebung war, ihm nachzugehen, doch dann blieb ich zurück, weil mir schien, dass er jetzt allein sein wollte. Ich trat zu Helko und Fulk und ließ mir erst einmal einen Bericht geben.

Die Untat war völlig überraschend geschehen. An der unübersichtlichsten Stelle einer Schneise, auf der man hintereinander reiten musste, hatte Sigiwald, der hinter Odo ritt, plötzlich ein scharf gezieltes Wurfbeil getroffen. Unbemerkt hatte der Werfer seitlich hinter einem Felsen gelauert.

Der Mörder hatte sich einer Franziska bedient, einer Waffe, die hohes Geschick erfordert, die das Kriegsvolk aber schon lange nicht mehr benutzt und die auch sonst kaum noch in Gebrauch ist. Durch die Wucht des Geschosses, das ihm die Brust zerriss, wurde der Jüngling aus dem Sattel geworfen. Der Körper rollte eine Böschung hinab. Unten zogen ihn die Genossen des Mörders in ein Gebüsch. Alles war anscheinend sorgfältig vorbereitet.

Sobald Odo bemerkte, was hinter ihm vorging, sprang er vom Pferd und eilte als Erster die Böschung hinab. Ein zweites Beil flog ihm entgegen, doch er konnte sich noch zur Seite werfen, sodass es nur seinen Arm ritzte. Die Jäger drangen nun ins Gebüsch ein, andere erklommen den Felsen. Während sie hier aber niemanden mehr vorfanden, entdeckten sie unten den Toten und konnten beinahe auch einen der Mörder fangen, der im letzten Augenblick von ihm weglief.

Eine Verfolgungsjagd begann, bei der die Banditen, vier oder fünf an der Zahl, wegen der besseren Kenntnis des Waldgeländes im Vorteil waren. Nach und nach gaben die Jäger auf, nur Odo, Helko und Fulk hielten durch. Am Ende lichtete sich der Wald und sie sahen gerade noch den Letzten der Flüchtigen auf eine Mauer zu laufen. Er verschwand in einem Tor, das sich hinter ihm schloss. Vergebens begehrte Odo Einlass.

„Es war eines der Tore des Klosters, Vater", sagte Helko. „Hinter der Mauer haben wir Mönche gesehen."

"Mordgesindel!", grollte Fulk.

So gab es nun kaum einen Zweifel. Der Letzte der frommen Banditen, den sie beinahe noch bei dem Leichnam erwischt hatten, und der ihnen knapp durch das Tor entronnen war, konnte nur Zacharias gewesen sein. Um mir Gewissheit zu verschaffen, beugte ich mich über den Toten und hob mit den Fingern seine Oberlippe. Und wahrhaftig, da fehlten vorn vier Zähne, nicht abgebrochen, nicht ausgeschlagen, sondern sauber entfernt.

„Die hätten dich den Hals kosten können", hatte dem Zacharias der Bruder Medicus vorgehalten.

9. Kapitel

Zwei Stunden lang blieb Odo verschwunden. Vermutlich hockte er in einem Winkel, Vorwürfe und Anklagen auf sein Haupt häufend. Doch dann erschien er plötzlich wieder und seine Tatkraft kehrte zurück wie die Flut nach der Ebbe.

Er rief uns alle zusammen und verkündete seinen Entschluss, mit der Mörderbande im Kloster ein Ende zu machen. Dazu brauche er aber Verstärkung, um jeden Widerstand der Mönche notfalls gewaltsam zu brechen. Unverzüglich müssten wir also den Comes aufsuchen. Keinen besseren Verbündeten gebe es als den königlichen Amtsträger, der am meisten unter den Übergriffen zu leiden habe. Er werde uns zweifellos unterstützen – entweder durch persönliche Teilnahme an unserem Vorgehen oder indem er einen Trupp seines Gefolges unter unsere Befehlsgewalt stelle. Zeit sei nicht zu verlieren, man müsse handeln, ehe die mörderische Bande Wind von der Sache bekomme.

Ich wandte nichts ein, wenngleich ohne viel Hoffnung, das Unternehmen könne Erfolg haben. Mir lag vor allem daran, diesen Unglücksort so schnell wie möglich zu verlassen. Natürlich verschwiegen wir unsere wahre Absicht und schützten vor, wegen der Dringlichkeit unseres Auftrags nicht länger verweilen zu können. Es gab allerdings auch niemanden, der uns zurückhalten wollte.

Herrn Ebrachar, den man zur Ader gelassen hatte, suchten wir gar nicht erst auf, um ihm eine weitere Aufregung zu ersparen.. Cleph ließ sich nicht mehr blicken, sondern schickte uns nur einen Knecht mit einer Meldung, die wir nicht missverstehen konnten: Unser Wagen sei wieder fahrtüchtig. Herr Rocco riet uns sogar zum Aufbruch, weil das Fest, das wir mit unserer Anwesenheit beehren sollten, ja nun in nächster Zeit nicht stattfinden werde. Wir könnten beruhigt reisen, denn er selbst wolle Ebrachar, sobald dieser wieder bei Kräften sei, die ganze Wahrheit über den Tod seiner Söhne mitteilen. Sicherlich sollte dann aber dem Bobo bei der Verfolgung der Mörder Sigiwalds ein besonders heldischer Anteil zukommen, was unsere Leute natürlich bestreiten würden. Wussten sie doch, dass er sich bei der Nachhut aufgehalten, ja sogar als einer der Ersten aufgegeben hatte. Es konnte also auch Herrn Rocco nur recht sein, wenn wir verschwanden.

Einen gab es, der triumphieren würde, wenn auch vielleicht zu früh: den Pater Fabiolus. Bevor wir aufbrachen, kam es seinetwegen zwischen Odo und mir noch zum Streit. Odo wollte ihn gleich ergreifen lassen, befragen, mitnehmen und dem Grafen vorführen. Mein Amtsgefährte hatte zwar bei der Verfolgung Zacharias nicht wiedererkannt, doch als auch er die Geschichte des Rouhfaz gehört hatte, gab es für ihn keinen Zweifel mehr, dass die drei griechisch gewandeten Scharlatane vom Markt in Soissons sich in der Kutte der Benediktiner einem noch mörderischeren Handwerk zugewandt hatten.

Ich war der Meinung, dass es nicht allzu viel nützen würde, sich des Fabiolus gleich zu versichern. Wir hatten kein Recht, ihn zu verhören, noch weniger, ihn zu richten, da er nur der Gerichtsbarkeit seines Klosters, das heißt seines Abtes unterworfen war. Außerdem würde seine Ergreifung die Brüder warnen, sie würden das Kloster in eine Festung verwandeln.

Anfangs sah Odo das ein, doch dann fragte er plötzlich, ob ich denn wolle, dass zu allem Unglück auch noch der heilige Geist über die Ingunde komme, um den im Traum verheißenen Papst zu zeugen. Da wusste ich nichts zu erwidern und Odo schickte Helko und Fulk, um den Pater Fabiolus festzunehmen. Doch sie konnten ihn nirgendwo finden und kamen unverrichteter Dinge zurück. Von einem Knecht erfuhren wir dann, dass er kurz vorher seinen Esel bestiegen und den Salhof sehr eilig verlassen hatte.

„Der Fuchs hat den Jäger gewittert und ist schleunigst in seinen Bau gekrochen“, sagte Odo ärgerlich. „Also müssen wir ihn dort herausholen.“

„Wahrscheinlich hat er inzwischen erfahren“, vermutete ich, „dass ihr Zacharias bis an die Klostermauer verfolgt hattet. Dass wir also die richtige Spur haben. Trotz des schlau ausgeführten Blendwerks, mit dem er uns heute Morgen verwirren wollte.“

„So besann er sich wieder seiner wahren Natur.“

„Mit dem größten Erfolg. Er bekam stürmischen Beifall.“

„Den er noch mehr liebt als den Gewinn“, meinte Odo. „Es schmerzte ihn gestern weniger, das Testament nicht erhalten zu haben, als dass wir ihn auf dem Gebiet bezwangen, wo er sonst der überlegene Meister ist – der Komödie. Er war ein schlechter Verlierer und wurde wütend.“

„Ja, und das hat er bereut. Diese Wut konnte ihn verdächtig machen. Nachdem er – sicher nicht ohne Wissen des Abts – dem Zacharias und seinen Kumpanen den Hinweis gegeben hatte, dass die Gelegenheit günstig sei, nun auch den zweiten Haupterben aus dem Wege zu räumen, beriet er sich mit seinem Gott oder vielmehr dem Teufel. Und der gab ihm den Rat, schleunigst Milde zu zeigen und als Wohltäter aufzutreten. Er hat mir sogar das Testament entlockt, um es wirkungsvoll zu vernichten.“

„Ohne Risiko, da ja wieder ein Erbe umgebracht wurde.“

„So ist es. Es wäre ja ohnehin ein neues Testament fällig. Noch etwas üppiger, versteht sich.“

„Die Brüder werden staunen, was sie bekommen; den Strick um den Hals!“, rief Odo. „Trotzdem, der erste Schritt war zu zaghaft.

Warum habe ich nur diesen Schlingel entwischen lassen!

Ich hätte ihn mir gleich schnappen müssen, als ich zurückkehrte. Warum tat ich es nicht?"

„Weil du ihn wieder mal im Komödienspiel übertreffen wolltest", sagte ich spöttisch.

„Ich merke schon, du hast ‚ich durchschaut. Dass ich Ebrachar das Schwert gab, war natürlich ein Fehler. Wer hätte aber auch damit gerechnet, dass mein frommer Vetter Ernst machen könnte." Wir lachten. Dabei hatte er keineswegs Komödie gespielt. Aber das wollte er jetzt nicht mehr zugeben.

Der Comes Magnulf empfing uns, während er ein neues Festgewand anprobierte, und es war ihm sichtlich nicht angenehm, bei dieser wichtigen Handlung gestört zu werden. Während er uns zerstreut, mit gelangweilter Miene zuhörte, tat er den dienstbaren Wesen, die ihn umgaben, ausführlich seine Wünsche kund, die Form des Halsausschnitts, die Breite der Borten, die Länge der Ärmel betreffend. Wir standen vor einem dürren Herrn mit hohler Brust und krummem Rücken und einer bräunlichen, pockennarbigen Haut, die wie verkohlt wirkte. Man fühlte sich bei seinem Anblick an einen hölzernen Pfeiler erinnert, in dem der Wurm haust und der irgendwann eine Feuersbrunst überstanden hat. Sein schwarzes Haar war gefärbt und mit Öl geglättet, ebenso wie sein Bart, und auch sonst tat er viel, um sein Alter und seinen Verfall zu verbergen. Ich habe niemals so viele Reife, Ringe, Kettchen und Fibeln an einem einzelnen Mann gesehen. Bei jeder Bewegung, die er machte, vernahm man ein leises Rasseln, das sich mit seinem Ächzen, Schnaufen und Hüsteln zu einer wehmütigen Musik mischte. Ein elfenbeinerner Stock mit Goldkauf schien seine unentbehrliche Stütze zu sein. Dieser abgekämpfte Held und Veteran des verfeinerten Lebensgenusses, der uns aus müden Augen anstierte, war also der, auf den wir jetzt hofften und den wir zu einer verwegenen Tat befeuern wollten.

„Was Ihr da vortragt, meine Herren, ist sehr bedauerlich“, sagte er schließlich mit schleppender Stimme „Es ist immer bedauerlich, wenn junge Männer aus alten Geschlechtern dahingehen. Denn sie sind ja schwer zu ersetzen.“

„Deshalb muss etwas unternommen werden!“, rief Odo.

„Gewiss, gewiss, ich stimme Euch zu, es muss etwas unternommen werden. Ich befasse mich übrigens schon seit langem damit, nicht ohne Erfolg, wie ich mich rühmen darf. Bevor ich herkam, gab es hier mehr Banditennester als Maulwurfshügel. Heute können die Reisenden sicher ihres Weges ziehen.“

„Aber die reichen Erben nicht“, warf ich ein. „Nicht nur die Söhne des Ebrachar wurden ermordet, auch andere kamen plötzlich ums Leben. Der einzige Sohn des Herrn Mombert ertrank beim Fischen ... der ältere Sohn eines Herr Wado stürzte vom Pferd und brach den Hals, der jüngere …“

„Das waren Unglücksfälle“, sagte der Comes, wobei er seinen traurigen Bick auf mich heftete. „Und als Gottesmann müsst Ihr zugeben, dass nichts ohne den höheren Willen geschieht.“

„Meint Ihr damit den Willen Gottes oder des Abtes Agilhelmus?“ fragte Odo scharf.

„Ihr seid witzig, mein Freund, das schätze ich.“ Die schmalen Lippen des Herrn Magnulf verzogen sich zu einem matten Lächeln. „Aber Ihr scheint mir mit Euern Schlussfolgerungen zu weit zu gehen. Das Klostergebiet umfasst ein Drittel der Grafschaft. Wenn eine Bande sich dort versteckt, kann man doch nicht den Abt für ihre Taten verantwortlich machen. Ebenso wenig wie ich der Schuldige bin, wenn auf meinem Gebiet gemordet wird.“

„Der Unterschied ist, dass Ihr vermutlich davon keinen

Vorteil habt. Und dass die Mörder nicht zu Euerm Gefolge gehören." „Auch ich hatte einmal einen Vasallen, der einen meiner Verwalter umbrachte, nur weil der ihm ein bestimmtes Pferd nicht herausgeben wollte."

„Aber Ihr habt diesen Mann vor Euer Gericht gestellt."

„Das versteht sich. Er hat ein gepfeffertes Wergeld gezahlt."

„Agilhelmus scheint dagegen sehr duldsam zu sein."

„Kein Wunder, der Ärmste ahnt nichts."

„Dann wird es Zeit, ihn aufzuklären." „Daran hindert Euch niemand."

„Ich habe Euch gerade berichtet, dass ich die Mörder bis an die Klostermauer verfolgte, aber vergebens versuchte, im Namen des Königs hineinzukommen."

„Vielleicht wart Ihr zu heftig. Man hat Euch misstraut."

„Soll ich auf Knien um Einlass bitten?"

„Versucht es doch schriftlich. Schreibt dem ehrenwerten Abt, Ihr hättet einen Verdacht …"

„Ich habe Gewissheit!"

„… und er wird eine Untersuchung durchführen und die Schuldigen zur Verantwortung ziehen."

„Seid Ihr sicher, dass er das tun wird?"

„Vollkommen."

„Dann gehen wir doch gemeinsam zu ihm! Ihr werdet höflich um Einlass bitten und wir werden unsere Anklagen vorbringen."

„Das ist ein vortrefflicher Gedanke, mein Freund, aber zur Zeit bin ich sehr beschäftigt", sagte der Comes mit einem bedauernden Achselzucken.

Das Gespräch erfuhr auch gleich eine längere Unterbrechung, weil ein Kürschner eintrat und mehrere Kragen für das Festgewand vorlegte. Der trübe Blick des Herrn Magnulf gewann für kurze Zeit etwas Leben, während er über Marder-, Biber- und Zobelfelle glitt. Auch wir mussten unsere Meinung äußern und die Entscheidung fiel schließlich zugunsten des Bibers.

Der Comes ließ sich den Kragen um den Hals legen, trat hinkend und auf den Stock gestützt vor den kupfernen Spiegel, stellte das linke Bein vor, stemmte die rechte Faust in die Hüfte und betrachtete sich lange und aufmerksam. Dann nickte er sich mehrmals zu, rasselte befriedigt mit Ketten und Reifen und sprach selbstvergessen die Worte:

„Ich bin noch immer der stattlichste Mann in der Grafschaft."

Wir blickten uns an, verbissen uns aber das Lachen und Odo sagte ernsthaft und vorwurfsvoll:

„Der stattlichste seid Ihr gewiss, nur leider nicht der entschlossenste."

„Ihr hättet mich in der Schlacht von Verona erleben sollen, mein junger Freund", erwiderte der wurmstichige Narziss, ohne den Blick von seinem Spiegelbild zu wenden. „Dann würdet Ihr mich jetzt nicht beleidigen."

„Wenn Ihr Euch mit uns zu Agilhelmus begebt, bitte ich Euch sofort um Verzeihung."

„Ich verzeihe Euch auch so."

„Ihr wollt also nicht!"

„Ich habe vor, mich zu ihm zu begeben, doch nicht heute, nicht gleich."

„Dann gebt mir zwanzig von Euern Leuten und ich mache den Ausflug allein. Man muss handeln, bevor sie im Kloster Maßnahmen treffen."

„Wie könnte ich zustimmen, dass Ihr die Immunität verletzt. Es ist nicht erlaubt, mit bewaffneter Macht auf Klostergebiet …"

„Das verantworte ich. Vor dem König werde ich Rechenschaft ablegen. Gebt mir die Leute!"

„Seid vernünftig!“

„Habt Ihr nicht unsere Vollmacht gesehen? Ihr seid verpflichtet, uns jede Hilfe zu leisten, wenn wir es wünschen.“

„Selbst wenn ich wollte, ich könnte es nicht.“

„Zwanzig bewaffnete, kampferfahrene Männer!“

„Die habe ich nicht. Es tut mir leid.“

Es stellte sich heraus, dass er fast seine gesamte Streitmacht, fünfunddreißig junge Vasallen, zum Preise von ein paar hundert Solidi einem benachbarten Comes ausgeliehen hatte, der sie brauchte, um flüchtige Bauern einzufangen.

Magnulf stimmte nun ein endloses Klagelied an über die Mühseligkeiten bei der Eintreibung von Steuern und Abgaben, Strafgeldern und Bannbußen. Nur um dem König nichts schuldig zu bleiben, habe er die Männer verliehen, nicht ein einziger Solidus gelange in seinen Beutel. Er verstieg sich sogar zu der Behauptung, das graue Gespenst der Armut klopfe an seine Tür, weil er aus eigenen Mitteln zusetze, um die Abgesandten des königlichen Kämmerers zufriedenzustellen. Wie es sich wirklich verhielt, hatten wir allerdings längst begriffen: Es ist sein übermäßiger Hang zu Pracht und Verschwendung, der seine Mittel frisst und ihn auf die sonderbarsten Einfälle kommen lässt. Er hat nämlich ein riesiges Haus voll bunter Teppiche und kostbarer Möbel, zwanzig Truhen mit Gewändern und Kleinodien, einen Stall voll edler Pferde, eine Ehefrau sowie ein gutes Dutzend Nebenfrauen und Kebsen (alle aufgeputzt wie ein Geschwader byzantinischer Schlachtschiffe) und sogar ein Gehege mit wilden Tieren. Mehr als genug für einen einfachen Comes! Die kläglichen Reste seines Verstandes und seiner Tatkraft werden von diesem Moloch aufgezehrt. Und so kommt er natürlich kaum noch dazu, sich um seine Amtsgeschäfte zu kümmern. Es wunderte mich aber doch, mit welcher Gleichgültigkeit er hinnahm, dass seine Grafschaft sich aufgrund der mörderischen Erbschleicherei seiner immunen Benediktiner ständig verkleinerte. Denn wo er nicht zu gebieten hat, ist ja für ihn auch nichts zu holen. Er selber sollte mir über diesen Widerspruch noch Aufklärung geben.

Zunächst war die Unterredung beendet, denn Odo lief wütend aus dem Zimmer und auch ich überließ den Comes der ihm zweifellos angenehmeren Gesellschaft seines eigenen Anblicks in dem kupfernen Spiegel. Mein Amtsgefährte fluchte auf ihn die Pest und alle Übel herab – doch was nützte es! Unser Plan, die Mordbuben in der Kutte durch einen kühnen Handstreich der weltlichen Macht zu überrumpeln, war gescheitert. Ich war ja gleich der Meinung gewesen, dass er nichts taugte. Allerdings hatte ich auch keinen besseren Vorschlag.

Zum Zeichen seines Protestes wollte Odo am liebsten das gräfliche Haus auf der Stelle verlassen. Er kannte einen Vicarius in der Nähe, einen früheren Waffengefährten, den wollte er aufsuchen. Doch ich hatte schon köstliche Küchendüfte geschnuppert und fand es nur billig, uns für die Zeitverschwendung mit dem Comes wenigstens durch ein gutes Mahl und ein weiches Nachtlager zu entschädigen.

Wir stritten noch, als ein liebliches junges Weibsbild, eine der aufgeputzten Kebsen, bei uns erschien und uns im Auftrag ihres Herrn nach unseren Wünschen fragte. Offensichtlich gehörte sie selbst zum Angebot, und da konnte Odo nicht widerstehen. Ich dagegen gedachte entsagungsvoll eines gewissen sündigen Abenteuers und begab mich in die Hauskapelle, wo ich die mir selbst auferlegte Bußübung ableistete, täglich dreimal den fünften Spruch Salomos wider die Unzucht, wo es heißt: „Die Lippen der Hure sind süß wie Honigseim, aber hinterher bitter wie Wermut …“

Ich versage mir, das Mahl zu beschreiben, denn das würde ein Kapitel für sich in Anspruch nehmen. Auch habe ich

Mitleid mit meinen Lesern, denn ihr, mein teurer Volbertus und liebe Brüder, übt euch in Fasten und Askese, was ja Gott wohlgefällig ist, und so wäre es ganz abscheulich von mir, durch die Beschreibung der vielen Leckerbissen dieses römischen Schlemmermahls wie etwa der Drosseln in gepfefferten Eidotter, der mit Rosinen und Nüssen garnierten Rebhühner – ich halte schon ein! – euch das Maul zu wässern und eure Moral zu schädigen. Ihr wollt auch nur wissen, was zu meiner Geschichte gehört, und das will ich berichten. Während des Trinkgelages, das erst gegen Mitternacht endete (es soll hier übrigens fast jeden Abend so zugehen!), ergab es sich nochmals, dass der Comes und ich ins Gespräch kamen, und da erfuhr ich allerlei Wissenswertes. Er war schon ziemlich betrunken und sagte rasselnd und hustend:

„Nun, Ihr kommt also von Ebrachar. Hat er sich über mich beschwert?"

„Davon weiß ich nichts", antwortete ich wahrheitsgemäß.

„Der alte Griesgram ist fromm geworden", fuhr Herr Magnulf fort. „Er ist ja schon lange ein Tugendbold … genau genommen seit fünfzehn Jahren, seit er verwitwet ist. Hätte er sich mehr an die Weiber gehalten, wäre ein besseres Auskommen mit ihm gewesen.!

„Herr Ebrachar hat die Absicht, noch einmal zu heiraten", bemerkte ich unvorsichtig.

„Was sagt Ihr da? Er will heiraten? Das ist ein guter Scherz."

„Kein Scherz."

„Und wer ist die Auserwählte? Wisst Ihr das auch?"

Jetzt kam ich in Verlegenheit. War ich berechtigt, den Namen zu nennen? Noch wusste die Dame ja nichts davon. Ich antwortete also ausweichend:

„Es soll eine recht begüterte Witwe sein."

„Eine begüterte Witwe? Von der Sorte gibt es in meiner

Grafschaft nur zwei. Die eine ist weniger begütert als wohlhabend. Das ist Prisca, seine Schwiegertochter. Aber die kann es ja wohl nicht sein …“

„Natürlich nicht.“

„Dann ist es also die andere. Wie? Ist es die andere?“

„Nun, wahrscheinlich …“

„Basina? Die Witwe Hariettos?“ „Ja.“

Da brach er in ein tolles Gelächter aus. Es schüttelte ihn so heftig, dass man fürchten musste, sein morscher Körper könnte davon auseinander fallen. Die Reife und Kettchen rasselten heftig. Ich erriet gleich die Ursache seiner Heiterkeit – zu spät. Kaum war das unglückselige „Ja“ heraus, erinnerte ich mich daran, dass Ebrachar ihn, den Comes, als den Muntwalt der Dame bezeichnet hatte. Ich tadelte mich für meine Geschwätzigkeit, zu der mich wieder mal der Wein verführt hatte.

Zum Glück war Herr Magnulf nicht in der Lage, sich gegen das Stimmengewirr zu behaupten und meine Nachricht bekannt zu machen. Er versuchte es, doch vergebens. Hustend und röchelnd gab er es auf.

„Mein frommer Bruder“, sagte er schließlich, als er sich etwas erholt hatte, „das war ein köstlicher Spaß, denn Ihr müsst wissen, dass mein Mündel Basina bereits im Begriff ist, wieder zu heiraten. Aber natürlich nicht diesen alten Esel. Der wäre zwar, was sein Vermögen betrifft, auch nicht zu verachten, besonders jetzt nicht, da seine Haupterben hin sind … aber wer ist er schon gegen den anderen!“

„Ich vermute, der andere ist jünger.“

„Jünger und reicher. Viel reicher. Er ist der Reichste weit und breit.“

„So ist es … Es ist doch nicht …?“

„Agilhelmus. Wer sonst?“

„Der Abt will heiraten?“

„Er ist ein Laienabt, steht drei Klöstern vor. Aber fromm ist er deshalb noch lange nicht. Und euer Keuschheitsgelübde geht ihn nichts an. Warum soll er also nicht heiraten? Er hat schon die Brautgeschenke gebracht und meine Armut damit ein bisschen gelindert. Sonst hätte ich Euch heute nicht einmal anständig bewirten können."

Er blickte wieder so traurig drein, dass man fast Mitleid mit ihm haben musste.

„Damit kommt also wieder ein großes Gut Eurer Grafschaft unter Klosterverwaltung", sagte ich.

„Nun, wenn schon", erwiderte Herr Magnulf mit einer schlaffen Geste. „Das wäre auf jeden Fall geschehen. Basina lag mir schon lange in den Ohren: Verheirate mich oder ich gehe ins Kloster! Sie wollte nach Poitiers, weil sie die heilige Radegunde verehrt. Das hätte uns aber noch gefehlt … dass ein so schöner Besitz an die Aquitanier fiele. Da habe ich mich mit Agilhelmus beraten und er fand einen Ausweg."

„Die Heirat."

„Nicht gleich, die fiel ihm erst später ein. Erst einmal schickte er ihr den Fabiolus."

„Den Pater Fabiolus?"

„Ganz recht, den Pater." Herr Magnus kicherte in sich hinein und ließ seine Kettchen und Reife rasseln. „Der betete mit ihr das Vaterunser hinauf und herunter, hinein und heraus. Worauf sie jedes Mal „Amen" sagte, was ja heißt ‚Es geschehe!' und von neuem anfing, so lange, bis seine Kerze vollkommen niedergebrannt war, versteht Ihr, sodass sie sich nicht wieder anzünden ließ. Denn die gute Basina ist nicht mehr jung und hässlich wie drei Novembernächte."

„Und weiter?"

„Und weiter? Da drohte sie wieder, nach Poitiers zu gehen, und nun wurde es ernst. Jetzt sandte ihr Agilhelmus seinen Fabio als Brautwerber. Der hat auch alles bestens geregelt."

„Dieser Schuft! Heute Morgen versprach er Herrn Ebrachar, bei derselben Dame zu werben … für ihn!“

„Nun ja, er ist ein kleiner Schurke, aber es wäre doch schade, ihn aufzuhängen, so wie Ihr und Herr Odo es vorhabt“, fand der Comes und starrte trübsinnig nach der Decke, als sähe er dort schon den Priester baumeln. „Ein streunender Köter ist er. Agilhelmus hat ihn nämlich auf einem Markt aufgelesen. Ja, ohne Zweifel, er ist verdorben … aber was kann er dafür, dass alle ihn lieben und begierig sind, sein verdorbenes Fleisch zu kosten? Der gute Abt ist so vernarrt in ihn, dass Ihr ihn umbringen würdet, wenn Ihr ihm seinen Liebling nähmet.“

„Seinen Liebling? Und die Heirat?“

„Die Heirat? Ein Possenspiel. Ich zeige mich in meinem neuen Festgewand und wir werden alle recht lustig sein. Basina verschwindet sofort im Kloster, aber nicht in dem von Poitiers, sondern in einem, dem Agilhelmus selber vorsteht, einem Doppelkloster. Da ist sie gut aufgehoben. Was sollte sie auch in seinem Hause! Die würde eine gute Figur machen … bei unseren Symposien!“

Er lachte und ließ sich nachschenken.

„Symposien?“, fragte ich verwirrt.

„Nun guckt nur nicht so betroffen, mein Freund“, sagte der auskunftsfreudige Comes, nachdem er den fünften oder sechsten Becher Wein hinuntergestürzt hatte. „Sym. – po – sien! Wisst Ihr nicht, was das ist? Das sind griechische Gastmahle. Wir geben uns griechische Namen … kleiden uns griechisch .. und tun alles andere ebenfalls griechisch. Ich bin Zeus, weil ich in der Grafschaft der Erste unter den Göttern bin … aber der Vorsteher des Gelages, den wir den Symposiarchen nennen, ist meist Agilhelmus. Er entscheidet, wie oft wir trinken und welcher Schenk uns aufwarten darf. Den Fabiolus nimmt er sich meist selber, der Nimmersatt, ich habe ihn erst zweimal bekommen. Aber ich bin ja nicht immer dabei, habe noch andere Leidenschaften ..."

Der alte Wüstling, der nur noch stammelte, zog eine seiner Kebsen zu sich heran und tätschelte ihr die stramme Kehrseite.

„Nimmt vielleicht auch ein Bischof an den Symposien teil?", fragte ich.

„Ein Bischof? Was für ein Bischof? Oh – ja, manchmal nimmt auch ein Bischof teil. Er ist ein guter Hirte, er hat einen langen Hirtenstab. Aber den Namen werde ich Euch nicht nennen. Wie kamt Ihr darauf"

„Wie kam Fabiolus zur Priesterweihe?"

„Ha!", schrie der Comes. „Jetzt rührt Ihr an ein Mysterium. Ich war zugegen, aber ich darf nichts verraten, das hab ich geschworen. Kein Wörtchen werde ich sagen, auch wenn Ihr mich noch so scharfsinnig ausfragt. Denn davon hängt meine Seligkeit ab. Du bist verloren, Mönch!", fuhr er mich an, wobei er mich aus blutunterlaufenen Augen anstierte und mir seinen weingesättigten, stinkenden Atem ins Gesicht blies. „Wenn du auch fromm bist, du bist kein Eingeweihter. Wie willst du also in das Reich Gottes hineinkommen? Deine verdammte Frömmigkeit nützt dir gar nichts. Du kennst das Geheimnis nicht, elender Wurm, aber von mir wirst du nichts erfahren ... Im Reiche Gottes werde ich Abt", murmelte er, wobei sein Kopf immer tiefer sank, „und dann werde ich euch lüsterne Kuttenträger Zucht lehren ... Gesindel ... Hurenböcke ... Knabenschänder ...Ich stürme die Mauern von Verona und mache euch fertig, ihr heidnischen Schweine ..."

Nach dieser Drohung verließ den Comes die letzte Kraft. Er fiel zusammen und sein Kopf krachte auf die Tischkante.

Zu meiner Verwunderung entfielen dabei seinem Munde vier, fünf Zähne, die wie Perlen über die hölzerne Platte rollten und neben seinem Becher liegen blieben, während er selber zu Boden sank. Er schien aber keinen Schmerz zu verspüren und es war auch kein Blut zu sehen. Die dralle Kebse beugte sich zu ihrem Herrn hinab, packte ihn am Kragen und Gürtel und zerrte ihn auf die Bank zurück. Da starrte er blöde auf die Zähne und sagte: „Verflucht!" Und dann riss er den Mund auf und tastete an seinem Gaumen herum, aus dessen Kahlheit ein paar schwärzliche Stummel wie morsche Zaunpfähle ragten. An diesen hingen zarte Goldfäden, die sich beim Zusammenstoß mit der Tischplatte gelockert und verloren hatten, was festzuhalten ihre Bestimmung war.

„Auspeitschen lasse ich den Kerl!", grollte der Comes, wobei er vermutlich den Künstler meinte, dessen sinnreiches Werk nun zerstört war. Dann wischte er die Perlenzähne mit einer Handbewegung von der Tischplatte und fügte hinzu:

„Die taugten auch nichts. Zacharias soll mir neue bringen!"

Mit diesen Worten, die mich noch einmal aufhorchen ließen, sank er wieder unter den Tisch. Die dicke Kebse verlor die Geduld. „Nun ist es genug. Du gehst jetzt schlafen!"

Abermals holte sie ihn unter der Bank hervor.

„Wirst du gehorchen?"

„Ich gehorche ja schon ..."

Sie lud ihn sich auf ihre stämmigen Arme, und mit wakkelndem Kopf und schlenkernden Gliedern wurde der Erste der Götter hinausgetragen. Unter den Konviven im Saal war niemand, der davon Notiz nahm. Es scheint, dass der Comes sich immer so von seinen Gästen verabschiedet.

Auch ich begab mich nun nach der mir zugewiesenen Schlafstelle. Odo hatte sich schon vor Stunden zurückgezogen. Wohin wohl? Erst am Morgen sah ich ihn wieder.

„Schnell fort von hier, Vater!", rief er. „Dieser alte, heruntergekommene Marschalk hat seine Stuten gut zugeritten. Ich hätte Lust, den ganzen Stall zu examinieren. Aber wir haben noch etwas anderes vor!"

In der Tat. Und wir mussten uns darüber nicht mehr verständigen. Wir begaben uns ohne Verzug nach Paris.

10. Kapitel

Hatten wir aufgegeben?

So scheint es. Aber man darf uns nicht tadeln, ohne dabei zu bedenken, in welcher Lage wir uns befanden und welche Möglichkeiten wir hatten.

Auch wenn der Vertreter der königlichen Macht in weniger innigem Einvernehmen mit dem Oberhaupt der Brüdergemeinde gestanden hätte, war seine Hilfe kaum zu erwarten. Niemand darf die Immunität verletzen, das höchste Privileg im Reich der Franken, schon gar nicht Amtspersonen. Im Grunde handelt es sich ja um eine höchst sinnreiche und vernünftige Sache. Der Herr Karl, unser König, will damit Personen auszeichnen und Einrichtungen fördern, deren Einfluss und Unterstützung ihm wichtig sind. So nimmt es nicht wunder, dass vor allem Kirchen und Klöster dieses Vorzugs teilhaftig werden – denn was ist heutzutage (seien wir aufrichtig!) den verwilderten Völkern und Stämmen unseres Frankenreichs nötiger als die Religion, als fromme Einkehr und Gottesfurcht. Maßvoll genutzt ist also die Immunität sowohl für die Privilegierten als für die Allgemeinheit ein Segen. Auch Euer Kloster, lieber Vetter Volbertus, genießt sie, und wie ich Deinen Briefen entnehme, ist es auch ohne ihren Missbrauch prächtig aufgeblüht, denn die Befreiung von allen Steuern und Abgaben ist ja ein unschätzbarer Vorteil. Was die eigene Gerichtshoheit angeht, so ist sie meiner Ansicht nach überall dort von Nutzen, wo die örtlichen Vertreter der königlichen Macht schwach sind und keine Sicherheit garantieren. Bischöfe, Äbte und Vögte kümmern sich um Schutz und Ordnung in ihrem Gebiet, zur Entlastung der Grafen und Zentgrafen. Sehr zweckmäßig – wo dies wirklich geschieht!

Auch in diesem Punkt scheint mir Euer Kloster vorbildlich zu sein. Du hast mir kürzlich von einem gewissen

Lopichis und seiner Bande berichtet, die bei Euch Dörfer und Weiler in mehreren Grafschaften unsicher machten. Die Banditen zogen sich immer wieder auf Euer Klostergebiet zurück, überzeugt, sie seien dort wegen der Immunität vor Verfolgung sicher. Doch als die Grafen, die sich zur Abwehr des Übels vereinigt hatten, Euch um Hilfe ersuchten, habt Ihr unverzüglich und wirksam gehandelt. Du selbst, mein Teurer, ein Gelehrter und Bücherwurm, hast dich mit einem dicken Knüppel bewaffnet, um in Euern Wäldern Räuber aufzustöbern. Ich war gerührt und erheitert zugleich, als ich das las! Lopichis und seine Leute wurden gefasst und verurteilt – ein schönes Beispiel für das Zusammenwirken weltlicher und geistlicher Gewalten. So wie es König Karl bereits vor einem Jahrzehnt, im Jahre des Herrn 779, in seinem Kapitular von Herstal geboten hat: dass nämlich Richter und advocati der immunen Domänen verpflichtet sind, auf ihr Gebiet geflüchtete Briganten den Grafen zur Aburteilung auszuliefern, anderenfalls jedoch schwören müssen, dass sie dazu nicht in der Lage waren. Wer aber nicht schwören kann, ohne einen Meineid zu leisten, soll Benefiz und Amt verlieren oder den Königsbann von sechzig Solidi zahlen. Aber wie weit sind wir an manchen Orten des Frankenreichs von diesem idealen Zustand entfernt! Ich übertreibe nicht (denn ich habe Beweise dafür), wenn ich behaupte, dass in vielen immunen Gebieten Missetätern jeden Schlags Unterschlupf gewährt wird. Ich meine natürlich nicht das Asyl in den Kirchen, denn dies ist ein öffentlicher Unterschlupf, von dem jedermann Kenntnis erhält. Nein, man versteckt die Schurken und duldet ihr Treiben. Schlimmer noch – man bedient sich ihrer. Im allerschlimmsten Fall aber hält man sich eine eigene Bande, die „draußen“ Schaden stiftet, zum eigenen Vorteil. Und man schwört jeden Meineid, von nichts zu wissen. Welcher Graf oder Königsbote kann nachprüfen, was in düsteren Krypten und schummrigen Klostergängen gedacht, geplant, versteckt und verschwiegen wird!

Odo und ich waren überzeugt, dass ein Besuch bei Agilhelmus (er hätte uns natürlich irgendwann empfangen müssen) ebenso nutzlos sein würde wie ein schriftliches Ersuchen um Auslieferung der Mörder, und so verloren wir keine Zeit damit. Da wir ausreichend Grund hatten, als den Urheber der Verbrechen den Abt selbst zu betrachten, wäre die Hoffnung, er könne seine Mittäter preisgeben oder gar seine eigene Schuld gestehen, von erschreckender Einfalt gewesen. Hier gab es nur einen, der helfen konnte: den König. Nur er war im Stande, Licht in das Dunkel zu bringen. Er konnte eine Untersuchung anordnen und den Abt vor sein Hofgericht zitieren. Unsere Aussagen würden die Anklage stützen. Wir waren uns allerdings bewusst, in welches Wespennest wir stechen würden, wenn wir auch nur versuchten, den Fall vor das Hofgericht zu bringen. Es handelte sich um einen Freund des Herrn Erzkaplans! So beschlossen wir also, erst einmal unseren Auftrag zu erfüllen, damit uns wenigstens die Aura treuer Pflichterfüllung umgab, wenn wir das Unerhörte wagten.

War es Zufall? Waren es die Umstände? War es Neugier? War es das schwelende Unbehagen, vielleicht doch nicht alles getan zu haben, was möglich war? Vermutlich von jedem etwas! Jedenfalls führte es dazu, dass wir uns bei unserer Rückkehr nach der Königspfalz noch einmal kopfüber in den frommen Sumpf stürzten. Und diesmal fehlte nicht viel daran, dass wir untergingen.

An diesem Tag fiel ein starker Regen und wir mussten eine geraume Zeit seitlich der Straße im Schutz eines Eichenhains verbringen. Während wir aus Lagerweile hierhin und dorthin spähten, stellten fest, dass wir uns in der Nähe der Stelle befanden, an der wir sechs Wochen vorher auf den schmalen Pfad eingeschwenkt waren. Auch den Hügel, auf dem wir Herrn Rocco getroffen hatten, konnten wir ein paar Meilen vor uns erkennen, wenn auch nur schemenhaft, hinter dem Regenschleier.

Natürlich drehte sich nun das Gespräch um die Morde an Ebrachars Söhnen, und bald war zu merken, dass unsere Leute nicht abgeneigt waren, den Umweg zu machen, um zu erfahren, was weiter geschehen war. Helko und Fulk rätselten lange darüber, ob der tölpelhafte Bobo die hübsche Ingunde doch noch zur Frau bekommen hatte. Dabei war unserem Sachsen anzumerken, wie gern er selbst an der Stelle des Bräutigams gewesen wäre. Doch eine reiche Braut ist für ihn, den Mittellosen, so unerreichbar wie der Mond.

Odo schwieg die meiste Zeit, aber keineswegs teilnahmslos. Von Zeit zu Zeit warf er eine Bemerkung hin, und immer wieder sah ich seine Blicke nach jenem Hügel hinüber schweifen. Einmal machte er mich auf einen Reiter aufmerksam, der von dort gekommen sein musste und trotz des strömenden Regens der Straße zustrebte. Von Zeit zu Zeit verschwand er hinter Baumgruppen und Gebüsch, und wenn er sichtbar wurde, verhielt er sich eigenartig. Mehrmals fiel er nach vorn auf den Hals des Pferdes. Einmal schien er sogar zu stürzen, doch hielt er sich im letzten Augenblick noch im Sattel. Offensichtlich war er betrunken. Als er schon ziemlich nahe war, verschluckte ihn eine Bodensenke und wir sahen ihn nicht wieder auftauchen. Allerdings kümmerten wir uns nicht weiter um den Mann, der uns während der erzwungenen Rast ein wenig unterhalten hatte.

Als endlich der Regen nachließ und wir zum Aufbruch rüsteten, machte Helko unumwunden den Vorschlag, zum Tagesziel Ebrachars Gut zu wählen. Zu entscheiden hatten Odo und ich, aber während ich unentschlossen blieb, war

Odo dagegen. Er meinte, dass der Weg über den Hügel, über die regennasse und sicher tückische Felsentreppe viel zu beschwerlich sei.

Damit hatte er Recht, obwohl sein wahrer Beweggrund wahrscheinlich ein anderer war. Er wollte Ebrachar nicht wieder unter die Augen treten, ohne etwas getan zu haben, um Sigiwalds Tod zu rächen, an dem er sich nach wie vor mitschuldig fühlte. Wir zogen also die alte Römerstraße entlang auf ein sechs Meilen entferntes Königsgut zu, wo wir Herberge nehmen wollten. Aber wir kamen nicht weit. Zuerst trabte uns ein lediges Pferd entgegen. Unsere Männer fingen es ein. Wir vermuteten gleich das Richtige und tatsächlich fanden wir auch nach hundert Schritten den Reiter. Ohne Zweifel war es der unfreiwillige Possenreißer, den wir für betrunken gehalten hatten.

Es war ein Sterbender.

Er lag am Rande der Straße in einem mit Regenwasser gefüllten Erdloch. Noch atmete er, aber nur schwach. Seine Kleidung war gleichermaßen von Wasser wie von Blut durchtränkt, und schon eine flüchtige Untersuchung ergab, dass sein Körper von zahlreichen Wunden gezeichnet war, darunter mehreren Messerstichen. Es glich einem Wunder, dass der Mann noch zu Pferde gesessen hatte. Seine Augen waren weit offen und er schien uns etwas sagen zu wollen, doch war seine Zunge nicht mehr im Stande, Worte zu formen. Unaufhaltsam ging es zu Ende. Wir legten ihn mitten auf die Straße, auf eine leidlich trockene Stelle des schadhaften Pflasters, und ich kniete neben ihm nieder und sprach hastig das „Agnus Dei“.

Noch. hatte ich das Gebet nicht beendet, als Helko sagte: „Ich kenne den Mann.“

Die groben, von frischen Wunden und alten Narben entstellten Züge hatten ihn an jene Prügelei vor dem Tor von

Ebrachars Salhof erinnert. Zwei mit Knüppeln bewaffnete Knechte des Rocco waren dort auf ihn eingedrungen und er hatte sich ihrer mit der flachen Klinge erwehrt. Dieser, der vor uns lag, war einer der beiden gewesen.

„Ein Knecht des Rocco also. Was bedeutet das?“

Odo beugte sich über den Mann am Boden und machte einen letzten Versuch, ihn zum Reden zu bringen.

„Du, woher kommst du? Erinnere dich! Wer hat dich so zugerichtet – und wo? War es bei Ebrachar? War dein Herr dabei? Sprich doch!“

Er rüttelte ihn an der Schulter. Es war aber vergebens, denn im selben Augenblick hatte der Mann seinen Geist aufgegeben. Odo erhob sich fluchend.

„Flegel! Macht sich davon in die Ewigkeit und erzählt die Geschichte dem Allwissenden, der sie längst kennt. Mit wem hat der Bursche sich gerauft? Und wohin wollte er eilig?“

„Vielleicht nach Hause“, vermutete Helko.

„Dann muss Roccos Gut in der Nähe sein“, sagte ich. „Er hätte nicht seine letzte Kraft verbraucht, wenn er nicht noch gehofft hätte, es zu erreichen.“

Ich irrte mich nicht. Wir entdeckten ein paar Strohdächer und schickten einen unserer Männer dorthin. Er kam mit der Auskunft zurück, Roccos Anwesen befinde sich kaum zwei Meilen entfernt auf der dem Hügel gegenüber liegenden Seite der Straße. Der Pächter, mit dem unser Mann gesprochen hatte, war auch sicher, dass Herr Rocco zu Hause war, denn er hatte ihm gerade an diesem Morgen den Zins gebracht. Über das, was dem Knecht widerfahren war, konnte er allerdings nichts aussagen. Da wir nun ohnehin in der Verlegenheit waren, den Leichnam bestatten zu müssen, beschlossen wir, diesem Unglücklichen auf den letzten zwei Meilen seines Erdenwandels, die er nicht mehr als Lebender zurücklegen konnte, unser Geleit zu geben. Natürlich trieb uns dabei auch die Neugier. Wir legten den Leichnam auf das Pferd und folgten dem Weg, den der Pächter bezeichnet hatte.

Erst gegen Abend erreichten wir Roccos Anwesen. Zu spät hatten wir bereut, uns einem Pfad anvertraut zu haben, der nach dem Regen streckenweise einem Wildbach glich. Mein Grisel war zweimal ausgeglitten und hatte mich abgeworfen, und alle Augenblicke hatte Rouhfaz um Hilfe gerufen, weil wieder einmal ein Wagenrad tief im Morast steckte. Es hatte auch wieder zu regnen begonnen. Erleichtert schrien wir daher auf, als wir endlich vor uns die Ansammlung von Dächern bemerkten. Stumm blieb nur einer, obwohl er als Erster auf das Stück Weges einbog, das uns noch von dem Salhof trennte. Als hätte es begriffen, dass wir nicht ortskundig waren, hatte das Pferd mit dem Toten sich irgendwann unterwegs an die Spitze gesetzt und führte nun unsere Kolonne an. Zu unserer Überraschung kam uns der Gutsherr entgegen. Urplötzlich preschte er hinter dem Zaun hervor und galoppierte heran. Mit Gebrüll und Schlägen trieb er sein Pferd an, das lange Sätze machte, während links und rechts das Wasser der Pfützen aufspritzte. Wir wunderten uns über diese Eile und fühlten uns schon geschmeichelt. Doch es kam nicht zu dem üblichen Austausch von Höflichkeiten.

Als Herr Rocco auf etwa dreißig Schritte heran war, zügelte er sein Pferd und rief enttäuscht:

„Was? Ihr? Euch habe ich nicht erwartet. Was wollt Ihr, Herr Odo? Wen bringt Ihr da? Schon wieder einen, den man an Eurer Seite ermordet hat? Aber das ist ja Crispin …“

Er ritt an den Leichnam heran und beugte sich über ihn. Als er aufblickte sahen wir, dass er tödlich erschrocken war.

„Das waren die Mönche, diese Teufel!“, rief er. „Wo sind die anderen? Wo ist Bobo?“

„Wir haben nur den hier gefunden", sagte Odo. „Er hatte es eilig, bevor er starb. Vermutlich wollte er Euch noch etwas erzählen. Aber vielleicht versteht Ihr auch so, was er sagen wollte."

„Man hat sie erwischt, es ist schief gegangen", stammelte Rocco.

„Was meint Ihr damit?"

„Was ist meine?" Der dicke Gutsbesitzer zögerte mit der Antwort. „Nun, warum sollt Ihr das nicht wissen? Schließlich ist es nicht unehrenhaft, den Schurken die Beute zu entreißen."

„Die Beute?"

„Ich spreche von Eurer Verwandten Ingunde."

„Sollte sie etwa entführt werden?"

„Was blieb uns übrig? Es war der einzige Ausweg,"

„Und Ihr glaubt, dass die Mönche Widerstand leisteten?"

„Die hielten sie ja seit Wochen fest. Der verfluchte Diabolus ließ kein Auge von ihr."

„Und Ebrachar?"

„Der ist im Kloster. Aber vielleicht ist er auch schon tot. Warum kommt Bobo nicht zurück? Wo ist Cleph? Wo sind die anderen? Im Morgengrauen sollte alles getan sein, nun wird es bald Nacht. Man wird ihnen aufgelauert haben, sie sind in der Falle. Haben Crispin geschickt, um Hilfe zu holen. Ich reite hin und haue sie raus!"

Herr Rocco schüttelte grimmig die Faust und seine Äuglein funkelten kampflustig. Dann aber stellte er das Unternehmen zurück, wie er sagte, um zunächst seinen Gastgeberpflichten zu genügen. Er machte kehrt und forderte uns auf, ihm zu folgen. So erreichten wir endlich den Salhof. Bei unserer Ankunft empfing uns ein Haufen von Alten, Weibern und Kindern, die alle aufgeregt wie eine Hundemeute das Tor umlagerten und beim Anblick des Leichnams gleich ein gewaltiges Wehgeheul anstimmten. Eine bucklige Magd, die Witwe des Crispin, raufte sich die Haare und schlug sich die Brust, und da schrien die anderen Weiber gleich nach ihren Männern. Herr Rocco trieb sie mit Schimpfreden auseinander und bedrohte sie mit der Peitsche.

Die Hausherrin, eine edle Frau von beträchtlichem Leibesumfang, trippelte näher und begrüßte uns würdig, begann aber auch gleich zu keifen und ihren Gemahl des Leichtsinns und der Gottlosigkeit zu bezichtigen, was ihr geliebter Sohn nun büßen müsse. Darauf verschwand sie, um zu beten.

Rocco ließ uns Brot, Käse und Zwiebeln bringen. Während wir aßen und tranken, stieg er mehrmals auf eine Leiter, die er an das Dach seines Hauses gelehnt hatte, und hielt Ausschau. Doch der trübe Oktobertag ging zu Ende, ohne dass noch etwas geschah. „Die Nacht werde ich noch abwarten“, sagte Herr Rocco, als er schließlich ins Haus trat und den Riegel vorschob. „Aber morgen früh breche ich auf. Unterwegs werde ich noch ein paar Nachbarn gewinnen. Diabolus und seine Bande sollen sich vorsehen! Wenn die Justiz des Königs nichts unternimmt, gibt es immer noch Männer genug, die für Recht und Gesetz ihre Klinge schlagen!“

Odo, den diese prahlerischen Reden und die ständigen Anspielungen auf unsere Tatenlosigkeit ärgerten, bemerkte gallig: „Falls Ingunde etwas zustößt, mein Bester, kommt Euch das teuer zu stehen. Wir wissen ja, dass Ihr sie nur aus Habgier entführen wollt. Mit Recht und Gesetz hat das nichts zu tun.“

„Ihr tadelt uns also, weil wir sie retten wollen“, grollte Herr Rocco. „Damit diese gierigen schwarzen Vögel sie nicht auch noch verschlingen! Ihr habt Euch ja davongemacht und wochenlang nichts von Euch hören lassen.“

„Ihr scheint zu vergessen“, sagte ich, „dass Ihr uns zur

Abreise gedrängt hattet."

„Ja, aber nur in der Hoffnung, Ihr würdet zurückkehren und das Raubnest ausnehmen. Außerdem war ich sicher, dass Ebrachar endlich Vernunft annehmen würde. Konnte ich ahnen, dass er nicht einmal glauben wollte, die Brüder hätten Sigiwald umbracht?"

Zum dritten oder vierten Mal hörten wir nun diese Geschichte, die uns allerdings sehr nachdenklich stimmte.

Kaum hatten wir den Rücken gewandt, waren die Mönche auf Ebrachars Salhof in Schwärmen eingefallen. Unter dem Vorwand, um sein Leben besorgt zu sein, umstellten sie das Lager des Kranken und ließen niemanden mehr an ihn heran, nicht einmal Cleph und Ingunde, seine einzigen noch lebenden Kinder. Die Leitung der Pflege des Kranken übernahm der kleinwüchsige Medicus, der Bruder Theophan genannt wurde. Als dessen Helfer drängte sich Zacharias frech in die Krankenkammer. Und natürlich ging auch „dieser verfluchte Diabolus" aus und ein, dessen Tücke Herr Rocco nicht durchschaut hatte, als er ihn kurz vorher noch an sein Herz zog.

So ging das fast drei Wochen lang. Rocco konnte sich nicht zum Aufbruch entschließen, obwohl ihn die Mönche immer heftiger drängten. Er hoffte, Ebrachar würde genesen, ihn rufen, sich von ihm die ganze Wahrheit berichten lassen, die Bande vertreiben und die Verlobung verkünden. Überdies rechnete er mit uns (so sagte er).

Eines Nachts, als die Mönche ihre Wache am Krankenbett etwas vernachlässigt hatten, gelang es ihm schließlich, zu Ebrachar vorzudringen. Er fand ihn sehr schwach, doch bei klarem Bewusstsein. Als er ihn aber fragte, ob er nicht Angst habe, dass die Mörder seiner Söhne auch ihn ins Jenseits befördern könnten, brüllte der Kranke auf und nannte ihn einen verdammten Lügner. Und da kamen auch schon zwei

Kuttenträger und drängten ihn hinaus.

Am dritten Tag nach diesem Ereignis verlor Herr Rocco dann alle Hoffnung. Der Abt Agilhelmus erschien persönlich. Man trug Ebrachar in die Kapelle und alle hörten das Hochamt. Dann hieß es, der Kranke brauche noch bessere Pflege, die er jedoch nur im Kloster erhalten könne. In einer Sänfte brachte man ihn dorthin, und von nun an begann auf dem Salhof die unumschränkte Herrschaft der Mönche.

Durch ein neues Testament wurden sie noch reicher bedacht. Sie bekamen jetzt alles mit Ausnahme der sechs Mansen des Cleph und des Wittums der Prisca. Tagsüber stöberten sie mit Schreibtafeln durch die Ställe und Speicher, um ihre neuen Besitztümer aufzulisten, nachts hockten sie schnatternd und grölend im alten Atrium und tranken die Weinfässer leer. Herr Rocco wurde nach seinen Worten fast mit Gewalt vertrieben. Vorher hatte Fabiolus ihm mitgeteilt, Ingunde sei unwiderruflich entschlossen, den Schleier zu nehmen. Wegen der Brautgeschenke gab es noch endlosen Streit, fast eine Prügelei. Die Mönche hatten sie nämlich schon in ihre Verzeichnisse aufgenommen und wollten nichts mehr herausgeben. Mit Mühe rettete Rocco die Hälfte.

„Und Ihr, Herr Odo, nennt mich habgierig“, schloss er vorwurfsvoll seinen Bericht. „Ich habe lieber auf die andere Hälfte verzichtet, als auch nur einen Tag länger in der Gesellschaft dieser gottlosen Schufte zu verbringen. Und dass ich der Entführung zustimmte, geschah nur, weil mich Cleph so dringend darum bat. Den bewachten sie nämlich Tag und Nacht, weil sie ihn nicht entbehren konnten als tüchtigen Vilicus. Aber gestern gelang es ihm zu entkommen. Er hatte sein Pferd fast zu Tode gehetzt, als er hier eintraf. ‚Helft!‘, rief er. ‚Morgen wollen sie meine Schwester fortbringen: Wenn wir nichts tun, ist es für immer zu spät!‘ Sollte das ein menschliches Herz nicht rühren? Sie hatten das arme Mädchen in die Kapelle gesperrt, nicht einmal die Tanten durften zu ihr. Cleph war sicher, dass ihr Sinn sich inzwischen gewandelt hatte und dass sie auf Rettung hoffte. Doch selbst wenn ich die Entführung abgelehnt hätte … mein Bobo war nicht zu halten. Und wollt Ihr wissen warum, Herr Odo? Weil er die Jungfrau liebt und sie auch heiraten würde, wenn sie nicht einmal Strümpfe und Schuhe hätte und überhaupt ganz nackt wäre!“

„Nackt mit einer prächtigen Wiese und einer hübschen Herde dazu“, spottete Odo, der es nicht lassen konnte, „damit man Wolle scheren, Fäden spinnen und ihr ein Kleid machen kann. Ihr habt Euch sicher vergewissert, dass ihre Mitgift noch beisammen ist. Hoffentlich geht Eure Rechnung auf. Einen Knecht habt Ihr schon verloren. Wie viel war er wert? Zwanzig Solidi? Fünfundzwanzig?“

„Hör auf!“, fuhr ich heftig dazwischen. „Ungerecht bist du. Suchst nur Grund, um zu tadeln. Cleph und Bobo haben sich in Gefahr begeben. Du aber ärgerst dich, weil wir selber nichts unternommen haben und deine Verwandten jetzt in dieser traurigen Lage sind.“

Das hätte ich nicht sagen dürfen. Gleich flammte Odos Zorn auf wie ein Haufen trockenen Reisigs.

„Und wer ist schuld daran?“, gab er zurück, wobei er mir seine Nase entgegen stieß, als wollte er mich aufspießen. „Wer war es denn, der die Backen zusammenkniff und keinen Schritt machen wollte, wenn ich sagte, wir holen uns die verdammten Brüder? Den schon der Gedanke daran hinten feucht machte?“

„Ich gebe ja zu, dass ich manchmal kleinmütig war …“

„Du warst feige! Ein gottverdammter, erbärmlicher Bruder Feigling warst du!“

„Und du hast immer nur an dein Vergnügen gedacht!“, rief ich, nun auch erbost.

„Ich, der ich fast wie ein Heiliger lebe!“, schrie er zurück.

„Nach den Kebsen des Magnulf zog es dich zu den Pariser Huren. Deine Verwandten hast du vergessen!“

„Dafür hast du dein Gelübde vergessen, mein frommer Heuchler!“

„Wann denn? Wo denn?“

„Im Bett der Prisca!“

„Heißt das, du spionierst mir nach, du Aufschneider?“ „Ich – ein Aufschneider?“

„Du Bräutigam der Prinzessin Rotrud! Schwiegersohn König Karls!“

„Halt dein Maul, geschwätziger Kuttenbock!“

„Gut, ich halte mein Maul. Halte du dein Großmaul!“

„Buchstabenscheißer!“

„Analphabet!“

„Mönchsfurz!“

„Aristokratendreck!“

Nun, unser Disput sank auf die niedrigste Ebene hinab. Wir packten uns sogar an den Gewändern und zerrten uns auf der Bank hin und her. Viel fehlte nicht, dass wir uns auch noch mit Fäusten schlugen. Herr Rocco starrte betroffen von einem zum anderen, wagte jedoch nicht dazwischen zu gehen.

Schließlich sprangen Helko und Fulk von ihren Strohlagern auf, und jeder warf sich auf einen von uns und zog ihn von dem anderen weg. So wurde das Schlimmste vermieden. Aber es war ein sehr peinlicher Anblick, als sich zwei missi dominici, Stellvertreter des Königs, vor aller Augen beinahe ans Leder gingen. Gewiss, wir waren gereizt und unzufrieden, wir fühlten, dass Roccos Vorwürfe nicht ganz unberechtigt waren, und nach gewöhnlicher Menschenart suchten wir eher bei unserem Nächsten die Schuld als bei uns selbst … aber war das ein Grund, sich so unwürdig zu benehmen? Jedenfalls führten wir uns auf wie zwei Narren und unsere Autorität litt beträchtlich. Immer noch schimpfend wurden wir schließlich von unseren Leuten in zwei entgegengesetzte Ecken gestoßen, wohin sie uns auch unser Reisegepäck und unsere Felle warfen. Da schwiegen wir endlich und legten uns nieder.

Später, als alles schon schnarchte, wollte ich dann die Reue meiner zerknirschten Seele noch in Bibelworte wider Streitsucht und Hochmut kleiden, doch mir fiel nur meine tägliche Bußübung ein: „Die Lippen der Hure sind süß …"

Und ich fragte mich: Wie konnte Odo, dieser Teufelsbraten, von meinem Abenteuer erfahren haben? Hatte er jene zwei Stunden der strengen Prüfung und Selbstbesinnung nach der Ermordung des Sigiwald, in denen er unauffindbar war, etwa im Wolkenheim der Frau Prisca verbracht?

Ein spitzer, schriller Schrei, dem der Möwen ähnlich, flugtüchtiger Wasservögel, die ich kürzlich am Ufer der Seine beobachtet hatte (in Euren Bergen habt Ihr sie freilich nie kennengelernt), riss mich am Morgen aus dem Schlaf. Die Tür des Saales im Herrenhaus, wo wir unser Nachtlager hatten, stand weit offen, Sonnenlicht fiel herein. Ich sah Helko neben mir seine Hose heraufziehen und auf den Hof hinauseilen. Alle anderen Schlafstellen waren verlassen. Ich wickelte mich aus meinem Fell, warf die Kutte über und rannte barfuß hinterher.

Der Hof war voller Menschen, Pferde, Schafe, Schweine, Hunde und Hühner. Alles wimmelte durcheinander. Man wusste im ersten Augenblick nicht, wohin man blicken sollte. Am ehesten fiel die beleibte Herrin auf, die händeringend, im bloßen Hemd auf dem Erdboden kniete und noch mehrmals wie eine Möwe schrie. Ein paar junge Mägde versuchten, ihr aufzuhelfen. Andere Weiber hingen glückstrahlend an den Hälsen von Männern, die Wegelagerern glichen, so schmutzig waren ihre Gesichter, so zerrissen ihre Kleidung. Von einem müden Gaul wurde ein Verletzter gehoben, der wie tags zuvor Crispin nur blutbefleckte Lumpen am Leibe hatte. Ein Hund sprang ihn an und leckte ihm das Gesicht.

Ich bemerkte nun auch Cleph. Er stand ruhig, den dicken Krauskopf zwischen die Schultern gedrückt, inmitten einer Gruppe aufgeregter älterer Männer, die gestikulierten und auf ihn einredeten. Herr Rocco verschaffte sich gerade Platz und drängte sich zu ihm durch. Cleph gab kurze, anscheinend unbefriedigende Auskünfte, denn Köpfe und Fäuste wurden geschüttelt. Dann reckten alle die Hälse in eine Richtung, und da bemerkte ich Odo, der einer schlanken jungen Person vom Pferd steigen half. Diese war in eine Decke gehüllt, aus der wenig mehr hervorguckte als ihre Füße und ihr wirrer blonder Haarschopf.

Es war Ingunde.

Der Trupp der Entführer war also zurückgekehrt. Aber als ich mich links und rechts erkundigte, erfuhr ich, warum die Freude gedämpft war. Nicht alle, die ausgezogen waren, hatten sich wieder eingefunden. Fünf Männer fehlten, darunter Bobo. Es hieß, er und drei andere seien am Leben, jedoch verletzt und man habe sie an einen den Rückkehrern unbekannten Ort gebracht. Der Fünfte, Crispin, hatte auch zu der Gruppe gehört, sich aber befreien können – um den Preis, den wir alle kannten. So fehlte von den sechzehn Entführern fast jeder Dritte, darunter der, ohne den das Unternehmen im Nachhinein sinnlos wurde. Schon hörte ich murren: „Was sollen wir denn mit einer Braut, da wir keinen Bräutigam haben?“

Ich trat zu dem Haufen, der Cleph umdrängte, und spitze die Ohren.

„Und warum habt ihr sie nicht herausgehauen?“, krähte ein Greis.

„Es war unmöglich“, erwiderte Cleph, „wir waren zu

wenige."

„Aber vorher wart ihr doch in der Überzahl!", piepste ein anderer Alter aus der Mitte des Haufens.

„Zu Anfang ja. Aber als sich die Mönche gesammelt hatten …"

„Dazu durftet ihr es nicht kommen lassen! Hättet ihr euch nur beeilt!"

„Wir mussten ja die Tür der Kapelle mit Äxten öffnen. Das dauerte seine Zeit. Und wie sollten wir dabei Lärm vermeiden?"

„Ihr hättet euch von unten hineingraben können", meinte ein Dritter.

„Du scherzt, Großvater."

„Oder von oben herabsteigen. Die Ziegel abdecken. Das macht keinen Lärm."

„Hätten wir nur euch alte Schlauköpfe mitgenommen."

„Gott hat euch seinen Segen versagt!", kreischte ein Weib. „Ihr habt seinen Tempel geschändet!"

„Das waren die anderen, nicht wir, Mutter. Sie haben dort alles kurz und klein geschlagen."

„Aber ihr seid als Erste eingedrungen!"

„Ruhe, Leute!", gebot jetzt Herr Rocco. „Lasst ihn endlich der Reihe nach erzählen!"

„Aber ich habe doch alles erzählt!", protestierte Cleph. „Wie oft soll ich es noch tun?"

„So oft ich es will, mein Lieber! Ich will hören, wie heldenhaft sich mein Sohn Bobo geschlagen hat. Und die hier sollen es auch hören!"

Für einen Augenblick zeigte sich wieder dieser Zug von verächtlichem Spott in der Miene des Cleph, den ich schon kannte. „Wenn es so ist", antwortete er, „mache ich Euch gern das Vergnügen. Euer Sohn ist uns tapfer vorangeritten … hat als Erster der Hecke überwunden … ist uns im

Dunkeln vorangeschlichen … hat als Erster die Axt angelegt …war als Erster in der Kapelle … und ist als Erster nach erbittertem Widerstand …“

„Wer hat ihn niedergeschlagen?“

„Das war unser Herr Jesus Christus selbst.“

Ein Aufschrei des Entsetzens ertönte ringsum.

„Was erzählst du da?“, schrie Herr Rocco.

„Nun, ein hölzerner Jesus Christus war es. Zacharias riss ihn von seinem Platz an der Wand und schlug mit ihm um sich.“

„Und so hat er Bobo umgehauen?“

„Auch Christus ging dabei in Trümmer. Euer Bobo hat einen harten Schädel.“

„Vorhin hast du aber gesagt, er hätte den Diabolus verprügelt.“

„Schon möglich. Im Dunkeln konnte man das nicht genau sehen. Auch Diabolus hat sein Teil. Nun sieht er wirklich wie der Teufel aus.“

Ein böses Grinsen flackerte kurz über Clephs Gesicht.

„Und warum habt ihr euren tapferen verwundeten Anführer nicht gleich in Sicherheit gebracht?“, fragte Herr Rocco streng.

„Wir hatten es vor. Aber er rief uns zu, wir sollten uns um seine Braut kümmern. Er raffte sich wieder auf und wollte unseren Rückzug decken.“

„Das ist ein Kerl! Ich hätte es auch so gemacht! Habt ihr das alle gehört? Was geschah dann?“

„Ich brachte Ingunde zu den Pferden. Das war nicht leicht, denn sie sträubte sich.“

„Sie wollte von ihrem Bräutigam selbst entführt werden!“

„In der Kapelle ging der Kampf weiter. Aber nach und nach fanden sich unsere Leute ein … bis auf die fünf Mann. Als es hell wurde, konnten wir nicht mehr warten. Die

Mönche wären mit Übermacht über uns hergefallen. Ich brachte alle zu einem Köhler, der eingeweiht war. Dort wurden die Verletzten versorgt und am Abend machten wir uns auf, im Schutz der Nacht und auf Umwegen. Und da sind wir nun also …"

Aus dem Hause ertönte wieder der Möwenschrei, und Herr Rocco bequemte sich seufzend, hineinzugehen und sich um seine untröstliche Gemahlin zu kümmern.

Die Leute verliefen sich. Cleph und ich standen uns plötzlich allein gegenüber.

„Gruß und Heil, Vater."

„Der Herr sei gelobt."

„Ich hörte schon, dass Ihr hier seid."

„Und ich freue mich, Euch gesund zu finden, obwohl …"

„Obwohl Ihr missbilligt, was wir getan haben?"

„Wenn sich Eure Schwester zur Nonne berufen fühlte und Euer edler Vater bestimmt hat …"

„Meine Schwester wurde verleitet und meinen Vater haben die Mönche verschleppt. Das dürfte Euch inzwischen bekannt sein. Er hat keinen eigenen Willen mehr."

„Ihr behauptet das mit einer Sicherheit …"

„Wenn Ihr könnt, behauptet das Gegenteil."

„Dazu müsste ich Herrn Ebrachar wiedersehen."

„Versucht es doch."

„Ich hätte Lust."

„Nur an Mut wird es fehlen."

„Eine Herausforderung?"

„Oh nein!" Wieder dieser verächtliche Spott. „Ein Mann wie Ihr hat Wichtigeres zu tun. Und Ihr seid klug. Ihr wühlt gern im Unrat, doch Ihr beschmutzt Euch nicht. Ihr versteht es zur rechten Zeit, die Augen zu schließen … oder gen Himmel zu richten. Ist die Wunde an Euerm Hinterkopf gut verheilt?" Jetzt grinste er unverhohlen. Bevor mir eine

Antwort einfiel, hatte er mich stehen lassen. Er ging zu seinem Pferd und führte es nach den Stallhäusern. Ich bedachte dieses kurze, aber inhaltsreiche Gespräch. Mit gesenktem Kopf näherte ich mich dabei wieder dem Haus. Gerade wollte ich die Treppe hinaufsteigen, als sich mir eine Hand auf die Schulter legte.

Ein schwarzer, buschiger Schnurrbart kitzelte meine Nase. Zwei braune Augen starrten mich heiter an und ergötzten sich an meiner Befangenheit.

„Willst du eins?"

Odo öffnete seine andere Hand, in der zwei Hühnereier lagen. Ich zögerte.

„Nimm es schon. Es verpflichtet zu gar nichts. Wir können trotzdem Feinde bleiben."

Ich seufzte nur und griff zu. Das Ei war noch warm.

„Bei Hühnern habe ich immer Erfolg. Ich halte die Hand auf – schon legen sie." Odo zog seinen Dolch, schlug die Schale auf und reichte ihn mir. „Ich muss dir auch etwas Wichtiges mitteilen. Es verdient die Aufmerksamkeit eines Gottesmannes." Er schlürfte sein Ei genüsslich aus. „Es ist aber ein Geheimnis und muss unter uns bleiben."

„Wenn du es einem ‚geschwätzigen Kuttenbock' anvertrauen willst", sagte ich kühl.

„Ich brenne darauf. Hör zu. Eine betrübliche Sache für die gesamte Christenheit. Der Papst ist nicht fertig geworden."

„Wie? Welcher Papst?"

„Na, du weißt doch … der, den der Heilige Geist mit einer auserwählten Jungfrau, mit der Ingunde …"

Er begleitete diese Worte mit einer so komischen Geste, dass ich mich an meinem Ei verschluckte und meine Kutte von oben bis unten mit Dotter verunreinigte.

„Was heißt das?", prustete ich. „Nicht fertig geworden …"

Odo sah mich betroffen an.

„Du scheinst nicht zu wissen, Vater, wie viel Anstrengung es den Heiligen Geist kostet, einen Papst zu machen. So etwas ist nicht Sache eines Augenblicks wie die Zeugung eines gewöhnlichen Menschen. Hast du das in deiner Klosterschule nicht gelernt?"

„Wahrhaftig, nein …"

„Dann vernimm, dass er zweihundertmal in den gesegneten Leib eingehen muss … dann erst wird es ein Papst."

„Zweihundertmal?"

„Nicht einmal weniger. Sonst ist die ganze Mühe vergebens." „Sieh an, das wusste ich wirklich nicht", sagte ich, auf seinen Ton eingehend. „Und die Evangelisten und die Kirchenväter wussten es auch nicht. Aber woher weißt du es?"

„Na, von Ingunde. Das arme, gebenedeite Geschöpf ist untröstlich. Als ich sie vorhin voller Sorge – ich bin ja ihr Onkel – begrüßte, schwamm sie noch immer in Tränen. Stell dir vor … sie lässt sich sechs Wochen in der Kapelle einschließen, um ungestört empfangen zu können … der Heilige Geist erscheint auch pünktlich und regelmäßig und geht in sie ein … Sie zündet jedes Mal eine Kerze an, damit er sich nicht verzählt … und als er zum hundertachtundneunzigsten Male über sie kommt … und ist noch dabei … da rücken doch diese Gottlosen, Bobo und Cleph und die anderen, mit ihren Äxten an, sprengen die Tür, entweihen die Stätte, stören die heilige Handlung und …"

„… und der Papst wird nicht fertig."

„Was sagst du dazu?"

Wir stimmten ein so gewaltiges Gelächter an, dass sich sogar die Pferde und Hunde nach uns umdrehten.

„Nach dem, was ich eben von Cleph gehört habe, hat die Inkarnation des Heiligen Geistes eins über den Schädel bekommen", sagte ich, als wir uns etwas beruhigt hatten.

„Ja, von Cleph selbst, und aus diesem Grunde wie noch verschiedenen anderen wird er auch künftig nicht in der Lage sein, das Werk zu vollenden. Immerhin hat er in sechs Wochen Erstaunliches geleistet. Ingunde ist noch ganz erfüllt von ihm. Es betrübt sie nur, dass sie jetzt nicht ins Kloster gehen und den Papst zur Welt bringen kann. Glücklicherweise konnte ich schnell ihr Vertrauen gewinnen. Dort hinten im Obstgarten hatten wir eben eine längere Unterredung zwischen Onkel und …"

„Odo!", sagte ich heftig und sah ihn scharf an.

„Was ist denn, Vater?"

„Du hast doch nicht etwa die Absicht …"

„Du meinst, den Papst zu vollenden? Natürlich nicht. Das heißt – nicht ich selber. Aber getan werden muss es, sonst grämt sich die Ärmste zu Tode. Ich habe deshalb von meinem Wissen um die höheren Dinge ein wenig preisgegeben und ihr versichert, dass auch ein gewöhnlicher Ehemann notfalls einspringen könnte. Es würden, wenn der Heilige Geist bei den letzten beiden Zeugungsakten nicht anwesend ist, am fertigen Werk nur zwei unbedeutende Kleinigkeiten fehlen, die in einer verborgenen Hülle lagern und die ein Papst ohnehin nicht braucht. Da hat sie sich gleich beruhigt und nun wird sie ein Bad nehmen und sich ausschlafen."

„Und woher nimmst du für sie den Ehemann?"

„Du meinst, weil sie nun …? Mein Bruder, du scheinst mir ein arger Zweifler zu sein. Ein frommer Ehemann wird daran keinen Anstoß nehmen, als Nachfolger des Heiligen Geistes … Maria bekam ihren Joseph. Warum soll Ingunde nicht ihren Bobo bekommen?"

„Gott gebe es", erwiderte ich, diese reichlich fragwürdige Gleichstellung zweier höchst ungleicher Fälle mit Stillschweigen übergehend, „aber du hast wohl gehört, dass Bobo …"

„Ich weiß, der Dummkopf hat sich einfangen lassen. Übrigens hat er keine Ahnung, was wirklich geschehen ist. Er befand sich, wie gewöhnlich, bei der Nachhut. Überrascht hat das Pärchen nur Cleph, der als Erster in die Kapelle eindrang, und der wird sich eher die Zunge abbeißen als seine Schwester bloßstellen. Der Heirat droht nur noch ein Hindernis: dass sie Bobo verschleppen oder gar umbringen und deshalb …"

Odo legte den Arm um meine Schultern und führte mich etwas beiseite.

„… deshalb müssen wir sofort etwas tun. Ich bin sicher, sie haben ihn in ihr Kloster gebracht, auf jeden Fall in das immune Gebiet. Wo sollten sie ihn sonst festhalten? Und vergiss auch nicht meinen Vetter, er braucht unsere Hilfe!"

„Und außerdem wäre es für unser Ansehen gut."

„Du hast Recht. Viel fehlt nicht mehr und sie bewerfen uns hier mit Hundedreck. Leichtfertig war es von uns, unser kleines, unterhaltsames Übungsgefecht vor dem Tölpel von Rocco auszutragen, der es gleich ernst nahm. Aber vergessen wir das. Nun wird es wirklich Ernst! Hör zu, ich habe schon einen Plan …

11. Kapitel

Zwei Pilger schleppten sich dahin, die mit ihrer Kraft fast am Ende waren. Auf ihren Schultern trugen sie ein riesiges hölzernes Kreuz, unter dessen Gewicht si stöhnten und das sie von Zeit zu Zeit zwang, sich auf die Knie niederzulassen und zu verschnaufen. Dann sangen und beteten sie und schrien zu Gott, damit er sich ihrer erbarme. Und unter unendlichen Qualen rafften sie sich wieder auf und zogen weiter ihres Weges, der Leidensspur unseres Herrn Jesus folgend.

Der eine Pilger war groß und hager und trug ein langes härenes Büßergewand, der andere war klein und rundlich und mit einem Bauernkittel bekleidet. Ihre Füße waren nackt und auf dem steinigen Pfad, der aus dem Wald nach dem Kloster führte, blutig geschunden. Der kalte Oktoberwind blies ihnen so heftig entgegen, dass der große Pilger, der unter dem Querbalken ging, von einer Seite des Weges zur anderen wankte, während der kleine, der das untere Ende des Kreuzes gepackt hielt, mit raschen, kurzen Schritten zu folgen suchte und dabei immer wieder ins Stolpern geriet. In Hörweite des Klosters schrien sie wieder ihr „*Miserere*!“ und heulten wie verlassene Hunde.

Und plötzlich, zehn Schritte vor dem Tor, brach der Große zusammen. Sein Kopf, von den langen schwarzen Haaren umflattert, stieß auf die Erde. Das schwere Kreuz lag auf seinem Nacken, und nun war der Kleine bemüht, sich allein das hölzerne Ungetüm aufzuladen. Doch auch ihn verließen die Kräfte, er vermochte es kaum noch anzuheben. Schließlich fiel er neben seinem Gefährten nieder.

Inzwischen hatte man sie jedoch längst beobachtet. Das Tor des Klosters wurde geöffnet, der Bruder Pförtner und ein paar andere Mönche liefen herbei. Sie halfen den beiden Erschöpften und führten sie hinter die Mauer, unter das schützende Dach. Der große Pilger stammelte immer wieder:

„Wie weit ist es noch bis nach Rom? Sind wir bald dort?“

Die Mönche gaben ihnen Wasser zu trinken. Der Bruder Pförtner meinte jedoch, dass Fleischbrühe besser sei, deshalb solle man sie erst einmal der Obhut des Cellerars anvertrauen.

„Aber seht doch nur ihre Füße an!“, rief einer. „Sie können ja kaum noch gehen und stehen. Bringen wir sie zuerst in den Krankensaal, damit Bruder Theophan sie behandelt.“

Die beiden Pilger nickten lebhaft – zum Zeichen, dass ihnen dies am Nötigsten sei.

„Damit wir noch heute weiterziehen können“, sagte der Kleine.

Es wurde ihnen aber bedeutet, dass aufgrund ihres Zustands an eine Fortsetzung der Pilgerreise nicht vor einigen Tagen zu denken war. Man führte sie über den Hof, eine Treppe hinauf, einen Gang entlang. Als sie im Krankensaal auf die Strohsäcke sanken, hörten sie hinter sich einen alten Mönch sagen:

„An diesen frommen Männern sollte sich mancher hier ein Beispiel nehmen!“

Da tauschten die beiden ein zufriedenes Lächeln. Glücklicherweise bemerkte dies niemand, ebenso wie niemand ahnte, dass die erschöpften Rompilger ihre Fahrt erst eine halbe Meile vor dem Kloster begonnen hatten – an jener Stelle nämlich, wo der Weg aus dem Walde heraus tritt. Dort hatten sie sich eine Stunde zuvor das Kreuz aufgeladen, das sie auf einem Bauernkarren herbeigebracht hatten. Vorausgegangen waren allerdings mehrere Tage sorgfältiger Vorbereitung.

Odos Plan, in der Verkleidung von Pilgern in das Kloster einzudringen, hatte mich gleich begeistert, doch war seine Durchführung nicht ganz einfach., Zunächst war es unbedingt nötig, dass wir gewisse Veränderungen an unserer äußeren Erscheinung vornahmen. Fabiolus und Zacharias, aber auch andere konnten uns wiedererkennen, und dann war uns ein stilles, ruhmloses Ende gewiss. Beinahe wäre alles gescheitert, als ich meinem Freund (denn das war er nun wieder) den Rat gab, sich von seinem prächtigen Schnurrbart zu trennen. Er war sich natürlich bewusst, wie sehr die stolze Zierde des Gesichts zu seiner eindrucksvollen Erscheinung beitrug. Als dann der Bart schließlich doch gefallen war, sah Odo mit seiner großen Nase, dem knochigen Kinn und den gefurchten Wangen wie ein Subdiakon nach sechswöchigem Fasten aus, und nur mit Mühe konnte ich unsere Leute bewegen, nur hinter seinem Rücken zu lachen. Die Wirkung war aber die erwünschte. Nachdem er das von Mägden aus groben Decken zusammen genähte Büßerwand angelegt und sein Haar mit Asche bestreut hatte, war die Verwandlung vollkommen.

Was mich betrifft, so genügte es, dass ich vier Tage lang den Bart sprießen ließ, ein paar Löckchen, die sich als Kranz von Ohr zu Ohr ringelten, aber abschnitt, dass ich die Stirn mit einer breiten Bilde umwand, einen zerschlissenen Bauernkittel und schlotterige Hosen anzog und einen Gürtel anlegte, an dem Löffel und Messer, ein Kochtopf, ein Messer und ein Almosensäckchen hingen, um mich, so bestätigten alle, in einen armen Tölpel zu verwandeln, wie sie zu Tausenden durch das Land irren. Wir legten uns eine Geschichte zu, nach der Odo ein edler Herr Faramod aus Rouen war, der als Buße für seine Sünden das Kreuz unseres Herrn nach Rom zu tragen gelobt hatte. Ich als sein Diener begleitete ihn. Da man Narren, die Kreuze schleppen, auf Schritt und Tritt begegnet, waren wir sicher, auf diese Weise am wenigsten Argwohn zu erregen.

Herr Rocco unterstützte uns tatkräftig. Wäre nicht Odos zweifelsfreie Verwandtschaft mit Ebrachar gewesen, hätte er uns wohl als Abenteurer und Maulhelden behandelt und versucht, uns schnell wieder loszuwerden. Anfangs stand er auch unserem Plan recht misstrauisch gegenüber. Da aber sein Sohn nicht zurückkam und seine Gemahlin ihm Tag und Nacht in den Ohren lag, blieb ihm nichts anderes übrig als entweder selbst etwas zu unternehmen oder sich uns anzuschließen. Letzteres hielt er dann doch für sicherer, zumal auch Cleph, der sein Vertrauen besaß, unser Vorhaben unterstützte. Rocco entwickelte dann sogar besonderen Eifer und sorgte vor allem dafür, dass auf dem Salhof nur wenige eingeweiht wurden. Nachts verstärkte er die Wachen, damit niemand hinausschlich, um vielleicht für einen Judaslohn die Mönche zu warnen.

Cleph trieb sich unterdessen auf Ebrachars Gütern herum. Er warb Knechte und Hörige für die Befreiung seines Vaters, dessen milder Herrschaft viele den Vorzug vor einem Mönchsregime gaben. Nach wenigen Tagen erschien der Vilicus an der Spitze von etwa zwanzig mit Lanzen, Messern und Beilen bewaffneten Männern. Bis auf zwei Verletzte stießen auch die Knechte des Rocco zu uns, die schon beim Raub der Ingunde dabei waren. Und natürlich standen Helko, Fulk und unsere Männer bereit.

Wir hielten Kriegsrat. Nachdem Odo und ich als Pilger in das Kloster gelangt sein würden, war unsere erste Aufgabe, Ebrachar, Bobo und die anderen zu finden. Dann mussten wir uns in einem günstigen Augenblick der Wirtschaftspforte des Klosters bemächtigen (derselben, durch die Zacharias und die anderen ihren Verfolgern entschlüpft waren) und unsere Leute, die sich gegenüber am Waldrand sammeln sollten, hineinlassen. Dies musste natürlich nachts geschehen. Der folgende Überraschungsangriff sollte Ebrachar und die anderen befreien und Fabiolus, Zacharias, Theophan wie überhaupt möglichst viele der Mönchsbande in unsere Gewalt bringen. Den Agilhelmus selbst zu ergreifen, würde nichts nützen, denn als Abt und Träger der Immunität war ihm natürlich als Person überhaupt nichts anzuhaben. Wir konnten ihn aber tüchtig erschrecken und ihn, indem wir ihn seiner Helfershelfer beraubten, vorerst an weiteren Untaten hindern. Alles andere musste dann Sache des Hofgerichts sein.

Am fünften Tag nach unserer Ankunft bei Rocco brachen wir auf. Wir waren über vierzig, es hatten sich vom Gesinde des Salhofs noch einige freiwillig gemeldet. Von unserem Trupp blieb nur Rouhfaz zurück, den zu viele im Kloster von Angesicht kannten. Erst nach geglücktem Unternehmen sollte er wieder zu uns stoßen. Herr Rocco begleitete uns ein Stück, nahm jedoch bald den Zustand seiner Gemahlin zum Vorwand, um umzukehren. Die Führung unseres Trupps hatten wir Cleph anvertraut. Er kannte am bestehen die verborgenen Wege, denen wir folgen mussten.

Um die dritte Stunde erreichten wir das immune Gebiet. Gegen Mittag erblickten wir von weitem das Kloster. Wir hielten mitten im Wald, um zu rasten, und Odo und ich übergaben Impetus und Grisel unseren Männern. Dann spannten wir uns vor den Bauernkarren, auf dem das Kreuz lag, das Roccos Tischler für uns angefertigt hatte. Während Cleph unserer kleines Heer in weitem Bogen um das Kloster herum führte, um in die Nähe der hinteren Pforte zu gelangen, folgten wir einem schmalen Pfad bis zum Waldrand. Dann verfuhren wir nach der Art der Selbstquäler, indem wir absichtlich auf Steine mit scharfen Kanten traten, die uns die Haut an den Füßen aufrissen. So hatten wir schon blutige Füße, als wir, am Waldrand angelangt, den Karren von seiner Last befreiten und ins Gebüsch stießen. Vom Kloster hörten wir es zur Non läuten, und wir warteten noch ein wenig, damit uns das Stundengebet nicht zu viel Aufmerksamkeit entzog. Dann luden wir uns das Kreuz auf.

Der Krankensaal befand sich in einem Steinbau, der wohl auch einmal Teil einer Villa römischer Provinzialen war, wie so viele Gebäude in dieser Gegend. Vielleicht war dies einmal ein Sklavenhaus, denn es lag etwas abseits und ich bemerkte an den Wänden noch da und dort Stellen, wo man eiserne Ringe angebracht hatte, um die Unfreien anzuketten. Der große, niedrige Raum hatte nur ein einziges Fenster, dasselbe, das schon Rouhfaz in seinem Bericht erwähnt hatte. Gleich dahinter musste die Mauer mit dem Wirtschaftstor sein, das wir einnehmen wollten. Es war uns gelungen, ohne Verzögerung in den Bereich des Klosters zu gelangen, wo wir uns sozusagen mitten im feindlichen Lager befanden.

Denn nach allem, was wir wussten, war es die Infirmerie, die Krankenabteilung, in der die Mörderbande nistete. Das einsame Haus in der Nähe des separaten Tors war in der Tat ein vortrefflicher Ort, um zwischen Komplet und Vigil den heiligen Benedikt samt seiner Regel zum Teufel zu wünschen. Es fiel auch gleich auf, wie wenig man hier von mönchischen Tugenden hielt. Obwohl einige der Kranken schrecklich stöhnten und nach Wasser verlangten, war niemand da, um ihnen in Demut dienstbar zu sein. Statt ernsten Schweigens, wie es Vorschrift ist, herrschte irgendwo am Ende des Ganges, wo mehrere Brüder beieinander sein mussten, laute Fröhlichkeit, so als befände sich dort eine Bauernschänke. Die Mönche, die uns hierher gebracht hatten, waren längst fort, als endlich einer der Krankenbrüder die Nase hereinsteckte. Sein spitzes Gaunergesicht kam mir gleich bekannt vor.

„Subulcus!“, röchelte einer der Kranken. „Komm her, gib mir zu trinken!“

„Was soll ich denn noch bei dir, Severinus?“, war die Antwort. „Mit dir ist es aus, du brauchst nichts mehr!“

Es war der Gefährte des Zacharias, den ich kurz nach unserer Ankunft bei Ebrachar in der Kapelle gesehen hatte. Er trat zu mir und fragte:

„Was hat du? Die Füße? Und der dort? Wer seid ihr?"

„Pilger."

„Könnt ihr bezahlen?"

„Bezahlen?"

Er lachte auf, als im selben Augenblick draußen „Subulcus!" gerufen wurde. Es war eine quäkende, ungeduldige Stimme.

„Ich komme schon, Bruder Theophan!", rief Subulcus zurück. Bevor er hinausging, sagte er noch zu einem, der eine offene Kopfwunde hatte:

„Gleich sind wir bei dir, Ceslin! Wir bohren dir deinen verdammten Schädel auf und sehen mal nach, ob du Dummkopf da drin ein Gehirn hast."

Der Angesprochene heulte auf. Bruder Subulcus entfernte sich lachend.

Etwa fünfzehn Kranke waren im Saal, recht viele also. Ein paar Greise waren darunter, die wohl an Schwäche litten und still vor sich hin dämmerten. Die weitaus meisten jedoch waren Jüngere und mir kam gleich der Verdacht, dass es jene waren, die sich mit den Entführern der Ingunde geschlagen hatten. Sie hatten Wunden, die von Verletzungen herrührten, und sie waren es, die stöhnten und jammerten. Der Name des Sterbenden, Severinus, ließ auch gleich ein Licht der Erinnerung in mir aufflammen. Rouhfaz hatte ihn als einen der Mörder erwähnt, die von Odo verfolgt worden waren.

Ich sah hinüber zu meinem Gefährten, der sich auf seiner Pritsche etwas erhoben und auf einen Ellbogen gestützt hatte. Seine Augen wanderten von einem der Kranken zum anderen, er studierte aufmerksam ihre Gesichter. Als sich unsere Blicke begegneten, bewegte er verneinend den Kopf. Auch er hatte – wie ich selbst – keinen der Männer entdeckt, die wir suchten.

Leider konnten wir uns nicht einmal flüsternd verständigen. Nach Klosterbrauch waren die Pritschen in weiten Abständen aufgestellt und es befand sich auch noch ein Kranker zwischen uns. Der lag die ganze Zeit fast reglos. Man hätte ihn für tot halten können, würde nicht ab und zu ein Arm oder Bein gezuckt haben. Er musste schmal und zartgliedrig sein, denn die schmutzige Decke, die bis zum Hals herauf gezogen war, ließ kaum die Umrisse seines Körpers ahnen. Das ganze Gesicht war mit einem Lappen bedeckt, der an mehreren Stellen von Blut durchtränkt war. Weiße Haare sträubten sich über den Ohren.

Wieder verging geraume Zeit und es dämmerte bereits, als sich die fröhliche Gesellschaft vom Ende des Ganges auf den Krankensaal zu bewegte und eintrat. Vorn ging ein Winzling, nicht gerade ein Zwerg, aber auch nicht viel mehr, mit einer Kutte bekleidet, deren unterer Teil wie ein Schleppe den Fußboden fegte. Seine Äuglein huschten flink hin und her, aus seinem Mund quollen unentwegt quäkende Laute. Er trat gleich auf Odo zu und schnarrte mit einem fremden Akzent:

„Sieh da! Schon wieder ein Kerl, der hilft dem Herrn Jesus zu tragen sein Kreuz nach Golgatha! Hast schlimme Füße? Ach, wie schrecklich! Wie heißt du? Simon von Kyrene?“

Die Brüder hinter ihm lachten. Ich zitterte einen Augenblick, als ich bemerkte, wie sich Odos Nase kräuselte. Das war gewöhnlich das Vorzeichen eines Zornesausbruchs. Doch obwohl er den dreisten Wicht am liebsten zwischen seinen Fäusten zermalmt hätte, beherrschte er sich mit letzter Selbstüberwindung und sagte: „Faramod, Edler aus Rouen.“

„Ein Edler? Chaire! Ich biete Heilgruß, Herr Faramod!“, indem er sich mehrmals ruckend verneigte. „Ihr müsst großer Sünder sein vor Gott, weil Ihr so furchtbar müsst büßen. Was habt Ihr gemacht für Scheußlichkeit? Hals abgeschnitten? Haus angezündet? Edle Frau vergewaltigt? Oder vielleicht edlen Herrn?“

Die Brüder bogen sich vor Heiterkeit.

„Foi, foi! Wie schade!“, fuhr Theophan fort. „Er will uns nicht beichten. Aber vielleicht will er beichten ehrwürdigem Vater. Wir müssen Herrn Agilhelmus heute noch melden, Brüder, dass schöner Edelmann, großer Sünder ist hier.“

Der Kranke, der zwischen Odo und mir lag, zuckte mehrmals unter der Decke. Theophan sah es, streckte den kurzen Arm nach ihm aus und ließ ein meckerndes Lachen hören. Dann wandte er sich an Subulcus, der mit einem Handtuch über dem Arm und einer Schüssel mit Instrumenten hinter ihm stand.

„Du kümmerst dich um edlen Herrn Faramod. Wunden waschen und schwarze Salbe. Aber erst nehmen wir uns Ceslin vor. Ceslin“, wandte er sich an den Verletzten, „wir müssen ein bisschen schaben, wie großer Hippokrates vorschreibt, und dann bohren wir auch noch ein bisschen. Du wirst es mit Gottes Hilfe ertragen.“ Der Ärmste begann lauthals zu jammern und um sich zu schlagen, und Theophan schrie: „Wo ist Zacharias? Soll kommen, ihn festhalten!“ Zacharias wurde mehrmals gerufen und schließlich wälzte er sich herein und presste Ceslin in seine bärenstarken Arme. Die Begleiter des Theophan zündeten Kerzen an, um zu leuchten. Eine Traube bildete sich um die Pritsche, sogar einige Kranke krochen heran und reckten die Hälse. Die Schreie des Massakrierten gellten, wurden dann aber schwächer und gingen in Stöhnen und Wimmern über.

Auch Severinus hob mehrmals den Kopf und versuchte, sich aufzuraffen. „Wasser!“, keuchte er immer wieder, doch niemand kümmerte sich um ihn. Plötzlich hatte er einen Dolch in der Hand. Er fuchtelte mit der Waffe und gab unverständliche, drohende Laute von sich. Die Gruppe des Theophan wurde aufmerksam und stob rechtzeitig auseinander, als der Dolch auf sie zuflog. Doch der Wurf hatte keine Kraft. Die Spitze der Klinge stieß gegen die Pritsche des Ceslin und fiel zu Boden. Severinus sank auf sein Lager zurück und rührte sich nicht mehr.

„Hat ausgelitten!“, befand Bruder Theophan, der sich, noch immer mit dem blutigen Knochenschaber in der Hand, über ihn beugte. „Armer Schächer. Aber Gott wird verzeihen. Auch dem dort …“ Er deutete auf Ceslin, der in den Armen des Zacharias hing, in Ohnmacht gefallen, als sich der Riese mit ihm auf die Seite geworfen hatte. „Foi, wir können ihn nicht mehr retten. Sagt Bruder Prior Bescheid, er soll kommen.“

Er warf den Schaber in die Schüssel des Subulcus und wandte sich ab.

„Ihnen allen der Herr wird gnädig verzeihen“. wiederholte er langsam mit seiner quäkenden Stimme.

Plötzlich wurde er feuerrot und begann zu zittern. Mit ein paar raschen, kurzen Schritten war er bei dem Kranken, der zwischen Odo und mir lag. Er riss ihm den Lappen vom Gesicht und kreischte:

„Aber du … du wirst schmoren in Höllenfeuer! Pornos! Hurenbock! Du bist verdammt!“

Fluchend stürzte er aus dem Saal.

Der Mann, dessen unbedecktes Gesicht im düsteren Licht der Kerzen mehr zu erraten als zu erkennen war, weil ihm ein Schwerthieb die Stirn zerteilt, die Nase zerschlagen und das Kinn gespalten und weil ihm ein tödlicher Schreck das Haar gebleicht hatte, war – Fabiolus.

Er hatte aufgeschrien bei der rohen Behandlung durch Theophan. Jetzt erhob er sich von der Pritsche und ohne sein wundes, entstelltes Gesicht auch nur teilweise wieder zu verhüllen, wickelte er sich in die Decke und ging nach der Tür.

Sein Körper war offenbar unverletzt. Die Krankenbrüder riefen, wohin er denn wolle. Er gab keine Antwort und war im nächsten Augenblick draußen.

Da steckten sie die Köpfe zusammen und ich hörte sie aufgeregt ratschlagen.

„Er wird den ehrwürdigen Vater belästigen“, vermutete einer.

„Aber der will das Scheusal nicht sehen“, wollte ein anderer wissen.

„Es ist besser, wir halten ihn auf“, entschied Zacharias. „Sonst müssen wir uns noch seinetwegen die Peitsche geben.“

Er und die anderen eilten hinaus. Nur Subulcus blieb zurück. Ich flehte im Stillen den Himmel an, er möge verhüten, dass sie Fabiolus zurückbrachten, denn der hätte uns wohl am ehesten erkannt. Ich wurde erhört, er kam nicht wieder. Es gab noch einmal Unruhe, als der Prior, ein zittriger Alter, mit zwei Mönchen erschien, die den Toten auf einer Bahre heraustrugen. Der Alte betete am Lager des sterbenden Ceslin, brach aber mittendrin ab, weil ihn die Glocke zum Komplet rief. Dann wurde es still im Saal und wir lauschten dem Gesang der Mönche, der feierlich aus der Kirche herüber schallte.

Es war nun fast dunkel.

Ich hatte Odo bereits durch Zeichen mitgeteilt, dass ich Subulcus, der die Nachtwache hatte, für unsere Zwecke anstellen würde. Der barmherzige Bruder wollte Geld, was unserem Vorhaben sehr entgegenkam. Noch günstiger war, dass er es heimlich einstecken wollte, um nicht teilen zu müssen. Für die Salbe, die stark nach Myrrhe roch, hatte er mir einen Denar abgenommen. Und mir dabei augenzwinkernd zugeflüstert, für zwei weitere könne er mir etwas Schmackhaftes aus der Küche besorgen, aber erst nach dem Komplet, wenn die Brüder schliefen.

Ich begriff, dass dies die Stunde der Schlemmer war, des Herrn Agilhelmus und seiner Gäste, und dass sich die Spitzbuben aus der Infirmerie als treue Hunde reichlich vom Tisch ihres Herrn versorgten. Es fiel mir schwer, doch ich lehnte ab, denn wir durften keine Zeit mehr verlieren. Stattdessen versprach ich Subulcus fünf Denare für einen anderen Dienst, sagte aber vorerst nichts Näheres. Auch hierzu musste die Zeit der Nachtwache abgewartet werden. Sobald alles still war, schlich er um mich herum, und ich gab ihm schließlich ein Zeichen.

„Fünf Denare", sagte ich leise, „wenn du mich zu Herrn Ebrachar führst."

Im schwachen Licht der einzigen Kerze sah ich sein Gaunergesicht zu einer hölzernen Maske erstarren.

„Kenne ich nicht."

„Dann tut es mir leid und ich bin im Irrtum. Hab nur gehört, er sei hier."

„Von wem gehört?"

„Einem Bauern. Der sagte mir, Herr Ebrachar lebe jetzt hier im Kloster, als Kostgänger. Und da hab ich nun meinen Herrn überredet, den Umweg zu machen. Das war nicht leicht mit dem Kreuz auf dem Buckel."

„Was willst du denn von diesem Ebrachar?"

„Nun, Bruder, wenn du den Mann nicht kennst, wozu ..."

„Gehört hab ich auch schon von ihm."

„Ist er hier oder nicht?"

„Vielleicht ..."

„Dann im Vertrauen ... Ein Kaufmann aus unserer Stadt Rouen, bei dem ein Verwandter von mir als Diener angestellt ist, schuldet ihm Geld. Er wurde mal hier in der Nähe ausgeraubt und Herr Ebrachar half ihm mit einem Pferd und mit Kleidung, damit er sich zu seinem Pariser Geschäftsfreund durchschlagen konnte, Als nun der Kaufmann erfuhr, dass mein Herr und ich diese Gegend als Pilger durchwandern würden, vertraute er mir einen Beutel an."

„Einen Beutel mit Geld? Wieviel?"

„Soviel er Herrn Ebrachar schuldet. Es sind fünfzig …"

„Fünfzig Denare?"

„Fünfzig Solidi."

Jetzt kam Leben in das Gaunergesicht.

„Wer weiß noch davon?"

„Nur mein Herr dort, Herr Faramod. Aber der denkt nicht mehr an Geld, sondern nur an sein Seelenheil. Natürlich wollte ich mich hier nicht offen nach Herrn Ebrachar erkundigen, du verstehst … Zu dir aber hatte ich gleich Vertrauen."

„Der Mann, den du suchst, ist hier."

„Wo?"

„In diesem Haus. Unten in einer der Zellen."

„Führe mich zu ihm!"

„Unmöglich. Wenn Bruder Theophan das mitbekommt …"

„Dann muss ich wohl doch bei euerm Abt einen Antrag stellen."

„Tu das nicht, Freund. Dann wirst du den Beutel gleich los."

„Aber was soll ich machen? So rate mir doch!"

„Ich könnte vielleicht als Bote …"

„Das Geld überbringen? Du hast zwar ein ehrliches Gesicht, aber wenn dich nun doch die Versuchung packt … Außerdem hat mir der Kaufmann noch etwas aufgetragen."

„Sage es mir und ich richte es aus."

„Du behältst es nicht, dazu bist du zu dumm."

„Zum Teufel!"

„Ungläubig bist du also auch. Dabei sind es lauter fromme Gedanken, die ich Herrn Ebrachar mitteilen soll. Ich habe sie auswendig gelernt."

„Zehn Denare im voraus."

„Du bringst mich zu ihm?"

„Warte …"

Ich gab dem Lumpen das Geld und er verschwand eine Weile. Plötzlich kamen mir Zweifel. War ich zu unvorsichtig gewesen? Fielen sie im nächsten Augenblick über mich her, um mir die fünfzig Solidi abzunehmen? Was würden sie tun, wenn sie nichts fanden? Odo bewegten dieselben Gedanken, er kannte ja die Geschichte, mit deren Hilfe ich zu Ebrachar vordringen wollte. Im trüben Schein der einzigen Kerze sah ich ihn halb aufgerichtet, in wachsamer Haltung, kampfbereit. Beruhigend war, dass er unter dem weiten Büßerhemd ein kurzes Schwert und mehrere Dolche versteckte. Auch ich trug unter meinem Bauernkittel ein Messer.

Zum Glück hatte ich mich doch nicht getäuscht. Subulcus kam zurück und winkte mir an der Tür, ich solle ihm folgen. Auf Zehenspitzen schlich ich ihm nach, was beim Zustand meiner Füße ohnehin noch die angenehmste Art war, mich fortzubewegen. Wir gelangten an eine Treppe.

„Sie sind alle in der Küche, fressen sich voll", sagte er. „Nimm dir trotzdem nicht zuviel Zeit. Steck das Geld am Kopf unter seinen Strohsack, damit sie es nicht finden."

Er nahm eine Kienfackel von der Wand und stieg als Erster die Treppe hinab. Modergeruch stieg uns entgegen, mit den Dünsten menschlichen Unrats vermischt. Auch hier gab es einen Gang, von dem man in einzelne türlose Zellen gelangte. An den ersten dreien ging Subulcus vorüber, sie waren leer. Es war die vierte, vor der er stehen blieb. Er gab mir die Fackel.

„Der hier ist es. Beeil dich! Ich gehe wieder nach oben. Wenn sie kommen, pfeife ich … so! Am Kopfende unter dem Strohsack. Denke daran!"

Er grinste in törichter, unverhohlener Freude und verschwand. Bei seinem leisen Pfiff hatte sich in der Zelle etwas bewegt. Ein bleicher, fast fleischloser Greisenkopf hob sich etwas vom Stroh, als ich mit der Fackel eintrat, und fiel gleich wieder zurück. In tiefe Höhlen eingesunkene Augen blinzelten erschrocken. Eine Hand, die zu einem Gerippe gehören konnte, hob sich abwehrend.

„Herr Ebrachar!“, sagte ich, nicht weniger bestürzt, und kniete nieder, damit er mich ansehen konnte. „Erkennt Ihr mich? Ich bin es – Lupus!“

„Lupus …?“, murmelte er.

„Der Freund Eures Vetters Odo. Diakon Lupus, der Mönch, der Königsbote!“

„Ich kenne Euch nicht. Es ist alles so lange her …“

„Nicht viel mehr als sechs Wochen, Herr Ebrachar. Wir sind gekommen …“

„Wo bin ich hier? Ich bin schon gestorben, habe ich Recht? Und dies ist das Höllenloch, wo ich in aller Ewigkeit büßen muss. Fabio hat es mir so beschrieben …“

Wahrhaftig, der Schlingel wusste, wovon er sprach, wenn er die Hölle so beschrieb! Eine feuchte Zelle, halb über, halb unter der Erde, Lumpen, Ungeziefer, stinkendes Stroh, ein leerer Wasserkrug.

„Herr Ebrachar!“, sagte ich so eindringlich wie möglich, ohne die Stimme zu sehr zu heben, „Ihr lebt und Ihr werdet bald wieder zu Hause sein. Eure Tochter ist schon in Sicherheit. Seid zuversichtlich! Wir sind gekommen, um Euch zu befreien. Auch Euer Vetter Odo ist hier.“

Er starrte mich an, und seine Augen leuchteten kurz auf, als verstünde er alles. Doch dann sagte er:

„Ist es Fabio, der Euch geschickt hat? Ja, gehen wir fort! Aber warum kommt er nicht selbst? Er war noch nie hier. Warum holt er mich nicht?“

„Herr Ebrachar …“

„Nein, ich kenne dich nicht!“, unterbrach er mich rau. „Du lügst! Du bist einer von diesen Höllenknechten. Du willst mich nur quälen. Lass mich!“

Er drehte den Kopf zur Wand. Einen Augenblick war ich unschlüssig, ob ich nochmals versuchen sollte, diesem Verwirrten seine Lage verständlich zu machen. Ich entschied, dass es hier, an diesem Ort, wenig Sinn hätte. Wir wussten nun, wo wir ihn finden würden. Das genügte vorerst.

Von der Treppe her hörte ich einen gedämpften Pfiff. Ich beugte mich nochmals über den armen Dulder.

„Seid zuversichtlich, Herr Ebrachar! Betet für das gute Gelingen. In dieser Nacht noch …“

Ich unterbrach mich, weil ich hinter mir rasche Schritte hörte.

„Bist du taub?“, zischte Subulcus. „Wozu hast du Ohren am Kopf? Sie kommen! Fort von hier!“

Ich lauschte ängstlich zur Treppe hin. Oben näherten sich Geräusche und Stimmen.

„Zu spät! Wenn sie uns beide hier finden, dann …“

Ich erfuhr nicht, was dann geschehen würde. Er packte mich und drängte mich in den Gang und von dort in eine der leeren Zellen, die fünfte der Reihe nach, von der Treppe aus. Hier riss er mir die Fackel aus der Hand, bedeutete mir, mich vollkommen ruhig zu verhalten und stürzte wieder hinaus. Nebenan hörte ich es rascheln, während Ebrachar seufzte und ächzte. Zweifellos suchte Subulcus den Geldbeutel unter der Strohmatratze. Er stieß einen gräulichen Fluch aus, doch hatte er nicht mehr die Zeit zurückzukommen und mich zur Rede zu stellen.. Schon war die quakende Stimme des Theophan auf der Treppe zu hören.

„Vorsicht …nicht verschütten kostbaren Saft! Wenn du verlierst auch nur ein Tröpfchen, es reicht vielleicht nicht. Was soll das sein hier? Ein Licht? Wer ist dort?“

„Ich bin es, Bruder Theophan“, hörte ich Subulcus schüchtern antworten.

„Was hast du zu suchen hier, Schweinehirt? Ich habe verboten!“ Die Wut verzerrte die Stimme des Kleinen fast bis zur Unverständlichkeit. „Du kannst nicht lassen schlechte Gewohnheit!“

„Ich glaubte, er hätte gerufen.“

„Gerufen! Wo nimmt er Kraft her, dass du kannst hören … oben in Krankensaal. Kleptes! Dieb! Du hast gedacht, vielleicht kann ich nehmen noch einen Ring oder …“

„Ich dachte, der braucht etwas.“

„Apage, kyon!“

„Hau ab, du Hund!“, hörte ich Zacharias den Befehl übersetzen. Dem Geräusch der sich entfernenden Schritte folgte einen Augenblick Stille. An die Wand der Zelle gepresst, sog ich lautlos, mit weit geöffnetem Mund und kurzen Atemzügen die Kellerluft ein. Schwaches Licht, wohl auch von einer Kienfackel herrührend, warf unscharfe Schatten auf die Wand gegenüber.

„Worauf wartest du noch, kalos philos, mein schöner Freund?“, ließ sich Theophan wieder vernehmen, diesmal die Stimme dämpfend. „Herr Ebrachar ist erfreut, wenn er wiedersieht seinen Fabio. Der Arme ist durstig, gib ihm zu trinken!“

„Ich kann nicht.“

Es war die Stimme des Fabiolus, doch die Worte quälten sich mühsam über dem gespaltenen Kinn und geschundenen Lippen hervor.

„Er kann nicht!“, höhnte der Bruder Medicus. „Aber er kann erschrecken ehrwürdigen Vater. Herr Agilhelmus ist böse, sehr böse … und es ist schlimm, dass er wegnimmt schützende Hand von verwöhntem Liebling. Nun hat kleiner Fabio nur noch zwei gute alte Freunde, den Theophan und den Zacharias. Er will doch nicht gute alte Freunde enttäuschen …“

„Lasst mich!“, stieß Fabiolus hervor. „Warum ich? Ihr habt es doch sonst immer selber getan!“

„Das ist wahr, und beim Jüngsten Gericht haben wir beide schon lange Liste. Und Gott, unser himmlischer Richter, wird fragen: Ihr zwei arme Brüder habt keine Helfer gehabt auf Erden, dass ihr alles musstet allein machen? Drei edle Herren … Herrn Badegisel, Herrn Waldo, Herrn Mombert … dazu fünf edle Söhne, mit denen von Herrn Ebrachar sieben … Sie werden stehen als Zeugen auf und zeigen auf uns. Und wer zeigt auf dich?“

„War ich nicht euer treuer Helfer?“

„Du warst nützlich für leichte Arbeit. Warst falscher Pater, Verführer, Schmeichler. Aber jetzt, wo du hast verloren dein Engelsgesicht und nicht mehr taugst als reizender Ganymed, der den Wein schenkt, wirst du sein hässlicher Ganymed, der den Giftbecher reicht.“

„Tu, was er sagt!“, knurrte Zacharias. „Wenn der Alte nicht trinken will, helfe ich nach.“

„Ihr könnt mich nicht zwingen“, hörte ich Fabiolus stammeln, „Habt ihr vergessen, wer ihr seid? Zwei Sklaven, die ihrem Herrn, dem Grafen Olo von Burgund, als Leibarzt und als Folterknecht dienten – bis sie ihn beraubten und umbrachten. Die Häscher hätten euch gleich ergriffen, wenn nicht ich …“

„Ein kleiner Dieb“, quäkte Theophan, „der las seinem alten Bischof die Bibel vor und ihm stahl die Juwelen!“

„ … wäre nicht ich gewesen, der sie ablenkte. Ihr hättet gehangen – ohne mich! Ich habe euch am Leben erhalten. Euch und dieses Gelichter, das ihr überall aufgelesen habt. Wenn du auch Grieche bist, Theophan … wer hätte dir den griechischen Arzt geglaubt? Und wie wäret ihr ohne mich in den

Schutz des Klosters gelangt!" „Genug!". zischte Theophan. „Er verschüttet noch alles. Muss ich Schierling noch einmal anrühren. Geh hinein! Oder willst selber trinken?"

Ich vernahm jetzt ein Stöhnen und ein paar unverständliche Worte Ebrachars.

Dann plötzlich den Ausruf: „Fabio!"

„Er hat dich erkannt!", flüsterte Zacharias. „Lass ihn nicht warten!"

„Ich gehe nicht"

„Bist du es, Fabio?", keuchte Herr Ebrachar. „Ich kann dich nicht erkennen. Sprich doch! Nein, du bist es nicht … oder doch? Hast dich verändert … komm … komm näher …"

„Deilos kai kakos anthropos", plärrte Bruder Theophan. Und plötzlich flüsterte er hastig: „Willst du wissen, was wird deine Strafe sein? Was du eben Gelichter genannt hast … die Brüder dort oben … sind alle voller Zorn gegen dich. Sie verzeihen dir nicht den Tod von Ursio. Und jetzt ist auch noch Severinus gestorben … und Ceslin wird ihm heute Nacht folgen. Wir sind nur noch acht. Und warum alles dies? Wegen niedriger Ausschweifung. Mit Tochter von dem da, in Kapelle. Du hattest Auftrag, Jungfrau ins Kloster zu bringen. Aber du musstest sie ‚vorbereiten' … so lange, bis kamen Entführer und machten tot unsere besten Leute. Dass die Erinnyen dich verfolgen! Wir liefern dich ihnen aus, haben Plätzchen für dich in Folterkeller. Das Schwert von Vilicus hat guten Anfang gemacht … wir machen weiter und noch besser. Zuerst Zacharias dir bricht die Zähne aus … dann folgen Augen, Nase, Ohren, Lippen …"

„Nein!", hörte ich Fabiolus stöhnen. „Herr Agilhelmus wird das nicht zulassen!"

„Herr Agilhelmus? Du hoffst auf ehrwürdigen Vater? Weißt du was? Er hat mir Zeichen gegeben, es wäre besser so. Er sich ekelt vor dir, nun weißt du. Auch Zacharias und ich … wir beide sind Scheusale, aber nützlich. Du bist unnützes Scheusal. Wir beide sind gut für seine Geschäfte, er kann nicht verzichten auf unsere Dienste. Und auf Dienste von unsere Freunde, versteht sich. Die anderen zweihundert, die Mönche … nur fromme Schafe, die singen und beten. Einige sind als Hilfstruppen gut, der Rest … zu nichts brauchbar. Vielleicht du willst auch nur noch singen und beten und nicht mehr brauchbar sein? Daraus wird nichts. Dann ist es besser, du stirbst!"

„Fabio!", flehte Ebrachar. „Fabio!"

Dann war es wieder still. Nach einer Weile hörte ich Schritte, dann das Rascheln von Stroh.

„Ja, ich bin es, edler Herr!", sagte Fabiolus leise. „Erschreckt nicht vor mir! Feinde des Glaubens haben mich so verunstaltet. Ich bringe Euch etwas zu trinken, damit Ihr wieder zu Kräften kommt." „Oh du mein Wohltäter! Bote Gottes! Bist du es wirklich? Ich danke dir …"

„Trinkt!"

Was sollte ich tun? Zu überlegen gab es nichts mehr. Eine Heldentat – oder ewige Reue! Ich dachte mit Schrecken an die unzähligen Bußpsalmen, die ich mein Leben lang würde abhaspeln müssen, und schon sprang ich aus meinem Versteck hervor. Ich stieß Theophan zu Boden, stieg über ihn hinweg in die Zelle und schlug Fabiolus den Becher, den er schon an die Lippen Ebrachars setzte, mit einem Fausthieb aus der Hand.

Dann packten mich die Bärenarme des Zacharias.

Eine Tür flog auf und ich stürzte hinein in den Raum und auf den Fußboden nieder. Als ich den Kopf hob, war ich geblendet vom Licht der zahlreichen Kerzen. Vielarmige Leuchter waren überall aufgestellt, die einen aus Silber, die anderen aus Alabaster und Bronze. In der Mitte erhob sich ein Lampadarium in der Form eines Baumstammes mit Zweigen, von denen zahllose Lämpchen an goldenen Ketten herabhingen

Ich befand mich in einem Prunksaal, der dem ehrwürdigen Vater, dem edlen Herrn Abt Agilhelmus, als Zelle diente.

Er selber stand, mir den Rücken zukehrend,, neben einer geöffneten, reich mit Bildschmuck versehenen Truhe von der Größe eines Sarkophags. Bekleidet war er mit einer purpurnen Tunika, die seinen mächtigen fetten Leib majestätisch umwallte. Der runde Kahlkopf mit dreifachem Nackenwulst drehte sich langsam, und es lag noch ein starres, gleißendes Lächeln auf dem Gesicht des ehrwürdigen Vaters, als er auf mich herab blickte.

Er kam nicht dazu, eine Frage zu stellen. Im selben Augenblick eilten fünf, sechs Leute an ihm vorüber auf den zweiten Mann zu, der sich mit ihm im Raum befand. Dieser war von einem Tisch aufgesprungen und hatte sein Schwert gezogen. Er ließ es aber sofort wieder sinken und übergab den Männern die Waffe. Doch als sie Hand an ihn legen wollten, stieß er sie heftig weg und trat auf Herrn Agilhelmus zu, um ihm etwas zu sagen. Der Abt wich mit einer flatternden Abwehrgeste zurück und brachte die Truhe zwischen sich und den anderen, dessen grobes, härenes Büßergewand sich in dem verschwenderischen Licht und der üppigen Umgebung recht seltsam ausnahm. Ich traute meinen Augen nicht.

Es war Odo.

Wie war er hierher gekommen? Jetzt war keine Zeit, darüber Vermutungen anzustellen. Später erfuhr ich, dass Theophan seine Absicht wahr gemacht und dem Abt den „schönen Edelmann und großen Sünder“ empfohlen hatte. Während der Abwesenheit des Subulcus, der mich zu Ebrachar führte, wollte Odo versuchen, zu dem Tor zu gelangen. Vom Fenster aus hatte er festgestellt, dass es lediglich von drei Knechten bewacht war, die ihre Aufmerksamkeit dem Würfelspiel widmeten. So hoffte mein Freund, das Tor ohne Mühe im Handstreich nehmen zu können.

Er schlich jedoch gerade aus dem Saal, als ihm zwei bewaffnete Männer entgegen kamen und ihn fragten, ob er Faramod sei. Als er bejahte und sie, wieder den eifernden Büßer spielend, aufgeregt bat, sie möchten ihm helfen, sein Kreuz zu finden, damit er endlich die Pilgerfahrt fortsetzen könne, ergriffen sie sich bei den Händen, bildeten eine Sitzbank, befahlen ihm, Platz zu nehmen und trugen ihn geradenwegs über den Hof und an der Kirche vorbei in die Wohnung des Abts.

Hier empfing ihn der ehrwürdige Vater auf das liebenswürdigste, passte eigenhändig seinen geschundenen Füßen ein Paar weicher Pantoffeln an und bat ihn zur Tafel. Die Männer, die ihn gebracht hatten, Vasallen aus der weltlichen Gefolgschaft des Abts, bezogen Posten vor der Tür.

Was blieb Odo übrig, als weiter den Faramod zu spielen!

Der Herr Agilhelmus unterhielt sich mit ihm und war so begeistert von dem stattlichen Pilger, dass er nach kurzer Zeit schon den Entschluss fasste, ihn ein Stück auf dem Wege nach Rom zu begleiten. Wobei er feinsinnig zu verstehen gab, die Sünde erst noch begehen zu müssen, für die er sich das Kreuz mit aufladen wolle. In gehobener Stimmung trat er an seine Kleidertruhe, um ein Gewand für die Pilgerfahrt auszusuchen. Da flog die Tür auf und ich …

„Sie wollen entführen Herrn Ebrachar!“, quäkte Theophan, der sich mit Zacharias und anderen hinter mir hereingedrängt hatte. „Haben bestochen Bruder Subulcus, der diesen hier hat zu ihm gebracht … und wenn durch Zufall wir nicht wären gekommen, um dem Armen labenden Trunk zu reichen …“

„Den Giftbecher!“, rief ich und sprang auf. „Sie wollten

ihn gerade zu Tode laben!"

„Das ist pseudos! Schändliche Lüge! Wie kann falscher Pilger Wahrheit sprechen? Fabiolus und Zacharias haben erkannt diesen Mann. Er ist Betrüger und auch der andere …"

„Falsche Pilger? Betrüger?", wiederholte Herr Agilhelmus, der immer noch hinter der Truhe Schutz suchte, mit bebenden Lippen. „Auch Ihr, Herr Faramod …`"

„Mein Name ist Odo", sagte mein Amtsgefährte. „Ich stamme aus Reims und bin ein Vetter des Ebrachar. Und das ist Lupus, aus einem edlen Geschlecht in Ostfranken. Es ist wahr, wir sind falsche Pilger. Aber wir sind richtige Königsboten!"

„Königsboten?"

Der ehrwürdige Vater dehnte das Wort und gewann dabei sichtlich seine Fassung zurück. „Ich glaube, ich habe von Euch gehört … man hat mir dieses und jenes berichtet. Ihr seid also die Königsboten! Seid Ihr dieselben, die Herrn Ebrachar vor einigen Wochen gewaltsam hinderten, sein Testament zu unterzeichnen?"

„Wir hatten schon damals die Absicht, ihm das Leben zu retten." „Seid Ihr auch diejenigen, die unseren guten Comes Magnulf überreden wollten, das Kloster zu überfallen und die Mönche zu verschleppen?"

„Nur einige Mönche, die bestraft werden müssen."

„Seid Ihr vielleicht auch mit jenem Gesetzesbrechern im Einverständnis, die vor kurzem nachts in eine Kapelle einbrachen? Um eine Jungfrau zu entführen, die sich dem Dienste des Vaters und des Sohnes widmen wollte?"

„Sie hatte bereits dem Heiligen Geist gedient. Das genügte."

„Diese Sprache entlarvt euch!", rief der ehrwürdige Vater und trat hinter der Truhe hervor wie ein Kriegsherr hinter seiner Verschanzung, nachdem er die Feinde durch einen vernichten Pfeilregen in die Knie gezwungen hat. „Es ist die Sprache von Männern, die keinen Glauben und keine Moral haben. Was wunder, dass sie hier einbrachen … unter Missbrauch von *caritas* und *hospitium*. Nicht einmal das Kreuz des Herrn ist ihnen heilig. Sie benutzen es zu Täuschung und Trug!“

„Wir benutzten es, damit Täuschung und Trug ein Ende finden und endlich die Gerechtigkeit siegt!“, entgegnete ich empört.

Der ehrwürdige Vater hob nur ein wenig die Augenbraue und stieß ein girrendes Lachen aus.

„Gerechtigkeit? Nun, die sollt ihr bekommen. Ihr befindet euch auf immunem Gebiet. Wir werden euch vor unser Gericht stellen.“

„Wir unterstehen nur einem Gericht – dem des Königs!“, erklärte Odo fest.

„Das müsst ihr erst beweisen.“

„Nichts leichter als das. Wir sind im Besitz von Ernennungsurkunden zu Königsboten.“

„Die ihr natürlich nicht bei euch habt.“

„Sie können schnell herbeigeschafft werden.“

„Vermutlich werden es Fälschungen sein.“

„Sie tragen das Titelmonogramm und den Vollziehungsstrich unseres Herrn Königs“, sagte ich.

Herr Agilhelmus gurrte wieder, nahm einen Schluck aus seinem grünschimmernden Glaspokal und fragte: „Ihr seid nicht zufällig auch dieselben, die kürzlich einem mir befreundeten Geistlichen das Buch mit dem sieben Siegeln verkaufen wollten, von Gott dem Herrn persönlich gesiegelt?“

Unter den Mönchen und Vasallen erhob sich Gelächter.

Odos Nase kräuselte sich, doch als er jetzt seinen Schnurrbart zupfen wollte, fasste er an die nackte Oberlippe. Das machte seinen Zorn nur noch heißer. Allerdings zeigte sich jetzt, dass das Fehlen von Schnurrbart, Mantel, Gürtel und Schwert sehr nachteilig war. Auch die kühnste Rede verliert erheblich an Wirkung, wenn sie aus dem Munde eines Mannes im Büßerhemd und mit seidenen Pantoffeln an den Füßen kommt.

„Machen wir es kurz“, sagte Odo. „Im Namen des Königs verlangen wir, dass Ihr Ebrachar und die anderen, die Eure Leute fortgeschleppt haben, frei lasst. Dass Ihr uns ferner alle ausliefert, die Morde begangen haben und …“

„Lieber Freund“, unterbrach ihn der Abt, „als Pilger Faramod hast du mir besser gefallen. Wir hätten gemeinsam recht angenehm büßen können. Aber nun gehst du zu weit, das kann ich nicht dulden. Kleine Schurken wie du sind nur zu ertragen, solange sie unterhaltsam sind. Wenn sie dreist werden …“

„Ihr redet mit mir in einer Weise …“

„In der Weise, die du verdienst! Glaubst du denn, ich durchschaue dich nicht? Von deiner Sorte kannte ich viele. Du hast ein lockeres Leben geführt, den großen Herrn gespielt, dich verschuldet … Vetter Ebrachar war deine letzte Hoffnung! Allerdings hatte er schon ein Testament gemacht, in dem du nicht vorkamst. Nun war dir jedes Mittel recht, die Anmaßung eines hohen Amtes … die Behauptung, bald Schwiegersohn des Königs zu werden … der Diebstahl des Testaments … die Ermordung von Ebrachars jüngstem Sohn …“

„Das denkt sich der Teufel aus!“, schrie Odo.

„ … schließlich der Versuch eines Überfalls auf unser Kloster und die schlechte Komödie dieser Pilgerfahrt. Das alles in der Gesellschaft eines herunter gekommenen Mönchs und einiger Schlagetots, vermutlich unterwegs aufgelesen, und mit der tätigen Hilfe eines Bastards, mit dem du die Erbschaft teilen willst. Du siehst, mir ist nichts verborgen geblieben!

Für die Erbschaft ist es nun freilich zu spät, doch niemals zu spät ist es für die Reue. Bitte Gott um Gnade, mein Sohn", fuhr er salbungsvoll fort, indem er die Hände faltete und die Augen zur Decke hob. „Der Herr wird euch Missetätern verzeihen, wenn auch wir Menschen euch strafen müssen."

„Und ich sage Euch nochmals", rief Odo, „Ihr seid nicht befugt …" „Ihr werdet viel Zeit für die Reue haben, sechs Monate etwa. Ich habe hier gerade Gericht gehalten und werde es erst wieder im Frühjahr tun. Inzwischen muss ich mich um die anderen Klöster kümmern, denen ich vorstehe, und um meine Güter in Septimanien. Ich vertraue euch solange der Obhut der Brüder an."

„Ihr wollt uns hier bis zum Frühjahr festhalten?", fragte Odo entgeistert.

„Aber glaubt Ihr denn, dass man uns nicht vermissen wird", rief ich. „Der Herr König wird nach uns suchen lassen. Wenn unser Wachtrupp die Pfalz erreicht hat …"

„ … wird der König schon einen Brief haben", sagte Herr Agilhelmus lächelnd. „Des Inhalts, dass zwei Männer, die sich Odo und Lupus nennen, eine Zeit lang bei uns ihr Unwesen trieben, indem sie, als Königsboten auftretend, die erwähnten Verbrechen begingen. Dass es jedoch gelungen sei, ihrer habhaft zu werden, als sie den Frieden des Klosters störten. Sollte nun wider Erwarten ein Antrag gestellt werden, wird man euch an das Hofgericht ausliefern. Ich glaube aber das wird nicht geschehen. Man wird bei Hofe die Männer nicht kennen, die den Namen des Königs und sein Vertrauen in so verwerflicher Weise missbrauchten."

Der letzte Satz bewies, dass er uns keineswegs für Betrüger hielt. Umso schlimmer für uns! In diesem Augenblick hatten wir keine Hoffnung mehr. Das Schicksal, das uns erwartete, würde dem Ebrachars, Momberts und der anderen gleichen,. Deren einziger verbliebener Lebenszweck ihr rasches

Verschwinden war. Du störst einen Mächtigen – fort mit dir! Und wenn es so ist und du einen Mächtigen störst, dann hat es keinen Sinn, auf einen noch Mächtigeren zu bauen. Auch der wird dich fallen lassen, wenn du ihm weniger wichtig bist als der, den du störst. Das war es, was Agilhelmus mir auf meinen letzten verzweifelten Einwand antwortete, mit der Gelassenheit eines Fuchses, der ein Hühnchen verspeisen will, das in seiner Todesnot gackert, er werde dafür Ärger mit dem Wolf bekommen. Wir konnten jetzt gackern, soviel wir wollten – verspeist werden mussten wir! Wenn nicht ein Wunder geschah …

Hast Du einmal, mein lieber Volbertus, in Eurer Klosterbibliothek eines jener alten Theaterstücke gelesen, die damit enden, dass Gott zu den Menschen herab schwebt, um den tragisch geschürzten Knoten zu zerhauen und im letzten Augenblick die Katastrophe zu verhindern? In unserem Falle trampelte er die Treppe herauf, und wahrhaftig – er stand in dem Augenblick vor der Tür, als die Leute des Agilhelmus uns hinaus führen wollten … in ein Gefängnis, in ein Kellerloch, vielleicht in eine der stinkenden Zellen unter dem Krankensaal. Du fragst, wer dieser Deus ex machina war, dieser vom Himmel gesandte streitbare Engel? Ein kleiner, gedrungener Kerl war es, dunkel und finster blickend, mit dickem Krauskopf. Das Schwert, das er in der Hand hielt, war fast so lang wie er selbst.

Es war Cleph.

Hinter ihm drängten Helko, Fulk und unsere Männer herein. Und dreißig, vierzig lanzen- und messerstarrende Bauern und Knechte machten polternd, sich aber eifrig bekreuzigend und die Kappen von ihren struppigen Köpfen reißend, mit offenen Mäulern und blinzelnd im Licht der hundert Kerzen, dem edlen Herrn Abt ihre Aufwartung.

12. Kapitel

Es gab keine Kampf, nur ein kurzes Getümmel. Die Gefolgsmänner des Agilhelmus waren zum Glück erfahrene Kriegsleute, die wussten, wann sie ihr Fähnlein zu senken hatten. Sie erkannten die Übermacht ihrer Gegner und schickten sich in das Unvermeidliche, ohne sich noch das Fell durchlöchern zu lassen, womit sie zwar Zeugnis von Heldenmut, doch nicht von Verstandeskraft abgelegt hätten. Sie sträubten sich nur ein wenig, als wir uns ihrer Waffen bemächtigten. Dabei geschah es, dass der, dessen Lanze ich begehrte, das prachtvolle Lampadarium umstieß – mit der Folge, dass er sogleich die Lanze losließ und fürchterlich schrie, weil seine Hose lichterloh aufflammte. Da sich mehrere Krüge voll Wein und Wasser im Raum befanden, konnten wir das Ärgste verhindern. Dieser Zwischenfall ließ es aber geraten sein, weitere Rempeleien inmitten der brennenden Kerzen zu vermeiden, denn dabei hätten sich Freund und Feind leicht in Asche verwandeln können. Für Unruhe sorgten nur noch die Krankenbrüder, die sich zwischen uns hindurch wanden und zu entkommen suchten.

Zacharias gelangte bis in den Klosterhof, wo ihn aber fünf Männer überwältigen konnten. Auch Theophan, der einen vergifteten Dolch bei sich trug und mit dieser Waffe fuchtelnd jeden zu töten drohte, der sich ihm näherte, musste sich schließlich ergeben. Unser Mann mit dem langen Speer überwand ihn. An der Spitze dieses Speers, die seine Kapuze durchstach, wurde der jämmerlich plärrende Schüler des Hippokrates in die Höhe geschwenkt und fortgetragen. Auch die anderen konnten ergriffen werden.

Es war fast Mitternacht, als wir die Mönche auf dem Hof des Klosters versammelten. Ihre Nachtruhe war ohnehin gestört und Zeit wurde es, sie über die Vorgänge aufzuklären,

Ich war es, dem diese Aufgabe zufiel. Als ich jedoch beginnen wollte, kam Unruhe auf und ich wurde nach dem Herrn Abt gefragt. Der ehrwürdige Vater war aber nicht aufzufinden, sondern, so schien es, plötzlich verschwunden. Ich konnte mich jetzt auch nicht mehr erinnern, ihn von dem Augenblick an, da Cleph in der Tür stand, noch einmal bemerkt zu haben. Unsere Leute, die ich befragte, hatten ihn überhaupt nicht zu Gesicht bekommen. War Agilhelmus durch eine Geheimtür entwischt? Hielt er sich irgendwo versteckt? Hatte er überhastet die Flucht ergriffen? Wir sandten Mönche aus, die an Orten, wo er sich aufhalten konnte (vielleicht betete er in der Kirche?) nach ihm suchten. Keiner von ihnen fand eine Spur. In den Ställen fehlte keines seiner Lieblingspferde. Und keiner der Bewaffneten, die ihn gewöhnlich auf Reisen begleiteten, war abwesend.

Schließlich kam Odo zurück, nachdem er noch einmal mit Fulk in die Wohnung des Abts gegangen war.

„Nun? Nichts?“

„Der ehrwürdige Vater ist reisefertig“, flüsterte er mir zu.

„Ah! Er ist da? Du hast ihn gesehen?“

„Ja, aber er will sich jetzt nicht zeigen.“

„Fühlt er sich schuldig?“

„Das wohl nicht.“ „

Und wohin will er reisen?“

„Nun, mit uns nach der Königspfalz.“

„Um seine Sache dort zu vertreten?“

„Falls es noch nötig ist.“

Ich hatte keine Zeit, über diese Antwort nachzudenken. Sie bezog sich wohl darauf, dass wir die Absicht hatten, die Mönchsbande unverzüglich zu richten. Es wunderte mich allerdings, dass Odo vielleicht darauf verzichten wollte, den Abt vor das Hofgericht zu bringen. Ich dachte plötzlich an meine eigene Verfehlung, als ich den Mord an Drogdulf verfolgte. Odo war eine Zeitlang mit Agilhelmus allein gewesen. War auch er ein schuldiger Richter? Ich sprach nun zu den versammelten Mönchen und erklärte ihnen, dass außerordentliche Umstände es notwendig machten, die Immunität des Klosters für kurze Zeit aufzuheben. Als Kommissare König Karls hätten wir eine Mörderbande verfolgt, um sie schließlich hier zu fassen. Im Morgengrauen würden wir abrücken, die unbescholtenen Brüder, wieder voll im Besitz des Privilegs, ihren frommen Übungen überlassend. Die Mönche standen in langen Reihen und schwiegen. Ich hatte allerdings das Empfinden, dass sie meine Worte beifällig aufnahmen. Zweifellos waren den meisten die Zustände in der Infirmerie verdächtig gewesen. Ich wollte mit einem Gebet enden, doch im selben Augenblick ertönte die Glocke zur *hora canonica.*

Es war Mitternacht und da zogen wir alle, auch unsere Bauern und Knechte, zur Vigil in die Kirche ein.

Ein Oktobertag dämmerte herauf, der sonnig, klar und vorwinterlich kalt zu werden versprach.

Vor dem Haupttor des Klosters formierte sich unser Zug. Herr Ebrachar, in Decken und Felle gewickelt, wurde auf einen Wagen gehoben. Als Odo sich über ihn beugte, schien er ihn zu erkennen. Ein Lächeln huschte über das blasse Greisengesicht dieses Mannes, der nicht einmal fünfzig Jahre zählte. Die vier bei der Entführung Verschleppten, die wir in einem Grubenhaus angekettet gefunden hatten, konnten schon wieder zu Pferde sitzen. Die erste Frage des Bobo galt Ingunde und er stellte sie mir, der ich ihn zunächst nicht einmal wiedererkannte. Obwohl sein Kopf von Beulen und Wunden gezeichnet war, erschien er mir jünger, sogar hübscher. Erst Odo machte mich auf die Ursache aufmerksam.

„Zacharias hat ihm die Hauer gezogen. Verkaufen kann er sie zwar nicht mehr, aber er hat noch ein gutes Werk getan. Jetzt wird Bobo auch Ingunde gefallen. Die christliche Welt kann aufatmen, Vater. Es wird ein schöner Papst, von Anfang bis Ende in Liebe gezeugt.“ Wir wandten gleichzeitig unsere Köpfe, denn die Gefangenen wurden gebracht. Es waren sieben, mit Ketten und Stricken aneinander gefesselt. Theophan, Zacharias, Subulcus … Auch jener Prokop war dabei, dessen Namen Rouhfaz gehört hatte. Beim Verhör gestand er, das Beil geschleudert zu haben, das Sigiwald tötete. Geständig war auch der Mörder des Gundobad, ein geflohener höriger Waffenschmied. Der Ceslin Genannte war in der Nacht tatsächlich gestorben, Die beiden Übrigen, der sechste und siebte, hatten im Krankensaal gelegen, waren erheblich verletzt und mussten auf einen Karren gesetzt werden. Sie hatten sich alle gegenseitig beschuldigt, auch vieler Untaten, die sie schon vor dem Eintritt in das Kloster verübt hatten. Nicht einer von ihnen hatte weniger als fünf Morde auf dem Gewissen. Die Mönchskutten waren ihnen vom Leibe gerissen worden und sie gingen in Kitteln und schmutzigen Tuniken, barfuß, frierend und ohne Hoffnung.

„Wir sind nur noch acht.“ Das waren die Worte des Theophan. Wo blieb der achte? Wo war Fabiolus?

Ich hatte ihn zuletzt in Ebrachars Zelle gesehen. Nachdem ich ihm den Giftbecher aus der Hand geschlagen hatte, waren wir beide übereinander gestürzt und er hatte gerufen: „!Ihr seid es, Lupus!“ Damit war eingestanden, dass er mich kannte, und als Zacharias mich dann umklammert hielt, erfuhr Theophan, wer ich war, und er beschloss, mich sofort zu Agilhelmus zu bringen.

So wurde ich eilig fortgeschleppt, Fabiolus jedoch blieb zurück. Später, als sich der Wind gedreht hatte und wir die Bande einfingen, war er nirgendwo zu entdecken,.

In dem von zwei Fackeln beleuchteten düsteren Refektorium, wo wir die falschen Mönche verhört hatten, waren Odo und ich, als alle herausgebracht waren, mit Cleph allein geblieben. Wenn jemand Fabiolus gehasst hatte, war es der Sohn der Langobardin. Er war es gewesen, der ihm mit einem Schwerthieb das Gesicht zerstört hatte. Er, nicht Bobo, hatte als Erster die Kapelle gestürmt und das Paar überrascht. Fabiolus war dann trotz seiner schrecklichen Verletzungen entkommen. Hatte Cleph den tödlichen Hieb heute nachgeholt?

Odo mochten dieselben Gedanken bewegen, denn als wir zu dritt allein waren, äußerte er, einer der Missetäter habe sich entweder gerettet oder er sei von einem Unbefugten gerichtet worden. Da hob Cleph die Augen zu Odo auf und sagte:

„Er hat sich gerettet, Onkel. Sich – und auch Euch."

„Mich? Fabiolus?"

„Hätte er sich nicht gerettet, wäret Ihr jetzt vielleicht verloren."

„Was heißt das?"

„Wie hätten wir Euch sonst zu Hilfe kommen können?"

Odo und ich tauschten einen Blick. Im Wirbel der Ereignisse hatten wir uns nicht einmal erkundigt, wie wir so überraschend der äußersten Not entgehen konnten.

„Wir hatten uns, wie es vereinbart war", berichtete Cleph, „bis hundert Schritte an das hintere Tor des Klosters herangeschlichen. Ab und zu kam der Mond heraus und so mussten wir hinter den ersten Büschen und Bäumen in Deckung bleiben, sonst hätte man uns bemerkt. Wir lauern also auf Euer Zeichen, als auf einmal das Tor aufgeht und ein Mönch herauskommt. Das Tor wird wieder geschlossen, der Mönch läuft fort und direkt auf uns zu. Er hat es so eilig, dass er ein paarmal stolpert und hinstürzt. Ich denke, es ist ein Bote von Euch und als er die Bäume erreicht, empfange ich ihn. Da erschrickt er und will auf der Stelle kehrt machen, doch daraus wird natürlich nichts. Ich erkenne ihn gleich, obwohl er nicht mehr so schön wie früher ist. Diabolus ist es! Wohin, Freundchen? Schweigen. Was hast du vor? Keine Antwort. Ich frage nach Euch. Wieder zögert er. Doch dann besinnt er sich plötzlich, fängt an zu erzählen … alles, was nach Eurer Ankunft im Kloster geschehen ist. Auch dass sie meinen Vater vergiften wollten und dass Ihr, Herr Lupus, den Mord verhindert habt. Jetzt wollte Diabolus fliehen, und wenn ich es richtig deute, aus Angst vor den eigenen Leuten, dem Theophan, dem Zacharias … Den Torwächtern hatte er irgendetwas erzählt, sie waren ja auch gewöhnt, dass er häufig fortging, wohl auch des Nachts. Was machen? Natürlich hätte ich ihn am liebsten niedergehauen oder an den nächsten Ast gehängt. Er hätte es hundertmal verdient, der Lump! Aber ich wusste Euch in Lebensgefahr. Hilf, dass wir hinein kommen! sage ich. Dafür, dass ihr mich hinterher aufhängt? fragt er. Ich beginne also, mit ihm zu handeln. Natürlich weiß er, dass uns sein Leichnam nichts nützt. Andererseits hat er Angst zurückzukehren. Am Ende hilft mein Beutel mit hundert Denaren. Den nimmt er, läuft zum Tor zurück, klopft. Lügt den Wächtern vor, dass ihn Wölfe verfolgen. Einer unserer Männer macht dazu, vom Waldrand her, Wolfsgeheul nach. Sie lassen ihn wieder ein und … Ich weiß nicht, wie er es gemacht hat, wohl mit dem Geld. Jedenfalls geht nach kurzer Zeit das Tor auf und wir können hinein. Ich habe mich nicht mehr um ihn gekümmert.“, schloss Cleph. „Es gab Wichtigeres zu tun.“

Mir fielen die Worte des Comes ein: ein streunender Köter. Wohin war er jetzt unterwegs? Auf welchem Markt würde man ihn wiedertreffen? Da er uns noch geholfen hatte, die Meute, die ihm gefährlich wurde, zu fangen, konnte er sich umso freier fühlen. Als Bettler? Als Kuppler? Vielleicht als Gaukler? Oder wieder als Vertrauter eines reichen Herrn, dem er seine herzzerreißende Lebensgeschichte erzählte?

Auf jeden Fall als ein schlauer Teufel, der in die Gärten der Frommen noch manchen Stein werfen wird!

Im Hof des Klosters waren wir zum Aufbruch bereit und warteten.

„Wo bleibt Agilhelmus?“, fragte ich Odo. Du sagtest, dass er mit uns …“

Mein Freund saß auf seinem Impetus. Am Gürtel hing das Schwert, der Mantel wehte im Morgenwind. Bis auf den Bart, der erst wieder wachsen musste, fehlte ihm nichts von dem, was einem fränkischen Edlen Stolz und Würde verleiht. Trotz der durchwachten Nacht wirkte er frisch und war heiterer Laune.

„Er wird es sich anders überlegt haben“, sagte er leichthin. „Vielleicht ist er auch kein Frühaufsteher.“

„Hat man ihn denn geweckt?“

„Ich meine, Lupus, wir sollten dem ehrwürdigen Vater jetzt seine Ruhe gönnen. Wer weiß, was ihm noch alles bevorsteht.“

„Du willst ohne ihn reisen?“

„Wozu noch warten und Zeit vergeuden?“

Wir setzten uns in Bewegung. Der zittrige alte Prior und der Advocatus des Klosters, entboten uns am Tor ihren Abschiedsgruß. Als wir schon ein Stück fort waren, wandte ich mich noch einmal um. Da bemerkte ich fast am Ende des Zuges ein Gefährt, das ich vorher, beim Aufbruch, nicht wahrgenommen hatte. Ich stutzte, zügelte Grisel und ließ mich zurückfallen. Es war ein Bauernkarren, von einem Ochsen gezogen, und auf diesen Karren stand eine Truhe. Es war die prächtige, mit Bildern geschmückte Kleidertruhe des Herrn Agilhelmus!

„Was bedeutet das?“, fragte ich scharf, als ich an Odos Seite zurückgekehrt war. „Warum führen wir diese Truhe mit uns? Ist sie Kriegsbeute? Oder hast du sie dir etwa schenken lassen?“

„Warum regst du dich auf?“, erwiderte er ohne Verlegenheit. „Ich fand, dass sie sich in der Wohnung eines Abtes recht seltsam ausnahm. Hast du nicht selbst immer wieder gegen die Prunksucht der Äbte und Bischöfe gewettert?“

„Und was war der Preis? Was hast du ihm dafür versprochen? Verzicht auf die Anklage vor dem Hofgericht?“

„Ich habe ihm nur in Aussicht gestellt …“ „ … dass ihm nichts mehr geschehen wird. Großartig! Wu

nderbar! Nun wird man also auch uns vorwerfen können, dass wir Geschenke nehmen und uns bereichern. So wirst du uns beide in Verruf bringen!“

Ich redete weiter, ereiferte mich. Odo verteidigte sich gelassen. Doch ich konnte mich einfach nicht beruhigen und fing immer wieder von Neuem an. Natürlich vermied ich es, ihn vor den Ohren der Leute zu tadeln. Aber sobald es sich ergab, dass wir uns etwas absetzten und außer Hörweite waren, kam ich auf die Sache zurück. „Diese Truhe in unserem Reisegepäck ist eine Schande!“ erklärte ich wieder und wieder. Odo verlegte sich schließlich auf Schweigen. Er seufzte nur noch und gab es auf, mir zu antworten.

Gegen Mittag erreichten wir jenen Eichenhain, in dem wir sechs Tage vorher Schutz vor dem Unwetter gesucht hatten. Das immune Gebiet lag hinter uns und so war dieser Ort geeignet, über die sieben Mörder Gericht zu halten. Ich selber führte die Anklage. Nachdem das Urteil gesprochen war, übernahm Fulk, der Erfahrung als gelegentlich benötigter Henker hatte, mit unseren Männern den Rest. Sie banden den sieben die Hände und verhüllten ihnen die Augen. Dann führten sie sie, wie es üblich ist, unter einen toten Baum, an dessen Äste schon die Stricke geknüpft waren. Theophan quäkte und greinte, Zacharias musste gebändigt werden, einer versuchte noch, zu entkommen. Doch dieser letzte Widerstand half ihnen nichts. Als wir uns auf der Straße umwandten, sahen wir sie dort hängen, im Oktoberwind schaukelnd, zur Abschreckung für die Vorüberziehenden.

Herr Rocco, den wir benachrichtigt hatten, kam uns entgegen und brachte Rouhfaz mit. Wir nahmen Abschied von Ebrachar, Cleph und den anderen. Odos Vetter begab sich zu Rocco, um seine Tochter in die Arme zu schließen und durch ihre Pflege wieder Kraft zu gewinnen. Ob er je in der Lage sein wird, nach Hause zurückzukehren? Immerhin besteht Hoffnung, dass das mit Mord und Betrug erschlichene Testament durch ein königliches Machtwort aufgehoben wird. Mittlerweile wird Cleph die Güter verwalten und seiner Dame im Turmgemach dienen. Falls er doch noch ein reicher Erbe wird, nimmt sie ihn vielleicht zum Gemahl. Das alte fränkische Recht, das unseren Urgroßvätern noch heilig war, wird die beiden nicht stören.

Unser kleiner, sieben Mann starker Trupp zog weiter, auf das Königsgut zu, das wir schon vor knapp einer Woche erreichen wollten. Die Stimmung war gedrückt, kaum jemand sprach. Wir waren alle übernächtigt und eine Hinrichtung, wenn auch an gemeinen Verbrechern vollzogen, ist nicht geeignet, die Gemüter aufzuheitern.

Was mich betraf, so war ich noch immer von Wut und Scham erfüllt, wenn ich mich umblickte und das Ochsengespann mit der Truhe sah. Das brave Zugtier war an unseren Wagen gebunden, sodass Rouhfaz beide Gefährte lenken konnte. Ich hatte es aufgegeben, Odo Vorwürfe zu machen. Nur von Zeit zu Zeit warf ich ihm einen Blick zu, in den ich meine ganze Enttäuschung über sein unverantwortliches Handeln legte. Unsere Leute schienen meine Empfindungen zu teilen, wagten jedoch nicht, sich zu äußern. Lebhaft stellte ich mir vor, wie man uns in der Pfalz empfangen würde: mit Spott und Hohn.

Da geschah es, dass wir kurz vor dem Tagesziel – man sah schon die Dächer des Königsgutes – an eine Brücke kamen. Sie bestand aus einfachen Bohlen, die über ein Flüsschen geworfen waren, das infolge der vielen Regenfälle in den letzten Tagen reichlich Wasser führte. Die Brücke hatte stellenweise Löcher, die Bohlen schienen morsch, durchfeuchtet und angefault zu sein. Zweifellos war es nicht ungefährlich, sich ihnen anzuvertrauen. Odo wusste allerdings von einer Furt in der Nähe und schlug vor, kein unnützes Wagnis einzugehen und den Umweg zu machen.

Wollte ich ihm nur widersprechen? Hatte ich gleich diesen boshaften Hintergedanken?

„Bevor wir den Umweg machen“, sagte ich, „sollten wir feststellen, ob wir nicht doch hier hinüber können.“

„Warum nicht?“, erwiderte Odo spöttisch. „Wenn du den Anfang machst, frommer Vater, und als Erster über die Brücke reitest, wollen wir glauben, dass sie auch uns trägt. Denn du bist ja der Dickste von uns allen.“

„Mein Vorschlag ist“, gab ich kühl zurück, „zuerst den Ochsen mit der Truhe hinüber zu schicken.“

„Du meinst …`“

„Wenn die Brücke unter dem Gespann einbricht, wäre das ein Beweis dafür, wie unrecht es war, die Truhe mitzunehmen. Es wäre eine Art Gottesurteil.“

„Ein Gottesurteil?“ Odo knetete seine Nasenspitze. Dabei starrte er mich mit einem langen, durchdringenden Blick an.

„Nun? Bist du einverstanden?“, drängte ich.

„Ja, ich bin es“, sagte er schließlich. „Soll es so sein. Soll Gott entscheiden.“

Helko, ein sicherer Schwimmer, erhielt den Befehl, den Ochsen mit dem Karren über die Brücke zu führen. Er hatte die Bohlen kaum betreten, als ihm mein Amtsgefährte zurief, er solle anhalten.

„Wollen wir nicht doch lieber den Umweg durch die Furt machen?", wandte sich Odo wieder an mich.

„Was kann schon passieren", entgegnete ich. „außer dass wir uns einer peinlichen Last entledigen?"

„Vorwärts, Helko!", rief Odo.

Unser Sachse kam bis zur Mitte der Brücke. Krachend brach eine der Bohlen und Mann, Ochse, Karren und Truhe versanken im Wasser.

Ich hörte einen Schrei und gleich darauf einen zweiten, gedämpften, der wie ein Echo klang. Fulk, der neben mir auf seinem Rappen saß, bekreuzigte sich.

„Was schlägst du das Kreuz?", fuhr ich ihn an. „Er kann doch schwimmen."

Und Helko tauchte auch bereits auf und erreichte, mit den Armen die Fluten peitschend, das Ufer. Der Ochse ertrank. Die Truhe aber schoss plötzlich zwischen den Wellen hervor und wurde schnell von der Strömung davongetragen.

„Da hast du dein Gottesurteil, Vater", sagte Odo und lenkte sein Pferd in die andere Richtung.

Hier, lieber Vetter Volbertus, endet meine Erzählung. Ich konnte mir diesmal viel Zeit für die Niederschrift nehmen, denn es ist Winter und in der Kanzlei gibt es wenig zu tun. Ich hatte es auch nicht so eilig, weil ich ja, wie versprochen, eine Nachschrift beifügen wollte. Dazu musste ich auf den Ausgang des Verfahrens warten. Dies aber zog sich hin, oder besser sollte ich sagen: Es kam überhaupt nicht zu Stande.

Dennoch füge ich hier, auf einem besonderen Blatt, diese Nachschrift bei, doch bitte ich Dich, sie niemandem zu zeigen. Der Inhalt ist heikel und würde einer der Brüder plaudern, was ja nicht auszuschließen ist, könnte das uns allen zum Schaden gereichen. Verstecke also dies letzte Blatt oder vernichte es!

Wir haben jetzt Februar und der Herr Agilhelmus ist noch immer nicht bei Hofe erschienen, um sich zu rechtfertigen. Wie eingangs erwähnt, hatte ich über die Vorgänge einen Bericht verfasst. In Folge dessen wurde der Abt von mehreren Seiten aufgefordert, sich nach der Pfalz zu begeben, in der unser König die Zeit zwischen Weihnachten und Ostern verbringt. Sein Freund, der Herr Erzkaplan, will ihm sogar mehrmals geschrieben haben. Dass niemand eine Antwort erhielt, beunruhigt einige hohe Herren und man hat schon, soweit das in dieser Jahreszeit möglich ist, Erkundigungen eingezogen. Sichere Nachrichten über den Aufenthalt des Herrn Agilhelmus waren aber nicht zu bekommen. Die meisten glauben nun freilich, dass er, wie schon oft, den Winter am Mittelmeer, auf seinen Gütern in Septimanien verbringt. Hundert Gründe kann es geben, dass ihn die Botschaften dort nicht erreicht haben. Einige Männer bei Hofe (sie sind in der Minderzahl) äußern aber auch vorsichtig den Verdacht, der ehrwürdige Vater könne sich vor der Reise nach der Königspfalz drücken wollen. Womit er offenbar anerkenne, dass die Beschuldigungen gegen ihn zumindest teilweise zutreffend seien. Einem der höchsten Herren, dessen Namen ich nicht nennen darf, entfuhr in der Trunkenheit die Bemerkung, dass Agilhelmus ein Dummkopf sei, weil er sich durch sein Fernbleiben erneut eine Schuld aufbürde, die man ihm, ob es sie wirklich gab oder nicht, im Stillen längst von den Schultern gewälzt habe. Natürlich brauche er nichts von all dem gewusst haben, was die Bande trieb, er sei ja auch die meiste Zeit abwesend. Die Aussagen von inzwischen hingerichteten Sklaven und Gesetzlosen, auf die sich die Anklagen vorwiegend stützten, hätten nicht den geringsten Wert. Dass alte Herren ohne Erben ihr Gut einem Kloster vermachten, in dessen Mauern sie noch eine Weile als Kostgänger lebten, dann aber dort stürben, komme überall im Frankenreich vor und musste dem Abt nicht ungewöhnlich erscheinen. Schuld träfe nur die Königsboten, die ihm ihren Verdacht verschwiegen und damit verhinderten, dass er tat, was er sonst ohne Zögern getan hätte: die falschen Brüder zu richten. Der Comes Magnulf habe Odo und Lupus dringend zu pflichtgemäßem Handeln ermahnt, doch vergebens. Der betrunkene hohe Herr fügte dann noch hinzu, im Frühjahrskapitular des Königs werde es zu den Privilegien, insonderheit der Immunität, keine neuen Bestimmungen geben, und es sollten zwei kleine Spürhunde, die auf falschen Fährten schnüffelten, nur immer gegen die Säulen des Staates pinkeln, diese würden davon nicht einstürzen.

Im Augenblick sehe ich Odo nicht oft, weil jeder seinen eigenen Aufgaben nachgeht. Als der Anlass unserer Missstimmung, die Truhe, unseren Augen entschwunden war, hatten wir uns schnell wieder versöhnt, und in der Folgezeit hatte ich keinen Grund mehr gehabt, ihn einer Begünstigung des Abts zu bezichtigen. Im Gegenteil: Er hatte mir bei der Abfassung des Berichtes die schärfsten Anklagen in die Feder diktiert.

So rechnete ich, als ich ihn neulich zufällig traf, mit seiner Entrüstung, als ich erzählte, was ich erfahren hatte, und die Äußerungen des hohen Würdenträgers wiederholte.

„Einen Prozess gegen Agilhelmus wird es nicht geben“, schloss ich. „Die Herren haben schon alles im engeren Kreise entschieden. Ist das nicht empörend? Was meinst du? Der König weiß vielleicht gar nichts davon.“

Odo, der Impetus am Zügel hielt, weil er gerade ausreiten wollte, lächelte vieldeutig.

„Ich meine, es regt ihn nicht sonderlich auf, was diese Gockel entschieden haben.“

„Aber er muss doch …“

„Er hört jeden Tag die Messe. Glaubst du nicht auch, dass er dabei mit dem himmlischen Vater Zwiesprache hält?"

„Gewiss, nur was hat das …"

„Bei der Gelegenheit wird er erfahren haben, dass der Fall längst woanders entschieden wurde."

„Woanders?"

Odo hob feierlich den Zeigefinger.

„Im Himmel?", fragte ich beklommen.

„Hast du das Gottesurteil vergessen?"

„Das Gottesurteil?"

„Nun, das auf der Brücke."

„Du meinst … aber … es bezog sich doch auf die Truhe!"

„Bemüht man wegen einer Truhe den Himmel?"

„Heißt das etwa … darin verborgen …?"

„Hast du es wirklich nicht geahnt?"

„Nein! Es verwunderte mich nur, dass ich zwei Schreie vernahm. Einen stieß Helko aus, den anderen …"

„Gott hat sein Urteil gesprochen."

„Und ich …"

„Dir gab er dazu die Idee ein. Bist ja als Mönch sein Auserwählter. Und einer musste ja darauf kommen."

„Du wolltest es nicht?"

„Hätte ich sonst so lange gezögert?"

„Und warum hast du den Abt in die Truhe gesteckt?"

„Ja, sollte ich etwa den Vogel nicht fangen, da er mich doch dazu einlud? Eine solche Gelegenheit nicht zu nutzen, wäre unverzeihlich gewesen. Als er sein Büßerhemd suchte, wusste ich, dass es die Truhe war, in der ich ihn fortbringen würde. Doch wie? Ich dachte noch darüber nach, als sie dich plötzlich herein schleppten, Vater. Nun zwitscherte unser Vogel übermütig und wir beide hatten ausgesungen. Doch dann steht plötzlich Cleph in der Tür. Der Vogel zittert, schlägt mit den Flügeln. Ich raune ihm zu: ‚Schnell in die Truhe, da bist du sicher!‘ In seiner Angst ist er auch schon drinnen. Ich schließe den Deckel, drehe den Schlüssel. Im Getümmel hat es niemand bemerkt. Später sah ich dann noch einmal nach und stellte ihn vor die Wahl, mit den Banditen gehenkt zu werden oder mit uns die Reise zu machen. Natürlich entschied er sich für das letztere. Da ließ ich Fulk bis zum Morgen als Wache bei ihm.“

„Jetzt verstehe ich, warum Fulk sich bekreuzigte, als die Truhe im Fluss versank.“

„Übrigens … wäre sie unten geblieben, hätten wir ihn herausholen müssen. Das Wasser nimmt keinen Schuldigen auf. Dass er wieder heraufkam, bedeutete: Schuldig!“

„Immerhin könnte er überlebt haben … irgendwo, irgendwie ans Ufer gelangt sein.“

„Oder der Fluss hat die Truhe ins Nordmeer getragen.“

„Und was hattest du wirklich mit ihm vor?“

„Nur eines: Er sollte nicht ohne Urteil und Strafe davonkommen. Als ich die sieben hängen sah, kostete es mich die äußerste Überwindung, mich noch einmal an mein Versprechen zu halten. Doch hätte ich ihn hierher gebracht, wäre die ganze Mühe umsonst gewesen. Es war deshalb gut, so wie es kam. Warum soll Gott nur arme Weiber richten, die man an einem Strick um den Leib ins Wasser wirft? Ist er vielleicht nicht zuständig, wenn es um große Herren geht?“

„Trotzdem sind Gottesurteile roh und heidnisch.“

„Mag sein. Aber war dieser Mann ein Christ?“

Eine Nachschrift zur Nachschrift.

Wieder ist ein Monat vergangen. Der Schnee schmilzt, die ersten Knospen brechen auf.

Ich sehe Odo jetzt wieder öfter. Ab und zu stößt er, im Sattel sitzend, das Fenster auf und steckt seinen Kopf herein. Dann pfeift ein nach Frühling duftender Zugwind durch unsere Schreibstube. Auch heute war mein Freund wieder da. Er drehte die Enden seines Schnurrbarts, der längst wieder gewachsen und stolzer denn je ist, und rief;

„Mit dem Elend hat es nun bald ein Ende, Vater! Noch ein paar Wochen, dann sind alle Straßen frei! Und dann hält uns beide nichts mehr!"

Ich trat zu ihm ans Fenster und sagte, die Stimme dämpfend:

„Und was ist mit deinem Heiratsantrag? Wird sich Prinzessin Rotrud nicht grämen, wenn du sie wieder verlässt?"

„Gewiss, das wird sie", erwiderte er. „Aber sie ist ja kaum fünfzehn und muss noch ein bisschen wachsen. Inzwischen werde ich mit dir unerträglichem Kuttenträger umher ziehen und im Frankenreich Ordnung schaffen."

Was blieb dem hinzuzufügen?

Ich hoffe, dass Du gesund bist, mein teurer Vetter, und dass Du beim Lesen dieser Schrift Deine Augen nicht überanstrengt hast. Schone sie! Bald bekommst Du von mir Neues zu lesen.

Leb wohl!

Dramatis personae

Im Laufe der Handlung auftretende oder namentlich erwähnte Personen

Odo, Vasall des Königs (Königsbote)
Lupus, Mönch und Diakon (Königsbote)

Ebrachar, Adeliger, Gutsherr, Odos Vetter
Gundobad, sein (ermordeter) ältester Sohn
Sigiwald, sein jüngster Sohn
Cleph, sein Bastard
Ingunde, seine Tochter
Prisca, Witwe Gundobads

Rocco, Gutsbesitzer, Nachbar Ebrachars
Bobo, sein Sohn
Drogdulf, sein Schwager
Roccos Gemahlin

Magnulf, Comes (Graf)
Agilhelmus, Laienabt

Crispin, Knecht des Rocco
Eine Kebse des Comes

Mönche:
Pater
Fabiolus
Zacharias
Theophan
Subulcus
Procop
Severinus
Ceslin

Im Gefolge der Königsboten:
Rouhfaz, Diener und Schreiber
Helko, Anführer des Schutztrupps
Fulk, Mann des Schutztrupps
Speerträger, Mann des Schutztrupps
Ein vierter Mann des Schutztrupps

Und die animalischen Reiseteilnehmer
Impetus, ein Grauschimmel
Grisel, ein Esel

Glossar

Apostata

(lat.) der Abtrünnige, Beiname des römischen Kaisers Julian II. (360 – 363), der sich vom Christentum abwandte, um die römische Religion und die östlichen Mysterienkulte wieder einzuführen

Benefiziat

Inhaber eines *beneficiums* (lat.), eines meist erblich zur Nutzung verliehenen Gutes oder Amtes

caritas und hospitium

(lat.) Mildtätigkeit und Gastfreundschaft

casa

Hütte, Gartenhaus

Cellerar

(von lat. *cella* – Keller) Wirtschaftsverwalter oder „Kellermeister" eines Klosters

Comes

(lat.) Graf in den ehemals römischen Gebieten des Frankenreichs

Deilos kai kakos anthropos

(griech.) feiger und schlechter Mensch

Haruspex
(lat.) Wahrsager, las seine Vorhersagen aus den Eingeweiden von Opfertieren

horae canonicae
lat.) die (sieben) Gebetsstunden

Immune Territorien
(von lat. *munus* – Dienst, Amt), vom Herrscher verliehener rechtlicher Sonderstatus, meist für Klosterbesitz. Erst 803, im dritten Jahr nach der Kaiserkrönung Karls des Großen, wurden durch das *capitulare legibus additum* die Sanktionen gegen Träger der Immunität, die Rechtshilfeersuchen der Grafen nicht nachkamen, verschärft. Nunmehr waren die Grafen berechtigt, in Ausübung ihres Amtes auch immune Territorien zu betreten. Auch den Königsboten wurden die Rechte der Grafen zugebilligt, allerdings bedurfte ihr Eintritt in immune Gebiete der kaiserlichen Autorisierung

Kapitular
Verordnung der fränkischen Könige

Kebse
(von ahd. *kebisa* – Magd) – nicht rechtmäßig angetraute, d.h. nicht durch Erlegung eines Brautpreises erworbene Ehefrau

Komplet und Vigil
Abendgebet und Nachtwache

Laienabt
vornehmer Laie, dem für geleistete Dienste die Verwaltung und Nutznießung klösterlicher Pfründen übertragen wurde

Mansus
(lat.) linksrheinisch für ahd. *Huoba* – Hube (Hufe), kleiner Bauernhof

Marschalk
– hoher Beamter am fränkischen Hof, für die Pferdehaltung verantwortlich

Metbank
die Met (Honigwein) trinkende gesellige Runde einer Gefolgschaft

Muntehe
(von ahd. *munt* – Schutz) rechtmäßige Form der Ehe, in der die Vormundschaft über die Frau vom Vater auf den Ehemann übergeht

Muntschatz
bei der Verlobung vom Bräutigam zu entrichtende Brautgabe

Muntwalt
Der die Vormundschaft über eine Frau wahrnehmende männliche Verwandte

Non
lat. *nona hora*), neunte Stunde, etwa drei Uhr nachmittags

Nonen des September
nach dem römischen Kalender der 5. September

Peristyl
(griech.-lat.) Innenhof eines antiken Hauses

Salhof
(ahd. *selihof*) Herrenhof

Seneschalk
für die Versorgung des Hofes verantwortlicher hoher Beamter

Simon von Kyrene
der von den Evangelisten genannte Name des Mannes, der Jesus das Kreuz trug

Vicarius
(lat.) dem Comes untergeordneter Vorsteher eines Verwaltungsbezirks

Vilicus
(lat.) Verwalter

Wergeld
die vom Täter als Buße an die Sippe des Opfers zu zahlende Geldsumme (eigtl. Manngeld von ahd. *wer* – Mann)

Wittum
einer Witwe zur Nutzung auf Lebenszeit überlassene Besitztümer